人文松江
创作文库

陆 军 主编

新浜人趣讀
XINBANGREN QUDU HONGLOUMENG
《红樓梦》

潇妃燕 黄 炜 等著

上海辞书出版社

图书在版编目(CIP)数据

新浜人趣读《红楼梦》/ 陆军主编 ；潇妃燕等著.
上海 ：上海辞书出版社，2024
（人文松江创作文库）
ISBN 978-7-5326-6174-9

Ⅰ.①新… Ⅱ.①陆… ②潇… Ⅲ.①《红楼梦》研究 Ⅳ.①I207.411

中国国家版本馆 CIP 数据核字(2023)第 234094 号

XINBANGREN QUDU HONGLOUMENG

新浜人趣读《红楼梦》

陆　军　主编

潇妃燕　黄　炜　等著

责任编辑　陈旖旎
助理编辑　王厚朴
装帧设计　梁业礼
责任印制　王亭亭

出版发行　上海世纪出版集团
上海辞书出版社®（www.cishu.com.cn）
地　　址　上海市闵行区号景路 159 弄 B 座(邮政编码：201101)
印　　刷　上海中华印刷有限公司
开　　本　720 毫米×1000 毫米　1/16
印　　张　16
字　　数　237 000
版　　次　2024 年 12 月第 1 版　2024 年 12 月第 1 次印刷
书　　号　ISBN 978-7-5326-6174-9/I · 566
定　　价　108.00 元

总　序

“惟楚有材，于斯为盛。”我的家乡松江，吴越楚文化交融，人文荟萃，比之楚地不遑多让。每次触摸到这片神奇的土地，脑海里最先跳出的信息，一定是那一长串震烁古今的名字：陆机、陆云、赵孟頫、杨维桢、袁凯、陶宗仪、徐阶、董其昌、陈继儒、陈子龙、夏完淳、王鸿绪、史量才、施蛰存、赵家璧，等等。这些人中的大多数，不仅有才，而且有品；不仅有品，而且有志。他们的才、品、志，无不着眼于家国情怀，无不奉献于社稷苍生，按今天的话来说，一个个都是“德艺双馨”的名师大家。

先世之风，延泽后代。古之华亭，今之松江，生活在这片土地上的人们，也仍然在以自己的方式诠释为国为民之思，咏叹伟大的时代，在文学艺术领域取得了不容小觑的成果。因此，在通过编撰“一典六史”（即《松江人文大辞典》《松江简史》《松江文学史》《松江诗歌史》《松江戏剧史》《松江书法史》《松江绘画史》）这套全方位记录松江人文历史和现状的大部头丛书，对松江的人文资源作全面梳理与系统归纳的同时，组织四海精英，对一些极为重要的时代际会、历史事件、世俗人境、物候民风，以艺术创作与学术研究两种介入方式加以深入挖掘、悉心呈现，为今天的读者、后世的研究者留下诠释松江精神的范本，也是不得不做的事了。正是基于这样的思考，《人文松江创作文库》与《人文松江研究文库》应运而生，并成为松江“一典六史”编辑部另一项重要的文化工程。

从《人文松江创作文库》入编书稿的要求看，凡描摹时代之变、讴歌国家之进、激励奋斗之志、催生创造之力、回应人民之呼、礼赞发展之果的精品力作、新人佳作均可入编。而以戏剧作品《松江历史名人五部曲》为开篇之作，则主要有如下几个原因。

其一，松江自古以来就是戏剧之乡。中国戏曲成熟于宋代，其时华亭县所属的青龙镇已有勾栏艺伎的歌舞表演。元代，松江演出兴盛、名伶辈出，更出现了以夏庭芝、陶宗仪为代表的戏剧理论家。《青楼集》记载了元代戏曲艺人的生存状态，而《南村辍耕录》则录述院本名目 690 种，留存了重要剧目的原型史料。明代，《绣襦记》《焚香记》和“博山堂三种曲”等由松江剧作家创作的传奇享誉剧坛；何良俊提出的“本色”“当行”说、陈继儒提倡的“至情”与“奇巧”，至今仍为学界所重；热衷收藏元剧的董其昌促成了元明戏曲最重要的文献《也是园古今杂剧》的刊梓，而他与汤显祖书信往来、惺惺相惜的故事更是被后人传为美谈。清代，《雷峰塔》一枝独秀，《劝善金科》与《昇平宝筏》开宫廷连台本戏之先河；更有《长生殿》盛大排演，洪昇亲临松江指导，历三昼夜始毕；在戏曲理论的著录上，俞粟庐有《度曲刍言》面世，对昆曲的传承具有重要指导意义。民国的松江剧坛热闹纷呈，远近闻名的“滩簧码头”为 1941 年本地滩簧“申曲”发展为沪剧奠定了坚实的基础。中华人民共和国成立以来，松江戏剧持续发展，人才辈出，作品丰硕。基于如此优厚的演艺传统，推戏剧集为首卷，也是一件顺理成章的事了。

其二，所选五部剧作中的主人公，都是松江人中的翘楚，其中徐阶、董其昌、陶宗仪、侯绍裘的艺术形象已在近年先后与观众见面，陆机也即将走上云间剧院的舞台。同时，《徐阶》刊载于《剧本》月刊 2015 年第 3 期，为国家艺术基金、上海市重大文艺创作资助项目，并获第 31 届田汉戏剧奖剧本一等奖；《董其昌》刊载于《戏剧文学》2020 年第 7 期，为上海市文化发展基金会资助项目，并获第 35 届田汉戏剧奖剧本一等奖；《侯绍裘》为上海市重大文艺创作资助项目，刊载于《剧本》月刊 2021 年第 7 期；《陆机》也是上海市文化发展基金会资助项目。客观地说，这些剧作都获得了很好的社会反响，如今通过结集出版来仰先贤、励后学，在我看来，应该是其最恰当的留存于世的方式了。

其三，众所周知，戏剧具有得天独厚的形象性和观赏性，“其化人也速”，容易引起观众的共鸣，起到娱乐和教化作用。陈独秀在《论戏曲》中甚至这样认为：“戏曲者，普天下人类所最乐睹、最乐闻者也，易入人之脑蒂，易触人之感情。故不入戏园则已耳，苟其入之，则人之思想权未有不握于演戏曲者之手矣。……由是观之，戏园者，实普天下人之大学堂也；优伶者，实普天下人之大教师也。”陈先生的话虽然有些夸张，但道理是对的。因此，首卷推出戏剧集，于情于理，都说得过去。

当然，“创作文库”也必定会兼容文学艺术的各种体裁，以展示各路才俊通过文字的方式表达爱祖国、爱人民、爱家乡的炽热情感与出色才华。

从《人文松江研究文库》入编书稿的要求看，凡涉及松江历史文化、民俗文化、地域文化、宗教文化（伦理）、建筑文化、饮食文化、服饰文化、产业文化、语言文化、法律文化、旅游文化、影视文化等形态的优秀研究成果均可入编。

创作与研究，被称作文化之两翼。创作是研究的根本，没有创作，则研究无法展开；没有研究，则创作的成果得不到深入的探讨，而创作的良性发展、提升，也有赖于研究的助力。很多时候，创作者或湮灭无闻，或张冠李戴，唯有在前人的笔记中还能找到些雪泥鸿爪，还原真相。王国维钩沉前人笔记小说中记录的演出情况，方成皇皇巨著《宋元戏曲史》。没有录音录像的古代，世间百态的生活细节，仅能从前人的文字中去爬罗剔抉，如果前人对当时的演出状况一无所录，今人又何以能想象古人的剧坛盛景？夏庭芝的《青楼集》记录了元代几个大城市100余位戏曲女演员的生活片段，其在戏曲史上的价值不亚于钟嗣成的《录鬼簿》。陶宗仪的《南村辍耕录》，除了小说、书画、戏剧和诗词本事的记述之外，还有关于宋元两朝的典章制度、史事杂录、文物科技、民俗掌故的丰富史料。正是因为有了他们的记述，我们对于过去先民的怀念才不至于只停留在想象上。

正因为学术研究的重要性，《人文松江研究文库》首卷推什么，就显得举足轻重。几乎不加思索，我一下想到了朱恒夫教授。恒夫是上海师范大学的二级教授，中国戏曲史论研究的权威，民俗学、地方文化史研究专家，学富五车，著作等身，且对人文松江建设有感情、有研究、有贡献。由他来组织研究团队，对以往松江地方文化史研究方面的薄弱环节分专题进行重点研究，逐个探究，应是不二人选。果不其然，恒夫教授很快邀约了一批学界名宿，有著名农史专家曾雄生研究员、著名戏曲史专家俞为民教授和程华平教授、书法家与书法理论家程兴林研究员、文史专家戴燕教授、古代文学专家吕双伟教授、语言学家鲁国尧教授等，以《江南文化的样本——松江》为题展开多维研究，经过一年多的努力，终于完成了一部深入探讨松江及毗邻地区经济、宗教、文化、教育、艺术、风俗等历史的高水平学术专著，借此帮助人们更好地了解松江的过去，更好地把握松江特有的文化风貌，更好地体悟松江人奋发图强的精神品格，更好地理解“人杰”辈出的松江之“地灵”的真正内涵。

由此想到，当年夏庭芝、陶宗仪的研究是自发、偶然的个人行为。而今天，在中共松江区委、区人民政府的领导下，我们可以集中人力、物力、财力，有组织、有准备、有计划地去做这件事，躬逢其盛，何其荣焉！当然，需要注意的是，创作也好，研究也罢，我们强调历史的梳理，我们更重视现代的记录；我们倚重学养深厚的名家大咖，我们也特别关注锐意进取的青年学者。我们努力做到每一次创作、每一项研究都要成为精品。即使不能够给松江文化以精准的概括，至少要给后世留下可以信赖的研究基础。日积月累到一定程度后，形成松江研究和松江创作的系列成果，作为“一典六史”的补充，献给那些一直默默关注我们前行的父老乡亲。

我想，如果将中华文化比喻成一条波涛翻滚、气势不凡的大河，那么松江文化就是这条大河中一朵绚丽多姿的浪花，正是朵朵形态各异、与众不同的浪花，才构成了中华文化的万千气象、滔滔洪流。我国前贤孔子说过“逝者如斯夫”，古希腊哲学家赫拉克利特也说“人不可能两次踏进同一条河流”，可见，中华文化的巨川虽然有大模样在，想要捕捉这具体的一朵朵浪花又何其难哉！这就促使我们不得不通过记录、研究、创作，尽可能地保留松江这一江南文化的样本，从而更多地守住中华文化的身姿与根脉。正因如此，我们希望，后人在看到这些成果的时候，不仅对过去的松江刮目相看，更对今天的松江刮目相看——“上海之根”松江了不得！是的，这就是吾乡，这就是松江！

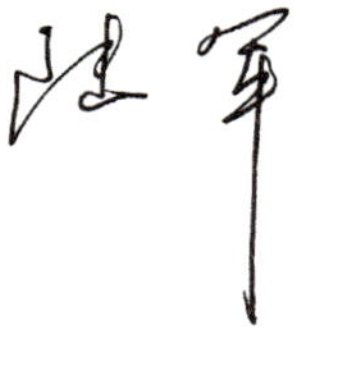

2021 年 12 月 30 日

作者为松江“一典六史”、《人文松江研究文库》、《人文松江创作文库》策划、主编，国家“万人计划”教学名师，上海市文史研究馆馆员，上海戏剧学院学术委员会主任，上海人文松江创作研究院院长。

序

（新浜方言版）

陆　军

难手来，要么先开个头试试开。

阿奴自 1974 年跟新浜人个女婿欧粤老师一道写个一只歌，有拉上海文艺出版社登出来到今朝，差勿多五十年哩，一塌刮子写过多少末事，自家也勿记得啊哩。不过有一点阿奴记来蛮牢个，搿就是从来呒没用老家新浜闲话写过末事。今朝阿奴想弄弄开，勿晓得写得好哩写勿好。话勿出侬要问，哈咾要用新浜闲话写？阿奴回头侬，要紧关子有两桩：一桩是，为新浜人写个书撑个门面，拿新浜闲话来讲蛮妥当个；还有一桩是，搿将搿批小把戏侪讲勿来唔克侬搿搭闲话，阿奴想用搿种办法保牢几句老底子传落来个新浜闲话。当然，阿奴个新浜闲话也勿板侪对个。不过老实讲，用新浜话写蛮衰瘏个，葛末阿奴就少写两句。

侪讲一千个人读《红楼梦》，就会得有一千个《红楼梦》，有道理个。红学大好佬眼乌珠里个《红楼梦》是勿得了厚，大到老里八早个历史，小到引线眼里也是孔夫子味道；导演眼乌珠里个《红楼梦》，可以是王扶林版个男小囡、女小囡哭哭笑笑，也可以是李少红个戏剧搭电视剧弄拉拉一道个男个女个；欢喜《红楼梦》个人眼乌珠里那更加花头透哩，有盯牢曹雪芹个，有盯牢癸酉本个，也称鬼本，也有只盯牢里向花草树木个，样样侪有。葛末新浜人眼乌珠中个《红楼梦》是哪能介样子呢？

新浜小地方，人勿多。过去穷，不过人穷有志气，喜欢读书个人倒勿少，有文采个人也有好几个。葛咾新浜人眼乌珠里个《红楼梦》花头势也蛮浓个，读出来个侪是日长世久个零零碎碎。有红楼里个一个男一个女，趣是趣得来呒没闲话讲；也有大人家对小把戏个教育，讲张势大来勿得了；也有该点城里向博物馆里才能看得到个古董，拉贾府哈个户荡侪有，蛮煞瘾个。刚刚头读《红楼梦》辰光，倷一般晓得宝黛钗，也晓得伊个菩萨心肠个老太太贾母，不过搿搭只出场过几拨个小八腊子呢？在“俗人闲读红楼”中，搿搭走过路过个小人物，比方李嬷嬷、赵嬷嬷，侪是公子哥儿个奶妈妈，伊拉有点哈个勿一样呢？也有彩云彩霞神志糊之搞勿清爽，到底是勿是一个呢？哈人是贾环个心头肉？贾芹是哈人？包勇又是哈人？搿点花头经有拉“俗人闲读红楼”里向侪讲得清清爽爽。宝玉前头话结仔婚个女小囡是鱼个眼乌珠，还勿曾结婚个姑娘是宝珠，宝珠哪能介就变成佬鱼个眼乌珠咾？在“俗人闲读红楼”当中有一些讲品，回头倷结仔婚个女小囡哪能介变脱哩。

新浜人读《红楼梦》当然也勿是只盯牢人，讲别样也有自家个想法。比方《红楼梦》吃茶个名堂，妙玉吃茶个触腔势，有钞票人个吃茶哪能介吃出大人家个腔调，有拉里向侪跟倷讲清爽。反正红楼梦里向人吃个、着个、用个、大鱼、大肉、大弯转、漆器、官窑、绛丝，哈个户荡侪是大地主派头。“茶人趣读红楼”将“趣”搿个字讲到天浪去咾。包括一眼一眼搿眼脚后鸡毛蒜皮，一个人一个人个脾气好怖。闲来呒事体辰光再看看，黛玉到底是跟妙玉比较搭得牢还是跟宝玉搭得牢。想看故事，也好去看看新浜人哪能介拿《红楼梦》八十回后底头故事写落去。反正，“茶人趣读红楼”跟倷有拉一杯茶里向咾解《红楼梦》一二三四五，味道也蛮好个。

《红楼梦》里人看好咾，末事头看好咾，葛末再看一台戏来过过瘾头。“剧人戏读红楼”就是派搿个用场。《红楼探春》，搿朵红楼里向玫瑰花有拉贾府是哪能介红起来个，从一个扭扭捏捏个小阿姐，到乓乓响个大管家，再从一个小娘养拉个囡姑娘，到后首来变成大人家个女人，有拉《红楼探春》搿出戏里向讲得侪蛮清爽个。新浜人老底子就喜欢看戏，也会得写戏、做戏。前两年拿到一块“戏剧之乡”个牌子，有仔搿出戏，也算是立个佛、烧炷香，蛮圆满。再讲，搿样子写探春搿个小姑娘，倒也是蛮好白相个。

话来话去，新浜人读《红楼梦》，写红楼事，写红楼人，也写交交关关《红楼梦》里向个七七八八，弯里直角，拿《红楼梦》有趣事体、呒趣事体侪写出来，也说明新浜人肚皮里是有眼墨水个。当然，搿个更加说明《红楼梦》个着力！借用一句普通话：“这是《红楼梦》的魅力！”

喔唷，错眼忘记脱，阿奴开头讲到，跟欧粤老师一道写个一只歌，五十年前印拉书浪向，蛮有趣个是，阿奴跟欧粤老师，还有好几个新浜人，还有蛮多松江个老朋友一道弄个松江“一典六史”，一塌刮子十四本书，六七百万字，恰巧今年要全部印出来，一支笔搭牢五十年功夫，也是缘分哇，想想蛮开心个！

写到搿将，阿奴已经一身极汗啊哩，勿写哩，倷看得懂、看勿懂阿奴也呒没力道去管哩。实介吃力，阿奴倒真是想勿着个。阿奴要去呷口茶，也想去打个瞌晄，就是呒没搿个福气，有行情行市事体等拉阿奴去做哩。

葛末下趟点再碰头罢。

2024 年 6 月 13 日，日里夜里偷里摸功夫瞎写八写

目　录

上编　茶人趣读红楼　（潇妃燕）

※红楼中的娴雅茶趣※

※ 红楼多少情 ※

※ 红楼续梦 ※

中编　俗人闲读红楼　（黄 炜）

※ 开场白 ※

※ 警世篇 ※

※ 教育篇 ※

※社交篇※

※ 写在最后 ※

下编　剧人戏读红楼（陆军　薛允璜）

※ 红楼探春（越剧）※

上　编

茶人趣读红楼

（潇妃燕）

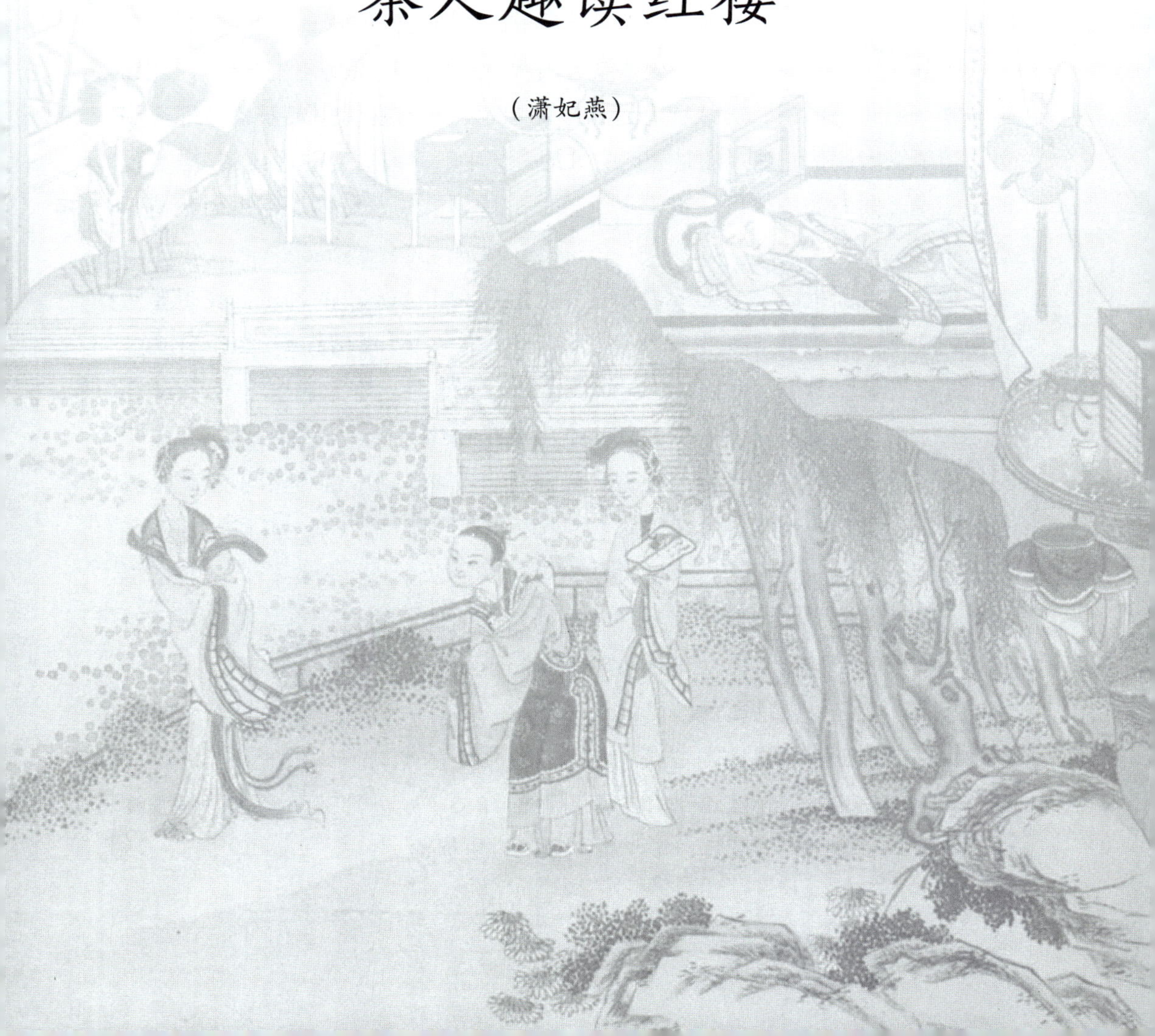

红楼中的娴雅茶趣

红楼结缘

小时候看过一部电视剧，里面有很多的漂亮女孩，她们在园子里嬉笑怒骂，天天生活得多姿多彩。长大些了知道这部剧叫作《红楼梦》，是一部古代的生活悲剧，再美好的女孩子到头来总是千红一哭，万艳同悲。

上学了，爱上一本书《脂砚斋重评石头记》。因为喜欢《红楼梦》，才知道原来一本小小的书，居然会有这么多的版本，还有这么多的解说，辞藻华美，情节跌宕起伏，展现的是如此宏大的一部生活诗篇。爱上《红楼梦》，爱的是宝黛之间的爱情故事，也爱上了里面的诗词歌赋，更爱上了里面诗情画意的生活。

学生时代因为语文老师的鼓励，我在心中种下了小小的种子，我想要写红楼的文字。之后就开始慢慢将自己的见解写出来，模仿红楼样式写作文，毕业了就开始将自己那些浅显的见解放在博客上。

二十来岁时总有一种年少轻狂，有一股子初生牛犊不怕虎的劲头，敢于写红楼的情感，写红楼人物的评论，灵感不会受到限制。甚至由于对高鹗续写的质疑，看着博友续写《红楼梦》，我也总忍不住手痒，来上几段。

来到三十而立之年，思绪就再也没有那么活跃了，再看红楼，已然不再纠结于宝黛情感、宝姐姐是好是坏、林妹妹有何优点缺点，更关心的是那时候的环境下，那一群少男少女的日常生活。

品一杯茶，可以是太虚幻境的仙茶千红一窟，也可以是宝玉打翻了的枫露茶，抑或是王熙凤送的暹罗茶，也能是栊翠庵的老君眉、六安茶，更可以是用绿玉斗装的那一杯体己茶。学茶以后的红楼就是一部茶学经典，跟着红楼学茶理，品茶味，赏茶具，了解茶文化的方方面面。

作为一个茶文化的初学者，眼中的红楼不再是情情爱爱、家族兴衰，更多的是其中的传统文化，如：古人的茶文化、大家族的茶饮日常，还有大家族中的香文化、古琴、服饰等。

人说五千次郑重其事地拿起，才练就一次从容淡定地放下，这是茶，也是红楼文化。看过情情爱爱，写过兴衰荣辱，作为茶人，终于可以学会放下自己的喜好，去欣赏《红楼梦》中的传统文化，去欣赏那些性格各异的红楼美人。

文中所写是一部红楼品读的成长史，按照自己的喜好开始写红楼人物、情节，以及对《红楼梦》八十回以后的续写，发现红楼最美的还是对细节的把控，体现在茶文化、香文化、古琴文化等一系列传统文化之中。希望这样的红楼写作，能够带给读者不一样的“读红”体验。

环肥燕瘦，《红楼梦》里谁的打扮最美

《红楼梦》中王熙凤的出场令人惊艳：“头上戴着金丝八宝攒珠髻，绾着朝阳五凤挂珠钗；项上带着赤金盘螭璎珞圈；裙边系着豆绿宫绦、双衡比目玫瑰佩；身上穿着缕金百蝶穿花大红洋缎窄裉袄，外罩五彩刻丝石青银鼠褂；下着翡翠撒花洋绉裙。”主打就是一个贵气，头上是珠光宝气，身上是四溢外放的“金钱美”，那种“人间富贵花”的打扮不是每个人都能驾驭的，但这并不影响观者为之倾倒。高门大户的少奶奶，出身高贵的千金小姐，加上张扬豪迈的性格，不就是应该光彩熠熠的吗？你可以质疑凤姐的人品，但是不能质疑她富贵荣华的美。

虽然都在高门大户，但是并不是所有的大家闺秀都是这么闪耀的，宝姐姐的美又是完全不一样的一种风格。虽然她长相是“唇不点而红，眉不画而翠，脸若银盆，眼如水杏”，妥妥就是当下流行的“国泰民安脸”，以颜值、气质论撑起王熙凤那种华丽的服饰也是完全不在话下的，但是宝姐姐的审美不是这样的，她饱读诗书，更懂得内敛沉稳。她的日常穿着是：“头上挽着漆黑油光的鬠儿，蜜合色绵袄，玫瑰紫二色金银鼠比肩褂，葱黄绫绵裙，一色半新不旧，看去不觉奢华。”整体风格是一种雅，大家闺秀的雍容典雅，与凤姐风格不同，但是也有其独树一帜的美。

都是腹有诗书气自华的美，也都是千金小姐，林妹妹又是另外的一番韵味。作为女主，“世外仙姝寂寞林”的穿搭更偏重一个“仙”字。同样的诗书气，同样的雅，宝姐姐雅的重点是高贵，而林妹妹雅的是脱俗。全书对林妹妹的妆容、服饰描写很少，也很虚，但是她一直给人的感觉就是一个清雅、超凡脱俗的仙儿。这种美比之前两者完全不同，但风格不能否决她美的事实，这种脱俗的美也不仅仅是受到文人墨客的喜欢，像“呆霸王”薛蟠这样的俗人，一见也是酥倒了。

前三者虽然美得各有特色，但都是中规中矩的女性之美，到了史湘云这里，干脆连性别都打破了。湘云也美，身着女装也是亮眼出挑的美人，但是性格所致，真名士自风流，她爱女装也爱男装，穿起男装可与宝玉媲美。这种中性的美在书中也受到了一致的好评，并未有人因为美女着了男装就跳出来说：“哇，你好奇怪呀，穿男生的衣服，像个男的了。”湘云着女装是柔和的美，着男装是硬气的美，是个名副其实的双面娇娃。

除此之外还有薛宝琴的明艳之美、探春的带刺之美、李纨的质朴之美等。不仅仅是主子，丫鬟们也是美得千差万别，晴雯是风流灵巧、袭人是温柔和顺、麝月是藏愚守拙等。《红楼梦》中不管主子丫鬟、主角配角，都有各自的特色，美得千姿百态，也正是因为如此百花齐放，才让更多的红楼迷孜孜不倦地谈论。比如钗黛之争、晴袭之辩、王熙凤是好是坏、妙玉是否红尘未断、湘云性格如何等，但无论如何争辩，对于这些红楼美人的美貌都是一致认可的，不会因为不是自己喜欢的风格而去质疑人物的美，质疑作者的审美。

就算《红楼梦》是小说，人物不是现实中人，但是我们从小到大见到的银幕上的美人也是千差万别的：林芳兵的杨贵妃肤若凝脂，是大唐盛世那种高贵大气的美；陈红的貂蝉则是那种小家碧玉的精致绝美；巩俐与林青霞在《新天龙八部之天山童姥》里面都是霸气侧漏的英气之美；赵雅芝、陈美琪硬是将蛇妖演成了仙女；王祖贤的聂小倩清冷感十足。除此之外，早年间的美人实在太多了，而且风格各异，高矮胖瘦应有尽有。

反观现在，白幼瘦、幼态美、少女感几乎成了说一不二的霸主，难道三十多岁的沉稳内敛就不美了吗？烈焰红唇、珠圆玉润就不能是美人了吗？喜欢的风格可以随心所欲，各花入各眼，每个人都有自己的审美，但是也应该尊重别人的审美，对于自己不喜欢的审美，请用“我不喜欢你的审美”，而不是“你的审美很奇怪”。

“你我这样人家的孩子们”如何培养？

周末带娃“小茶宝”出去散心，他想吃巧克力，就坐在休息区给他吃。这时候走过来了一家三口，母亲走在前面，怒气冲冲，父亲抱着孩子走在后面，孩子在哇哇大哭。走了一会儿他们停了下来，我听了一下，大致内容是孩子要买玩具，母亲说她每次出来都要买玩具，一买买好几个，所以不给买，然后三人就僵持着。

此时小茶宝看着他们问我：“妈妈，小姐姐为什么哭呀？”

我说：“妈妈听着意思是小姐姐要买玩具，但是小姐姐出门就要玩具，次次都要玩具，所以她妈妈不给买，她就在那里哭。”

这时候，小茶宝拿着从家里带出来的玩具说：“我有玩具，我不买。小姐姐家里都有好多玩具了，也可以不买的，不用哭的。”

“嗯嗯，我的宝贝真好，知道家里有玩具就不要买了。我们说好的，一个月买一个，不能每次出门都要玩具。”我一边回复着儿子的话，一边就想起了《红楼梦》中贾母说的那句：“可知你我这样人家的孩子们，凭他们有什么刁钻古怪的毛病儿，见了外人，必是要还出正经礼数来的。若他不还正经礼数，也断不容他刁钻去了。”

确实，贾府里的这些小姐、少爷在内里有不少令人谈论的故事，但是在见到外人或者是出门在外的时候都是礼仪典范。就算不堪如薛蟠，在夏家也曾留下惊艳的出场，要不也不能娶到夏金桂。

那这样的礼仪典范是如何培养出来的呢？除去大户人家家族传承的优良传统以外，最重要的是家庭内部对于培养孩子这件事情在大方向上的目标都是一致的，对于孩子的教育，上到贾母，中到贾政、王夫人，下到李纨、王熙凤这种嫂嫂身份的，意见都是统一的。

就算是宝玉挨打时，贾母、王夫人都站到了贾政的对立面，但是她们的核心观点也是贾政太过严苛，而不是贾政不该教训孩子。这一点跟不少家庭教育观念就很不一样了，对于孩子的教育，有一些家庭认为孩子大了，上了学，老师会教好的；幼儿园时不会自己吃饭，喂他能多吃一口，吃饭这种事情大了就好了；孩子学着骂脏话，而现在手机、电视上这种语言多的是，就为孩子这么快学会了脏话沾沾自喜，觉得孩子学得真快；兴趣班之类的，认为孩子还小，没必要折腾；孩子学习哭哭啼啼，就想着父母都是普通人，哪能生出天才宝宝，读书读不出也正常的；等等。尤其是爷爷奶奶辈的，比起教育，他们更在乎的是孩子开不开心，只要孩子开心健康，怎么都行。

反观《红楼梦》中，宝黛钗在很小的时候都已经开始接受教育了，黛玉出场时年纪尚幼，但是她懂得避讳母亲的名字。小小年纪就有老师一对一辅导，读书识字，仁义礼智信之类的一样都没有落下。贾府更是有自己的私塾，这些大家族的孩子们小小年纪都要上学堂，老师要考试，父母还要给他们考试，宝玉是不怕老师随堂考，就怕父亲临时叫。对于这些事情，家中的长辈贾母也是积极支持的，不会因为自己是高堂老母就去干预贾政教子，凡事以不伤害孩子的身体为前提，她都是大力支持、认可的，知书达礼、金榜题名也是她对自己这些孙儿辈的要求。即便是那个不成器的薛蟠，薛姨妈知道这孩子就不是做学问的料，但是来到贾府以后也还是让孩子积极上学堂，希望自己管不好的孩子，学堂老师能管管好，只是没曾想学堂这么乱。

除了对于教育有统一战线，亲子关系也是不容忽视的，尤其是正房太太与她的亲生子女之间的关系。良好的母子关系能给孩子更多的安全感，有安全感的孩子出门，见生人也都不怵，更加表现得落落大方了。比如金玉良缘这两位，宝钗在外面可以独当一面，但是在家中依然可以滚在母亲的怀里撒娇；而宝玉与母亲的亲昵就更细节了，下了学堂还能“滚在王夫人怀里。王夫人便用手满身满脸摩挲抚弄他，宝玉也搬着王夫人的脖子说长道短的”。

还有特别有意思的一对，贾母跟两个孩子贾赦、贾政之间的关系，从两个孩子的发展也能看出论实力贾政要胜于他的哥哥，当然行事作风这方面也更加正派，贾赦自己也曾借笑话暗示母亲的偏心：“一家子一个儿子最孝顺。偏生母亲病了，各处求医不得，便请了一个会针灸的婆子来……婆子道：‘不用针心，只针肋条就是了。’……‘不妨事。你不知天下父母心偏的多呢。’”这情节以及兄弟二人的发展，确实反映出了父母的偏心。在一些二胎家庭中，有这么个死循环，老大先出生，老二看着老大挨骂、挨批的画面就会避雷，然后容易出现老二长在了父母的心坎上，老大就有些不受待见了，如此恶性循环，最后就是老大普通、老二优秀。

当然对于孩子的教育与培养除了以上两点外，还有家庭环境、教育资源等都是不容忽视的，尤其是家庭环境这方面，身教大于言传。贾府这些孩子们对于那些乳母、大娘，以及丫鬟们的态度，多半也是受到了上一辈的影响，尊敬老人，善待下人，也是一种由上而下的传承。所以对孩子的教育，是一个大家族的事情，是一项庞大的工程，爷爷奶奶、外公外婆、爸爸妈妈甚至是哥哥姐姐、叔叔阿姨，都是孩子的榜样。

教茶宝讲耗子洞的故事

在陪孩子做成语故事打卡的时候，发现茶宝对于以人为主角的故事理解起来特别费劲，对于动物、植物方面的则是有着一种“一条过”的天赋。为了验证一下是不是小孩子就是喜欢小动物的故事，我将后面的成语故事都变成了以动植物为主角的故事，结果成语故事打卡很顺利就完成了。

完成了成语故事打卡之后，我忽然间想到了《红楼梦》中也有这种小故事，令人印象深刻的就是贾宝玉逗趣林黛玉的耗子洞的故事，虽然不是寒冬腊月，还是把这个故事提上了日程。我说：“茶茶，今天妈妈讲一个耗子洞里一群小耗子们的故事，好不好？”

他的第一个问题是：“耗子是什么呀？”

“就是小老鼠呀，舒克、贝塔的好朋友。”

舒克、贝塔是他当下特别喜欢的卡通人物，有了画面感的他迫不及待要听故事了。刚讲到腊八节的时候，他又开始发问了：“腊八节是什么，也是‘清明时节雨纷纷’？要吃绿汤圆吗？”

“不是的，清明节是春天的节日，腊八节是在冬天的，就在你生日过完之后。清明节那个叫青团，不叫绿汤圆，腊八节要吃腊八粥的，不吃青团。”对于他第一次的打断，我尽可能耐心地给他解释。

没想到刚说到腊八粥，他又来了：“腊八粥是什么，你会做吗？”

我耐着性子解释说：“腊八粥有甜的，也有咸的，甜的有点像八宝粥，但是里面的材料有点不一样，咸的都是些野菜之类的，也好吃，但是我都不会做。那你现在可不可以尊重我一下呢，你讲故事的时候我都不会打断你的，你等我讲完你再问问题，行吗？”

他有点不情愿，还是点点头：“那好吧。”

好不容易把故事顺下来了，他的问题就像是决了堤的河水，源源不断。诸如：腊八粥里面为什么没有奶酪？没有多不好吃呀。为什么大家都不要去偷香芋？小耗子为什么不害怕呢？林大人是什么呀？小耗子变成小姐了，还能变回来吗？偷香芋的时候被人发现了怎么办？变成小姐了，滚不动香芋怎么办？等等。

好不容易将所有的问题都给他讲清楚了，等他自己讲的时候他依旧特别执着，对于腊八粥的配料表就是不能按照原版的来，红豆、糯米、红枣、栗子、花生、菱角、香芋啥的，非要按照自己的配方来，四岁半宝宝的腊八粥配料就是奶酪、酸黄瓜，还有香芋，除了香芋是情节需要，其他两种都是他平时爱吃的。最后他讲的耗子洞的故事就是这样的：

有一个耗子洞，里面有很多很多的小老鼠，有一天这个耗子国王就说：“今天腊八节了，但是我们没有腊八粥喝，这个腊八粥里呀有奶酪、酸黄瓜，还有香芋，谁去拿这些食材。”小耗子们都拿着令牌去拿，就剩香芋没人拿，这时候一个最小最小的小耗子就说了：“我去，我去。”

大家都笑话它：“你这么小，怎么搬得动香芋呢？”

它说：“我会变，我把自己变成一个香芋，滚到香芋堆里面，然后把香芋都推回来就行了。”

大家都让它先变变看，小耗子“嘛哩嘛哩，变变变”变成了一个小姐。“错了错了，不是说变成一个香芋吗，怎么就变成了一个小姐了？”

小耗子说：“你们有的呀都是力气，我有的是智慧，你们呀都知道香芋是个宝贝，不知道林大人家的小姐，才是真正的香玉呢。”

闲来无事，帮人改名

最近在看一部与茶有关的小说《茶人三部曲》，看之前以为是一部茶叶的发展史，看了之后才知道是一部四代人在茶与战争中起起伏伏的故事。故事情节不算新颖，但是胜在里面时不时会出现很多茶方面的小知识，而且前两代的男主人公都是风流才子的人设，所以也有诗词歌赋的内容。尤其是第二代茶人杭天醉，一个慵懒、胆小又聪慧的文人形象。他遇上了柔弱、温柔的卖艺女孩，救下了她，把她留在了茶行里。姑娘原名红杉儿，男主觉得跟茶行不配，就给她改了名字，因为自己家世代都是从事茶叶生意的，就简简单单给姑娘改名叫作小茶。读到这一段的时候，我灵光一闪，就想起了《红楼梦》中的改名狂人——贾宝玉。

贾宝玉是荣国府里的宝二爷，他爱极了女孩子，也只爱女孩子，认为她们是“无价的宝珠”，而嫁了人的、年纪大的在他眼里就失去了光彩，甚至成了“鱼眼睛”。他爱的方式也很特别，吃她们脸上的胭脂，天天“姐姐”“妹妹”地叫着，恨不能把自己的心掏出来给她们，但是不淫邪。最妙的就是他喜欢给她们改名字。首先是他房里的丫鬟袭人，人家本来好好的名字叫了很多年，家人、贾母、鸳鸯等人都是“珍珠、珍珠”叫着的，偏偏到了他房里之后就给改了，改成“花袭人”。只因他猛然想起了“花气袭人知昼暖”这一句，就把人家名字改了。改完这个，就开始改下一个，把茜雪的名字也给改了。

改了丫鬟的名字觉得还不过瘾，就开始改他心腹小厮的名字。茗烟绝对是贾宝玉心中排名第一的小厮，好事坏事都有他的参与：宝玉闹学堂，他就冲上去当先锋；宝玉想看书，他就偷偷拿来禁书；宝玉出门也总是他陪着。茗烟之名正好对应古诗“白云堆里茗烟青”。而茗烟的名字在宝二爷对茶的感悟中也在不断变换，前期是虚无缥缈的烟，后期就变成了实实在在的炒茶、焙茗。

这厢折腾完了自己的小厮，宝二爷又把眼睛放到了小戏子芳官的身上，如果说之前的改名字都是为了附庸风雅，为了彰显自己的文采与爱好，那这次的改名字就是好玩。芳官可以说是《红楼梦》中被改名字次数最多的一个。因为她是小戏子出身，又是个淘气的，自从到了宝玉房里之后，宝二爷兴致来了就让她穿男装、扮男人，还改了个番名耶律雄奴，叫了一阵觉得辱没了她，又给了个特别洋气的名字温都里纳，然后大家叫着别扭，翻译成了汉名“玻璃”。可惜的是费了半天劲，这次的改名没有成功，这些名字最终都没有叫下来。但是这个改名字行动却是很有感染功能的，在贾宝玉的带动下，史湘云也给她的葵官改了名字叫作韦大英。当然热闹劲过了之后，这个名字依然没有被保留下来。

以上这些呢，都是宝二爷心情愉悦、心性上来的时候改的名字，他心情不好、跟人怄气的时候也喜欢给人改名字。后期怡红院有一个丫鬟叫作惠香的，这丫头本来叫芸香，后来是袭人给改的名字。当时贾宝玉正跟袭人怄气，听到袭人给改的名字，马上就不乐意了。问了那丫头，知道排行老四，直接简单明了，给人改了名字叫作四儿。

《红楼梦》中贾宝玉热衷给人改名，这并不只是小说里的情节，历史上的文人墨客也都很喜欢给人改名字，比如一代大文豪苏轼就很喜欢给人改名字，比较有名的就是给高俅改名了。高俅原来是一个市井无赖，喜欢蹴鞠，原名高毬。到苏轼家当差的时候，苏轼觉得这个名字不雅，就将其改成了高俅，改名后的高俅慢慢登上了历史的舞台，官运亨通。为了满足自己帮人改名这个喜好，东坡居士还专门开通了改名收费业务，生意爱好两不误。

喜欢改名的皇帝，那权力就更大了。如顶级大文豪皇帝宋徽宗，他也是个"改名狂人"。他不但喜欢给人改名，比如王黼，原来叫作王甫，宋徽宗觉得不好，就直接给改成了王黼。他还喜欢给地方改名。政和白茶是现在白茶中的后起之秀，其产地政和县就是宋徽宗给改的名。政和县原名关棣县，由于此处银针特别好，在政和年间进献给宋徽宗的时候，他非常喜欢，因此直接将此地更名为政和县，政和白茶也慢慢登上了茶叶的历史舞台。

红楼回忆杀丨我爱的是没出家的我

大家好，我叫妙玉，妙玉两个字是我的法名，我的真名现在连我自己也不记得了，也无所谓，名字不过一个称号，毕竟我也给自己取了其他名字：槛外人、畸人。唉！在这个有点不正常的世界，我一个正常的人取一个不大合群的名字也无可厚非。作为一个在红楼中的清醒人，我遭受很多的非议，在红楼的世界里有，在读者的世界里也有，除了我的行事作风，非议最大的就是我有钱，作为一个有钱的姑子，我先介绍一下我的家庭背景。

我出生在书香门第，这是低调的说法，要是高调一点那就是：曾几何时，当我的家族荣耀的时候，什么甄府、贾府的，在我家面前简直不值一提。这点看我的藏品就知道了，后面会给大家介绍。可惜我生而富贵却没有这个命去享受，我生来体弱多病，他们说要让我出家才能化解，我爹娘舍不得我，但是没办法，买了好多替身也不管用，怎么办呢，那就只能亲自带发修行了，就这样我出家了，法名妙玉。后来我爹娘死了，家也败落了，但是我留了一手，小时候的富贵生活让我从小就很有品位，我带着我喜欢的一些藏品在寺庙中修行，从此开启了我爱茶、爱收藏的文艺范人生道路。

介绍完我的家庭，介绍一下我的儿时玩伴。我小时候是在蟠香寺长大的，那时候也没什么朋友，遇到了一个还不错的小姑娘叫作邢岫烟，样貌、性情都还不错，就是不大读书断字，但是没关系，我会呀，我教她。慢慢地，在我的熏陶下她也朝着我希望的方向慢慢成长了，不过嘛，王者跟青铜之间再惺惺相惜也总让人觉得少点味道。真正让我找到了自己的知己好友是我在外面漂泊了一段时间后，在贾府落脚的时候。我们有着相似的家庭背景、相同的身体状况、类似的经历，不同的是她没有出家，而我出家了。我常常想，如果我没有出家，我可能就是她那般模样吧，我们才是真正的知心人，她就是林黛玉。很多人都说我喜欢贾宝玉，其实不是，你们看看我每次出现的时候，一个一直在场的人是谁，就知道了。

我们的第一次同框是在栊翠庵，这是我的地盘，我招待好大家之后，本想拉她一人，但是那太明显了不大好，就拉了与她齐名的薛宝钗一起去喝茶。当我拿出准备好的茶具，开始展示我的藏品的时候，跟屁虫贾宝玉也来了，算了，毕竟是她的心上人就一起接待了吧。在准备主人杯的时候我特地给她准备了暗示心有灵犀一点通的点犀䀉，她没有什么反应，我心里老不开心了，也不想给她的心上人准备什么杯子了，直接给了他我自己的绿玉斗。这家伙居然还嫌它普通，我一生气就怼了他，就我这普通的绿玉斗，那也是收藏级的古董好不好，我能给自己用寒碜的东西吗？但毕竟她在，我要收敛点，怕气氛尴尬就给他换了个杯子，顺便一通文化输出，告诉他们什么叫作品茶。本来还想展示一下我别的藏品，没想到黛玉也是个说话气人的，居然问这是不是旧年的雨水，这话也就她问，我只是怼了上去，换作旁人，别喝了，赶紧走，脏了我的地。我以为我怼她，她会生气，然而并没有，应该是怕我生气吧，还是多少在乎我的，那我就开心了，后面品茶也就顺了。但是展示藏品的心情也没有了，大家就自行凭着四款主人杯去搜索来历，以及揣测我原生家庭的背景与实力吧，我就不在此给你们一一介绍了。

芦雪庵即景联句的时候，听说他们玩得很开心。后来贾宝玉输了，那个叫李纨的说看上了我这里的红梅，但是又讨厌我的为人，就出了个馊主意让贾宝玉来讨几枝梅花，赏梅作诗。不得不说这老大姐真的是绝了，埋汰了我还想要我那里的梅花。贾宝玉还非常乐意，听说她们还打算多来几个人讨梅花，但是黛玉说人多了坏事，让贾宝玉一个人来讨梅花。不得不说这丫头年纪不大，看人还挺准，因着是她的心上人我就大大方方给了。完了呢，我还在红梅下悄悄许了个愿，希望哪一天我也可以跟我的心头宝一起即景联诗一下，这个愿望很快就实现了，当然这是后话了。

后来她给贾宝玉过生日，为了彰显我的大气，我就给递了个帖子祝他生日快乐一下，没想到这个举动也被很多人想歪了。原指望着两人一起来喝喝茶的，没想到贾宝玉这个憨憨没找到林妹妹就跟邢岫烟聊上了，最后也没盼到喜欢的姑娘，还被揭了老底，失策了。

自那以后我行为处世就小心一点了，不冒进了，果然很快属于我的机会就来了。那一天是中秋节，与往年不同，当时的贾府已经走向了衰败，印象中这样的没落跟我家以前有点类似，贾府的人有点零零散散了。

那一夜闻得凹晶馆有人在联诗，我就特意前去，还听见了红楼名句“寒塘渡鹤影，冷月葬花魂”。大家没事就在家种种红梅许许愿，比烧香拜佛有用多了。我听着我的机会来了，一方面可以展示才华，在喜欢的人面前长长脸；另一方面可以约佳人去栊翠庵坐坐，品品茶，聊聊天，这样的机会绝对不能错过了。于是马上就执行了我的计划，如愿一起在栊翠庵度过了美好的夜晚。后来她的丫鬟找来了，天下没有不散的筵席，我们也就这样散了。

我落寞而不舍地将她们送出了门，望着她们远去的背影黯然神伤，为这末世也为这爱人的离去而忧伤。后来的大观园可以说是坏事连连，她最后也没能逃过红颜薄命的命运，终于香消玉殒了。我呢，唉，也是个不幸的。一个大家族树倒猢狲散，我一个寄人篱下的旅客又能好到哪里去呢。只是也没有像那些读者编排的那样不堪，至于真正的结局，不过又是一个红颜薄命的故事而已，不提也罢。

在漂泊流浪中我过着自己小心翼翼的一生，最快乐、最精彩的就是在贾府的一段日子，有一群性格各异、爱好文学的朋友，有一个同病相怜、惺惺相惜的知己，我们隔空赏过梅，同屋品过茶，一起联过诗。在忧伤中相遇，又在末世中分离，这便是我最短暂的绚丽。

红楼回忆杀丨我不过是想要一份认可

人们常说母凭子贵，我有儿子，也有女儿，也有老爷的疼爱，当家主母也是个“菩萨”，但是我却过得一点都不好。老爷还有一个姨娘，但是她没我漂亮，会来事儿，所以不招老爷待见，无儿无女，就是个透明人。我就不一样了，我在当时那可是连番给老爷生孩子，生完女儿，生儿子。我以为老爷是真的疼爱我的，我以为我生了孩子之后就可以扬眉吐气了，毕竟戏文里都是这样演的。

但是我错了，虽然我是个姨娘，但是谁都不把我当回事，老太太不喜欢我，王夫人不待见我，连同她的侄女也看不起我，后来不管是长辈、同辈、晚辈都瞧不上我。我虽生气，也无可奈何，毕竟他们出身都比我好，但是那些丫鬟、婆子，最后甚至连戏子都不把我当回事，骑在我头上，我就真的忍不了了。所以我就常常跟他们吵架，但他们也不屑搭理我。凤姐也总是训我，真的让人很不爽，但是我没有办法，级别不够，只能听训。

虽然我表面上不敢吵，但是我的心呀，是放不下的，不算计算计不甘心。尤其是，凤姐跟贾宝玉两个人，一个仗着自己掌家总是吆五喝六的，还训斥我儿子，不让他跟我亲近；贾宝玉天天跟我儿子“噶苗头”，还对我属意的彩霞动手动脚的，不给他们点苦头我睡不着。所以我天天在等机会，直到有一天我遇到了马道婆，她跟我甚是投缘，只要是能把我当半个主子看待、怜悯体恤我的就是个大好人了。她说她有法子帮我，二话不说，我就给钱了，后来真的灵验了，凤姐和贾宝玉魔怔了，这种热闹我能不去吗？那必须抢到头排的门票赶紧去瞧瞧，万一马道婆道行高让他们都见了阎王，那我儿子就是老爷唯一的儿子了，我就真的母凭子贵了。可我好像把事情想简单了，老太太一盆凉水浇得我透心凉，而且他们居然后来都好了，好吧，我改日再战。

自打马道婆的巫术失败之后，我不敢冒进了，就只敢搞搞小花样，比如在老爷面前吹吹枕头风，告告贾宝玉的状之类的，太大的动静不敢整。就是总还是气不过他们对我的态度，再怎么样我也是个姨娘，怎么也比这些丫鬟婆子高贵些的，但是他们就是不把我放在眼里。终于有一天，我扬眉吐气的日子来了，凤姐病了，我的女儿探春跟着宝钗、李纨料理家事。这个凤辣子终于挺不下去了，真的是大快人心。我还正想着要怎么给我的女儿道喜，这时候我兄弟国基就死了，我女儿掌家了，那还不能多给我些银两葬她舅舅呀。正当我满怀惬意的时候，她又给了我一盆凉水，怎么会那么少，她们都让我去理论，不消她们说，我必须要去找女儿要钱的。

我去了，但是我败了，败在了自己亲生女儿手上。她可真能，不过就是让她帮着管家，还真把自己当成是嫡出女儿了，连自己的老娘也不认了，就在那里跟我扯这个、扯那个，明明宝丫头、大奶奶，就连平儿姑娘都同意了的，就是她，连自己至亲的亲人都不认了，也不知道公正严明给谁看的。一直以来，我都想要得到一个认可，给我一个姨奶奶该有的体面，子女都把我当个母亲，尊重我一点，没想到这个探丫头，一直也不把我当成母亲。以前的时候，就像是老母亲劝女儿一样，总是让我这样那样的，现在掌家了，更是不把我当回事了，当着这么多人的面让我颜面扫地，我的心在滴血。

后来的好长一段时间，我们母女都没有什么交集，直到有一天一群小戏子用茉莉粉冒充蔷薇硝哄骗我那傻儿子贾环。我一听就气不打一处来，这些小戏子算什么东西，就敢这么欺负人，我马上去找她们理论，好嘛，她们还不知错，还说我跟她们是梅香拜把子，都是奴才。我可是生了儿子的姨娘，我那么想得到一句认可，到头来这群小戏子都这么不待见我，是可忍孰不可忍。这种时候我不动手，还要挑黄道吉日嘛。我动手了，引得很多人都来围观，我的女儿也看到了，我以为她至少会看在我如此狼狈的情况下帮帮我，毕竟这群小戏子不受约束，无法无天也不是一天两天了。没想到她不仅不帮我，反而还怪我不自重，心都凉了，我的女儿，居然没有为我说一句话。

从此以后我们母女之间的来往就更少了，她看不上我，我知道，她也不是我喜欢的样子，算了不用勉强的，我还有儿子，至少我的儿子跟我还是有很多相似之处的。只是我的儿子一天天地大了，也开始嫌弃我了，我们也开始吵架了，我忽然觉得自己好失败，我就是想让大家都看看，能够认可我，能够把我当一个姨奶奶一样尊重。但是，下人还是看不上我，我身边的亲人也开始嫌弃我，离开我。

我的女儿，我那鸡窝里出来的凤凰，她被选中了远嫁和亲。我舍不得，但是阻止不了，只能看着她远走。虽然我们一直有矛盾，也吵过几次架，但是骨肉亲情是骗不了人的，临别的一刻我们还是相拥而泣，依依不舍。但是我的女儿终究还是走了，我的身边从此就剩下我的儿子了，我要为我的儿子打拼，虽然他现在也瞧不上我了，但还是要奋斗呀。只有奋斗了，我才能让更多人看到我的亮点，能够认可我的能力呀。

可我好像做得太用力了，我所做的这些事情到头来还是没有换来我想要的那一份认可，反而是越来越多的人开始不把我当回事，连老爷对我的态度也开始改变了，好像不那么喜欢我了。事到如今，我已无力回天了，这辈子已然无法改变，那就这样算了吧，下辈子投胎希望能是个富贵人家，从小就能受人尊重，得到家人朋友的认可，我愿足矣。

最后自我介绍一下，我叫赵姨娘，是一个出身低贱的家生子，后来做了贾政的姨娘，生了一双儿女，想要一份认可，却始终没有得到，深表遗憾。

红楼网名：海棠诗社的那些号

探春心血来潮招呼着大家伙一起建了个诗社，名为海棠诗社，李纨自告奋勇当了社长。姊妹几个你一言我一语地开始筹划，还列了不少规矩，但是其中最让我印象深刻的就是他们给自己取的号。首先是他们号的组成形式，基本都是以自己住处的名字加上自己的一些特点组合而成的。比如李纨的稻香老农，因她在众姊妹中最为年长，暗合了“老”字，而老农住在稻香村便是合了她屋子的名字，十分贴切。而黛玉的潇湘妃子一则是她就是潇湘馆的主人，二则古时候舜外出巡视，死于苍梧，他的两位夫人娥皇、女英知道这个消息之后，日日痛哭流涕，将竹子哭成斑竹，而潇湘馆竹子多，黛玉又爱哭，便有了这样一个雅号。与此类似的组合方式还有贾宝玉的怡红公子、宝钗的蘅芜君、湘云的枕霞旧友等。

而在才情方面较为逊色的迎春与惜春则是直接用了自己所住地方的名字，将后面的后缀给省略了，迎春是菱洲，惜春是藕榭。以上这两种雅号命名方式，在古代是非常常见的，古代的文人雅士喜欢用自己住的地方的名字来给自己取号，如苏轼的东坡居士等，古人的号取的范围相对比较广泛，而这些闺阁中的儿女，大门不出二门不迈的，只能以自己住的小小一屋来为自己取号，以此效仿一下。

除了这两种情况之外，探春的号是比较特殊的，她原来也是给自己取了一个秋爽居士的号，但是宝玉说：“‘居士’、‘主人’到底不恰，且又累赘。这里梧桐、芭蕉尽有，或指梧桐、芭蕉起个到好。”这启发了探春，她喜欢芭蕉，就给自己取了个蕉下客的雅号，这种以兴趣爱好为自己取号的形式也很多，将自己的志趣、抱负等放到自己的号中，以此来彰显自己的个性。

随着时代的发展，很多东西都在发生着变化，有很多古人留下的传统也在慢慢消失，但是也有一些东西一直延续下来了，比如取名这件事情。父母给孩子取名是一种希冀、一种祝福，而孩子给自己取名是一种本能。随着年龄的增长，孩子有了自己的思维之后，就会想要自己给自己取一个名字来标榜自己。虽然现在的人很少像海棠诗社的这些诗人们这么有雅趣吟诗作对，并署上自己的号，但是也都有自己的表现方式，比如玩过家家的时候给自己取名字，或者是再长大一些有了自己的社交软件，微信名、QQ 名等都是在彰显自己的喜好与个性，这是自己对自己的一个标榜。我家三岁的小宝宝，他知道自己的名字，“宝宝”是我们对他最常使用的一个称呼，他会在我们生气的时候跟我们说不要生气，要宝贝他，叫他宝宝，可能在这个年纪的他觉得宝宝这个名字是对他展示爱的最贴切的称呼，所以他给自己取名徐宝宝。

海棠诗社的诗人们给自己取喜欢的雅号，三岁的小宝宝给自己取喜欢的名字，那么看红楼的朋友们是不是也曾或者也想给自己取一个自认为最适合自己、最适合当下的名字？你的网名，或者你写文时的署名是不是你眼中最贴合自己的名字？

《红楼梦》中那些“双标”的主子们

说起《红楼梦》中的驰名“双标”，那可真是多到数不过来，从主子到下人都有，本文就来几个比较有意思的“双标”人物，他们都是一家子的，也不知是遗传还是传染，人物关系竟很是有趣。

如果要捋一捋《红楼梦》中的“双标”人物，中心人物就是贾宝玉，他既是男主，也是主子，更是驰名“双标”的领头羊。最著名的“双标”就是对于已婚妇女与少女的评价——女儿是水做的骨肉（他说的就是狭义上的女儿，在家的女儿），出嫁了就失去了光彩，甚至成为“鱼眼睛”，没有灵气。因为这套理论，他对待少女和妇女的差别是很大的，他屋里的那些丫头，掀翻了天也不管，看着还高兴，傻乐呵；婆子们要是说点什么，做点什么，哪怕是乳母李嬷嬷，那也是没好气的。

儿子是这样，母亲更是有过之而无不及，王夫人在“双标”这方面也是不遑多让的。但是她“双标”的标准不一样，她对年轻丫头“双标”，尤其看不上漂亮会来事儿的丫头。被她间接害死的金钏儿与晴雯都是容貌出众，又会来事儿的。比如金钏儿，本来是她的首席丫鬟，因为跟宝玉言语打趣有些暧昧，被她打发了，然后金钏儿想不开投井了；晴雯是因为王夫人听了谗言，看了模样被撵出去病死了。反观她喜欢的袭人，模样一般，为人老实，她很是喜欢，拿出自己的私房钱给袭人加薪，赏袭人衣服。哪怕是袭人越级进言，她也觉得是金玉良言，更加欢喜了。王夫人想的是妖艳的狐媚惑主，会带坏儿子，但在她眼中“老实”的袭人悄无声息里成了宝玉的性启蒙老师，对她来说就不要紧了？

再往上走，贾宝玉的奶奶也是个“双标”老太太。虽然贾母平时是慈祥可爱的老太太，有品位，但是有时候也会凭着自己的喜好“双标”一下。比如元宵家宴的时候，贾母因为没有看到袭人跟着伺候宝玉，直接一句：“袭人怎么不见？他如今也有些拿大了，单支使小女孩子出来。”哪怕是王夫人解释袭人母亲前日去世，有热孝，不便前来，还是有些不依不饶：“跟主子却讲不起这孝与不孝。要是他还跟我，难道这会子也不在这里不成？皆因我们太宽了，有人使，不查这些，竟成了例了。”还是凤姐一张巧嘴，化解了这个场面。此时看看她自己的大丫鬟鸳鸯，也是因为同样的原因没来伺候，她却没说什么，只是说话间想起这事儿让鸳鸯去给袭人做伴。贾母的“双标”是下人拿大风气不好，对别人是严格的，但对自己喜爱的丫鬟那也是可以做到“独宠”的。

贾宝玉的平辈之间，“双标”者也多。比如他的堂哥贾琏，当他第一次看到香菱的时候，说是薛蟠玷污了她，这么美貌出众的女孩子，着实是薛呆子配不上的，好一通可惜。但是他似乎忘记了，他跟薛蟠两人的品性那也是五十步笑百步，尤其是在男女之事上面，谁也不比谁高尚多少。香菱自然是出挑的，平儿就平庸了吗？那样出色的女孩子给了贾琏，也没见得有多好的待遇，也没看着贾琏付出了多少，他不照样是莺莺燕燕，一堆的风流艳事。

除了堂兄“双标”，贾宝玉的表妹也是个“双标”人物。女主林黛玉自己爱哭，但就是这么有标志性的一种行为，她自己做没有任何问题，等到薛宝钗哭红了双眼的时候，她居然以此说嘴："姐姐也自保重些儿。就是哭出两缸眼泪来，也医不好棒疮！"可能她忘记了自己曾经哭成两个核桃大的眼睛了。无独有偶，在嘴皮子功夫这件事情上，林黛玉也一直都是名列前茅的，但是自己说话刻薄不要紧，但凡是薛宝钗呛人，那她必是要絮叨一番的。但因为我喜欢她，就是"双标"也显得很俏皮。

红楼茶：女儿茶，以女子之名为茶

写这篇文字的灵感是来自《红楼梦》第六十三回宝玉过生日时袭人提到的那款女儿茶。不是因为要考证女儿茶是哪款茶，而是看到女儿茶的时候想起很多用"女儿""美人"等美好的字眼来命名的茶叶名。

《红楼梦》是一部女子的赞歌，其中形形色色的女子写得活灵活现，这是才子眼中的女子。而茶人眼中的茶叶也同样充满了生命力，他们在为茶取名字的时候，同样也将茶最珍贵、最美好的一面展现了出来。

如在书中出现的女儿茶，较多的说法是：从清代张泓的《滇南新语·滇茶》中"滇茶有数种，盛行者曰木邦，曰普洱……普茶珍品，则有毛尖、芽茶、女儿之号……女儿茶亦芽茶之类，取于谷雨后"推断，书中女儿茶就是普洱沱茶。这是比较被认可的一种说法，还有一种说法是泰安的绿茶女儿环，也是用"女儿"命名的一款茶。

用"女儿"命名的茶还不止这两款，除了这两款茶之外，最为人熟悉的一款是碧螺春，它除了这个名字之外，还有一个为人熟知的名字就是吓煞人香。这两个名字的关系有一段很著名的传说，就是康熙下江南的时候，喝到了一款好茶，当地的茶农没什么文化，就按照香味给这款茶取名叫作吓煞人香。因为碧螺春种植时是茶树与果树夹杂着种，花开时节、果子成熟的时节花香、果香都被茶树吸收，茶树就自带了花香、果香，再加上炒制之后的清香，香味有层次感又很复杂，所以茶农称其为吓煞人香。康熙觉得不雅，配不上这么好的茶，就改名叫作碧螺春。

这是关于茶名的一个小故事，关于采茶还有另外一个小故事。说这个碧螺春采的都是娇嫩的芽头，茶农生怕在运输过程中给损坏了，所以采好的茶叶都是少女揣在怀里带到家里炒制的，所以这款茶也叫作女儿茶。

而女儿环几乎是一种形状茶的统称，将绿茶或者窨制好的花茶做成女子耳环形状的茶都叫作女儿环。原本只是觉得与众不同，但是用“女儿”二字取了名字之后瞬间觉得这个女儿环也变得玲珑可爱了不少，如同那些少女在宝玉眼中的状态，怎么都是好的，哪怕是撒泼打诨也是天真可爱的。

“女儿”二字在茶中被用到了极致，“美人”也在茶中成了脱颖而出的热搜体质，比如台湾乌龙中的白毫乌龙，本来只是一款简简单单的乌龙茶，只是发酵程度比较高，香气没有其他台湾乌龙那么高扬突出，茶汤也相对比较深，但是偶然的机会成了英国女王的杯中物。西方人饮食方式与国人不同，对茶的品位也与国人大相径庭，英国女王在茶中喝出了东方女子的韵味，惊讶了她的口腔，从此白毫乌龙成了台湾乌龙茶中的新贵，也因此得名“东方美人”。

东方美人因为独特的韵味得了英国女王的青睐，如同刘姥姥因为朴实幽默的村妇形象得了贾母的青眼，一个在茶圈留下了芳名，一个在《红楼梦》书中留下了浓墨重彩的文字。而在彩云之南的另一款茶也完全靠自身光芒出圈了，如同薛宝琴初到贾府一般，一个被称为“外国美人”的小女孩在一众才女中一骑绝尘，赶超宝钗、黛玉成了贾母心尖尖上的人。这就是云南茶中的月光白。之所以叫它云南茶而不是普洱或者是六大茶类中的某类茶，是因为月光白这款茶与安吉白茶有些类似，制茶工艺是绿茶的制茶工艺，但是因为其茶树白化，制作出来的茶叶的茶汤与白茶的匹配度很高。月光白更是因为干茶让人感受到月光下树影斑驳的美，故得名月光美人，妥妥的靠颜值出圈。

除了以“女儿”“美人”作为茶名，有的还会以美人名字命名，比如醉西施、赛貂蝉等，把茶直接与古代美人挂钩，大约也是取名人对于美好女子的偏爱。

有些时候看到茶叶名也可以推断出一些茶叶的分类，比如一些与仙人、神佛、香韵有关的取名，多以乌龙茶为主，如：铁观音、铁罗汉、凤凰八仙、醉洞宾、一枝香、通天香、老仙翁等。比较有诗意，给人鲜嫩、清新感觉的多以绿茶为主，如：徽州松萝、蒙顶甘露、浮梁仙枝、武阳春雨、阳羡雪芽、汉中仙毫等。红茶、黄茶、白茶取名都相对实在一点，名字中很容易出现相对应的颜色，如：祁门红茶、祁红香螺、蒙顶黄芽、白牡丹等。普洱多以山头为主，奇奇怪怪，不像中原名字，如：曼松、布朗、冰岛、革登、南糯等。

红楼茶：暹罗茶，茶的传播

《红楼梦》中曾经出现一款暹罗茶，在《红楼梦》对茶的描述中，关于这款茶的文字最为清晰，通过主角团的对话，大家对这款茶是能够有一定认知的。比如聊天的四个人里面有三个人都是不喜欢这款茶的，差评的主要原因是茶味淡、茶汤颜色不好，对于喝惯了中国茶、在茶中品味人生的国人来说，那种回甘或者是层次感、厚重感在暹罗茶这边都是欠缺的。但是对于口味清淡的人，可能这款茶还是能走进心里的，林黛玉就挺喜欢这款茶的。

《红楼梦》对这款暹罗茶的描述虽然不少，但是对我们来说还是神秘的，大家比较在意的是它具体是什么茶、属于什么茶类，作者却没有交代。现在的茶相较古代茶，制茶工艺有所发展与改变，这里不考究它具体是什么茶，而是介绍一下中国茶文化的传播与发展。

茶产于中国，在中国也有着几千年的历史，从最早的鲜叶烹煮，到制作成茶，煎茶、点茶、清饮一步步走来，受到了国民追捧。小小的一片叶子先是在中国本土传播开来，后来外国的传教士、僧侣、商人等来中国传教、学习、经商，将一片小小的叶子带出国门，也将茶文化带出国门，茶开始受到世界各地人们的喜爱。

故事发展到这里的时候，还是很美好的，但是随着茶走出国门，日渐受到大众喜爱，走向也逐渐两极化了。在传播过程中，正面的传播就是将茶融进自己的文化与饮食中，经过融合之后制作成自己国家的特色茶，作为国礼进贡给当时中国的朝廷，以示驯服与友好。次一点的，就是将整套行茶、制茶过程复制粘贴，传承下去，渐渐将其变成自己国家的特色，或者直接宣称自己就是发源地，比如韩国、日本。最黑化的传播那就是英国了，当茶受到国民热捧之后，首先想到的是本国的咖啡受到了影响，于是乎就开始抵制，但是发现没有什么效果。然后尝试着在印度、斯里兰卡等地大面积种植，并制茶。

凤姐的那句“你既吃了我们家的茶，怎么还不给我们家作媳妇”，体现了茶的另一个寓意——定情。茶是纯洁、吉祥的象征，三茶礼在江南某些地方现在依旧很风行，订婚“下茶礼”，结婚“定茶礼”，同房“合茶礼”，用茶定情，是从古至今流传着的浪漫。情人节、七夕节、女孩子生日、结婚纪念日等节日没有想好送什么礼的男士，买点茶，在表达绵绵情意、忠贞不渝的同时，还能帮助自己的另一半减肥、美容、驻颜，应该是不错的选择。

妙玉的茶

我学茶是从想了解《红楼梦》中的茶开始的，刚学茶的时候见到老师就会问一些关于《红楼梦》中茶的事情。比如：有没有枫露茶？古代外国进贡的茶是什么茶？《红楼梦》中有几款茶是真实存在，我们可以喝到的？等等。带着这些疑问去学茶，结果发现没人能解答，因为老师也不清楚，他们也不研究这个。

其中妙玉的两款茶——六安茶、老君眉是公认的真实存在的。本着想要找同款茶的心情，我一度找人问，找书查，因资料有些混乱导致自己的思维也有些混乱。直到不久以前，带着这个问题问一个茶人小姐姐，她的一句话让人醍醐灌顶，她说古代是没有六大茶类的，古人给茶取名字，多数是地名或者树名之类的，这款茶可以是绿茶，也可以是红茶，很难从书中的只言片语考证。她这一说，我才猛然想起来，关于六大茶类看茶汤颜色分类的方法是由 20 世纪七八十年代的茶学教授陈椽提出来的，在这之前的茶就是根据名字来分辨的，不分茶类。

想起这些再去看妙玉的两款茶，就有了不一样的想法。比如贾母误以为的六安茶，现在大致被认为是两款茶，六安瓜片或者是老六安。无他，就是从六安这个地名出发，用现在的名茶对标起来。可其中有一点被人忽视了，六安的茶历史悠久，就算是同一款六安瓜片在不同的年代，饮茶方式是不同的，现在的瓜片与古代的瓜片也早就已经天差地别了。这就好比是阳羡茶，是大文豪苏轼、王安石都喜欢的茶，也是贡茶，现在也有阳羡雪芽，很多人会对等起来。但是宋代用的是点茶法，茶叶磨成末直接喝进去的，再往前唐朝的时候，为了缓解茶苦涩等一些不好的味道还会加调料。那样的茶跟我们如今清饮的茶，早就不是同一种类型了，只是茶产地还算一致而已。

六安茶的脉络相对还是比较好整理的，有地名的明示。老君眉就更加梦幻了，就是一个茶名，没有地方属性，只是从刘姥姥的嘴里了解到茶味偏淡，不合重口味人的口味。因为名字模糊，老君眉的考证就更加有趣了，第一种说法是六安银针，提出说法的依据是因为都是六安的绿茶，形状相似，只有等级区分，这个观点的核心是贾母的身份地位适合等级更高的茶。个人觉得这种说法可信度不高，因为古代茶叶命名的时候一般大范围命名比较多，比如阳羡茶、浮梁茶、西湖龙井等。尤其妙玉这样高品级的茶人，选的茶等级肯定是高规格的，一款茶收一件就够了，不会跟开茶叶店一样同款茶还分等级，等级低的茶入不了她的眼。

还有说是君山银针，这种说法来自茶叶的外形，如同是雪白的眉毛一般，暗寓长寿的意思。基于这个论点的还有白茶中的白毫银针。还有一种老白茶寿眉，字面意思就是长寿之意。寓意是很好的，味道跟刘姥姥反馈的茶味淡也匹配得上。但是茶性偏寒凉，它还能消炎、清火，但老人家饭后就喝这样的茶养生，不符合常识，也不符合妙玉这个茶界大咖的选茶标准。

还有一种说法，认为是武夷岩茶的一种，还列出了清代的一些资料记载。这种说法主要认为六安茶是绿茶，武夷岩茶则是更温和的半发酵茶。但是这款茶跟刘姥姥说的茶味淡有些出入，武夷岩茶不及时出汤的话，是很容易有苦涩感的。当时妙玉用的茶具不是品茗杯，而是盖钟，茶水没有及时分离，以这个浓度来说，刘姥姥喝着应该是正好的。如此看来的话，武夷岩茶的可能性似乎也是不大的。

《红楼梦》作者的生活时代离我们现在已经好几百年，就算老君眉这款茶能够考证出来，但是几百年的传承与变迁，现在的茶与当时的茶也有很大的不同了。比如《浮生六记》中陈芸喜欢在夏天的时候自己把茶叶放到荷花中窨制荷花茶，我们可以参照、还原，但是最后出来的味道也不会是陈芸那款茶的味道。只是借此体会一下古人的小情趣，喝一喝自己制作的荷花茶而已。

妙玉的同款茶，或者是《红楼梦》中的同款茶是绝无仅有的。但是如果想体验一下的话，可以去尝试一下六安的名茶，或者是那些取名叫作老君眉的茶，品一品，寻一寻你自己心中妙玉的茶。妙玉这个人物的设定是苏州人士，苏州名茶很多，可以去尝尝妙玉姑娘家乡的茶，比如碧螺春、虎丘茶、茉莉花茶、水月茶等。尤其水月茶，它是碧螺春的前身，也是因为水月禅寺命名的，而《红楼梦》中也有一座水月庵，看看这水月茶是不是《红楼梦》中隐藏着的一道名茶。

妙玉的茶局：最是人间富贵茶

上次写文写到了妙玉的茶，她的茶是人间富贵茶。这次借着妙玉的体己茶局给她洗刷一下冤屈。虽然妙玉这个人物确实有很多的缺点，尤其是作为出家修行之人来说，更是有很多与当时社会格格不入之处，但是用妙玉茶局来“黑”妙玉也确实非常冤枉她。

第一是妙玉喝体己茶时的茶具其实是酒具，就这一点妙玉就被“黑”得体无完肤。妙玉确实用了酒具当茶具，但是这在茶席上不管是古代还是现代，其实也都是挺正常的事。这个问题要分两步来解释：一是茶叶的发展，二是器具所出现的时间、地点。就第一点来说，茶叶最初并不是我们现在喝到的形态，茶叶先是被作为药用，其后变成食用（当成菜），最后才被作为饮料。所以在最早的时候，本就没有茶具，茶可以在饭碗里食用。而被做成饮料的茶最先出现的形式是团茶，是明朝朱元璋改革后才有了现在的散茶。而茶叶作为饮料的食用方式也有一个进化的过程：先是煮茶，后来煎茶、点茶，最后才是冲泡清饮法。所以每个朝代的茶器大小不一，用酒具、餐具代替茶具也是很常见的。饮茶流行之后，才慢慢有了专门的茶具，但这也不影响酒具或者餐具作为茶具使用。就比如盖碗，可以作为品茗杯，也可以作为主泡器，看使用者的习惯或者环境，都是说得过去的，没有那么严格的规定一定要如何使用才是正确的。就第二点来说，妙玉拿出来的几个杯子，其他几款没有交代时间，只有在宝姐姐的瓟爮斝上有这样的字样“王恺珍玩”，又有“宋元丰五年四月眉山苏轼见于秘府”。王恺是西晋的大富豪，而苏轼是宋代大文豪，这绝对是古董。除此之外也透露了讯息，西晋时饮茶风气刚刚形成，茶具还没有开始流行，但是酒文化已经非常盛行了。而宋朝的时候，盛行点茶，茶具以建盏为主，一是因其容量大，还有是因其色黑，更能凸显汤色。但是这样的茶盏，到了清饮法时期就显得不适用了，而小巧的酒具作为茶具却是适用的。这里也有个小小的例子，比如在建阳水吉一代，当地百姓就喜欢用建盏作饭碗使用，很少用瓷碗，因为当地盛产建盏。他们可以把建盏做成盖碗形式、壶的形式，跟历史上点茶使用的建盏也有很大差别，但是时过境迁，也没人指责这个是多大的错误。就如同同样是功夫茶，潮汕喜欢用盖碗，而福建一带多用紫砂壶，没有什么绝对的对错，因地制宜而已。而妙玉这样的做法，也只是有点炫富的意味在其中，并没有像批评她的人说得那么不堪。

第二是关于妙玉这些茶具的价值，是价值连城没错，但这些东西是她自己家里的，不偷不抢，也不坑蒙拐骗，更是没有必要被揪着不放。尤其是一些说法认为妙玉是出家人，日子过得太奢侈了，没有出家修行之人的清心寡欲。但讲真的，可能对于出家人，大家真的有些误会。从源头上来说，释迦牟尼出家前是悉达多王子，出家后做过苦行僧，后来发现并不能成佛悟道，就开始接受别人的供奉，慢慢顿悟，还曾经住在祇园精舍，那是用金砖铺地、里面种着很多珍贵树木的地方，至今佛经上的七宝，依旧是什么玛瑙、砗磲、琉璃等，都是非常珍贵的东西，妙玉的这些小东西在祇园精舍面前简直不值一提。而所谓的戒律清规，原本也不是这么森严的，是释迦牟尼的堂兄弟提婆达多为了彰显自己的修行高于释迦牟尼才提出来的，当然现在也有很多苦行僧依旧会遵照这套修行，但这个并不是一定要遵守的。所以妙玉用自己家的东西，不管她是否出家都是无可厚非的。而且反而显得她品位高，品性高洁，作为出家人，她没有跟其他的尼姑、道婆一样圈钱，虽然吃穿都在贾府里，但是很多的东西她都用自己的，没有去多占贾府的便宜。她也不曾存心害人，找借口问贾府拿钱，非常难能可贵。

妙玉拥有这些茶具，充其量只能说她与当时的社会有些格格不入，所以她格外珍惜宝、黛、钗这些能与她有些共鸣的人，大有一种"不合时宜，唯有朝云能识我；独弹古调，每逢暮雨倍思卿"之感。而这种知己好友的情意，因为妙玉给宝玉自己日常喝茶用的绿玉斗，而被认为是对宝玉有儿女私情。这里真的要夸夸妙玉，她拿出了自己最珍贵的茶、最珍贵的器具，招呼她认为最重要、最值得珍惜的朋友，是多么美好的一段友谊，哪有什么男女之情。

绿玉斗是妙玉用过的，而且是常用的，主人杯无疑；点犀䀉、𤫰瓟斝、蟠虬整雕竹根的盏，都是天然材质，雕刻复杂，没有窑口，不做批量生产，应该也是妙玉的主人杯，只是因为某些原因可能使用次数比较少，或者是古董舍不得用，抑或是用起来不顺手等。收主人杯是爱茶之人一大爱好，我的茶艺老师、学茶的朋友和同学都有这个爱好。而且不只收一个主人杯，会收好几个，不同窑厂生产的，容量也是大小不一的，而且会根据杯子的具体情况决定使用次数，比如有收藏级别的，基本就不会用，形状、釉色各方面都比较合心意的会经常使用。而且主人杯除了自己使用之外，很少会给别人使用，就算给别人使用也是跟这个人非常亲近，这个人在主人心中的位置非常重要。我也收了几只主人杯，常用的就一两只，剩下的很少用，也只给我好朋友夫妻两个用过，因为他们是我心中最重要的朋友、最珍贵的茶友，其他人来都是用普通配套的杯子招呼。

回到妙玉这边，她用自己的主人杯招呼薛、林二人，足见她们在妙玉心中的位置，也可见妙玉对于朋友的一番真心。而她们两个使用的杯子，未见得妙玉自己没有使用过，只是文中没有具体写，只写她常用的是绿玉斗。作为主人杯，这几个杯子差别就在于使用频率与其本身的价值。绿玉斗是妙玉珍爱的，点犀䀉、𤫊瓟斝也是她非常珍爱的，所以她挑选最适合薛、林的杯子，可见她对杯子的喜爱和熟悉程度，以及对薛、林二人的用心。所以这三个杯子在妙玉心中的重要性是一样的，宝、黛、钗三人对于妙玉而言也是知己，她可以为了知己放下自己的洁癖，是很值得称赞的。

妙玉这次的体己茶局，规格很高，但是情意更高，她将自己最好、最美的茶席给了宝、黛、钗，也将他们视为自己的知己好友。这样的感情用茶来形容就是：犹如上等茶，可遇不可求。他们在大观园遇到了，成就了一场难得一见的体己茶席。

红楼茶：林妹妹的心头好与早春第一缕香

春光无限好，各种茶诗开始刷爆朋友圈，尤其是当早春第一缕茶香上市之后，一句才华横溢的诗句，配上一杯春意盎然的茶，令人隔着屏幕都能感到清香甘爽。乌牛早作为早春的第一抹鲜，绝对是朋友圈第一名热搜。抖音直播间以“采龙井”“钱塘龙井”等字样吸引人购买春茶，有的直播间会直接说明春茶是乌牛早，有的就直接在袋子上写着龙井茶，下括弧乌牛早，将乌牛早列为龙井品种之一，更过分的就直接写着钱塘龙井。

龙井作为十大名茶之一，又有乾隆的故事加持，十八棵御树的历史古迹，受到了很多人的热捧。就连在《红楼梦》中，对这款茶也有笔墨，第八十二回中，林黛玉对紫鹃说："把我的龙井茶给二爷沏一碗。二爷如今念书了，比不得头里。"林妹妹作为姑苏人士，而四大家族原本也都是金陵一带的人，喜欢江浙名茶，十分贴近生活。

《红楼梦》的茶有很多，但是作者在描写的时候几乎都是虚写的，或者用谐音梗虚构的，没有十分明确地写出来，比如老君眉、六安茶、千红一窟、枫露茶等，需要读者去探究或者猜测。而龙井茶却是非常实在，半点不用人去费心思猜测，一来是作者对于茶品的喜爱，再来也是这款茶在当时的名气也较大。

龙井茶古往今来一直都是非常受大众喜爱的一款茶，常见的品种有龙井群体种、龙井 43 号等。而作为历史名茶，龙井茶的价格也一直居高不下，尤其是头采、明前茶这些，所以一些茶商为了自己的利益，就开始偷换概念，乌牛早就是其中的冤种之一。

乌牛早作为最早上市的春茶，与龙井的相似度很高，从干茶到汤感都有极大的相似度，作为茶品来说也非常不错。但是被用来冒充龙井，却使其价值、好评度大打折扣了。乌牛早多产于永嘉县，又名永嘉乌牛早，学名嘉茗一号。乌牛早是茶树品种，也有注册商标，这里面比较让人概念模糊的是关于龙井茶制作标准中关于茶树品种的标准，除了常见的龙井群体种、龙井 43 号、鸠坑种之外，嘉茗一号也被列在标准之内。也就是嘉茗一号树种使用龙井的工艺制作而成的茶，也可被称为龙井茶。

因为这个原因，各种擦边球就开始产生了，不管工艺，乌牛早直接按龙井茶的价格卖，混淆概念，各种鱼龙混杂的现象让人接受不了。如果消费者知道其中的门道，还是选择购买，这是一个愿打一个愿挨的事情；但是如果不知道其中的缘由，那就要避避雷了。

此外，龙井茶与乌牛早的一些区别：龙井茶干茶比较瘦长，黄绿色，不是很鲜嫩；而乌牛早的颜色偏绿，看起来更鲜嫩。就汤感来说，龙井是豆香味带有点薯香味；乌牛早带有明显的青草味、薯香味。

红楼香经：是香、是茶也是药

《红楼梦》这本书很有意思，写人的时候把人物刻画得栩栩如生，写物件的时候也写得细致入微，不管从人、情、物哪一点去读，都让人回味无穷。而且《红楼梦》十分喜欢用谐音梗，非常有趣。尤其是在写物的时候，常常让人有一种茶非茶、花非花之感，如雾里看花。

在学茶的时候，老师喜欢说茶、香、花不分家，因为茶席上以茶为主，而香和花则能给茶席在视觉、意境上添加浓墨重彩的一笔。而接触香的时候，很多人就说香、药是一家，很多香料也是名贵的药材，比如沉香助消化、缓解失眠，麝香活血消肿等。这种模糊的界限，在《红楼梦》中更是被写得出神入化。

第一款要说的香是仙子们用的香，名叫群芳髓，是贾宝玉在太虚幻境闻到的一款香。这款香的介绍是这样的："此香尘世中既无，尔何能知！此香乃系诸名山胜境内初生异卉之精，合各种宝林珠树之油所制，名'群芳髓'。"这款香妙在真真假假、假假真真，让人捉摸不透。先从名字来说，用的是谐音梗，可作"群芳碎"或者"群芳坠"之解。而其配方用的是宝林珠树之油，是款木质香的合香。那何为合香？合香就是由几款中药或者天然香料合制而成的香。这款香是杜撰出来的，但神奇的地方就在这个材料宝林珠树之油，按照谐音推测，很多人认为其影射宝钗和黛玉。但这不是最神奇的，最神奇的是，在古代的《香谱》一书中真的有一款合香叫作宝林香。这是一款佛家的香，"宝林"之名，从佛经"净土之林，七宝成行"中演绎而来，是"西方阿弥陀佛极乐世界七宝树林"的简称。宝林香的配方为：黄熟、白檀、栈香、甘松、藿香、零陵香、荷叶、茅香、蜂蜜。

从原材料出发，有类似的香先不说。从名字来看，也有一款与之很相似的茶，叫作群芳最。对于这个名字大家可能觉得很陌生，但它还有一个家喻户晓的名字，叫作祁门红茶。这款茶素有"世界香，群芳最"美誉，是最为西方人所熟知的一款茶，也最受西方人喜爱。"祁红特绝群芳最，清誉高香不二门"，祁红内质清芳并带有蜜糖香味，上品茶更蕴含着兰花香（号称"祁门香"），是红茶皇后，加糖加奶做成奶茶之后的味道更是美妙绝伦。除此之外，很多我们冲泡的品牌袋泡茶都会用祁红来提香。（这里普及一下，我们买的品牌袋泡茶，比如立顿，他们会选用不同地方的红茶，根据比例去拼配，保证每年的口感、色泽、香味都是一致的。因为受到地区、气候的影响，单一的红茶每一年的口感、色泽、香味都会有所差异，这样拼配以后能够保证每一袋的茶都是一样的口感、色泽、香味。而香味他们选择的就是祁门红茶的香。）群芳髓我们是闻不到的，但是宝林香我们可以根据配方配制出来，群芳最也还是有很多的，想体会一下的朋友可以试一试。

第二款要介绍的是红迷非常熟悉的一款香，叫作冷香丸。在书中这是一味药，宝姐姐一直在吃，但是在很多香道师的眼中，这其实是一味香。除了因为古代香、药不分家之外，还因为这味药制作的时候没有添加任何加工的鲜花、蜂蜜等，却香气逼人，这完全是香丸的一种制作方式。比如古方香中的木樨香，二苏旧局就会将鲜花直接裹在香丸上。当然冷香丸除了香，在治病救人方面也有一定的功效。首先看下所需要的材料："要春天开的白牡丹花蕊十二两，夏天开的白荷花蕊十二两，秋天的白芙蓉蕊十二两，冬天的白梅花蕊十二两。"逐一分析下这四种花各自的功效：白牡丹花性平味淡，可调经活血除烦；白荷花性味甘平，能清暑祛湿、止咳定喘；白芙蓉花性平味辛，可清热解毒、平喘止咳；白梅花性平味酸微涩，可利肺化痰、开部和胃。加起来主要是清热解毒、活血开胃的。

冷香丸作为药配合着二十四节气的水来制作真的很难、很复杂，但是如果搞个低配，作为茶或者香，现在其实也没有那么难弄到。作为茶的话，最简单的做法是这几种花分开去买，网上就有干茶花卖，或者对环境、对手艺有自信的话可以自制干茶花泡水喝。作为香的话，网上也有，有真的用干花做成的冷香丸，价贵。还有一种模拟冷香丸的冷香调做成的合香，就像古方梅花香、荷花香等，都是用香料根据一定比例模拟出梅花、荷花的香味。冷香丸也有用龙脑、零陵香等来模拟冷香的那种香调，这个自己动手的成分相对多，价格便宜些，跟梅花香、荷花香、百合香这种普通的香价格差不多。

第三款香叫作梦甜香。看名字就知道是甜丝丝、带有暖意的一款香，其香料非常珍贵，但更珍贵的是它非常细，跟灯草差不多，而且燃烧起来非常快，是宝玉他们诗社作诗的时候用来计时用的。用香来计时，是古代很常用的一种计时方式，常常在古装剧里会听到一炷香的时间，一炷香到底是多久也不能准确去推测，因为古代线香的粗细、用的香料很多没法考究。但是古代用香计时却有很多形式，除了线香，还有香篆、盘香等，最著名的就是百刻香。据记载，当时制香者将一昼夜划分为一百个刻度，香长二百四十寸，每个时辰大约燃烧二尺，共计二百四十寸，正是百刻香的由来。甚至还根据节气不同、昼夜长短的变化来调整香径和香长，作四时香篆。福庆、长春、万寿等字样各异的节庆香篆也一应俱全。由此可见古人不仅聪明还非常有情趣，可以把如此平常的一件事变得活色生香。

介绍梦甜香就是想分享一下古代香的不同用途，以及古人高超的技艺。像现在的线香都可以用针筒直接挤压出来，而古代主要靠手搓，要做出梦甜香那种灯草般粗细的线香实在是非常考验技术的。

当然，香还有很多别的用途，在红楼中也有很多的介绍，比如还有香薰、祭祀、斗香等，都是非常雅致的香事，所谓：茶饼嚼时香透齿，水沈烧处碧凝烟。

《红楼梦》中的玉：贾琏的九龙佩

《红楼梦》又名《石头记》，从开始到书中的很多情节都与石头、玉有很大的联系。通灵宝玉价值连城，它的珍贵之处在于它不是凡间之物，有着女娲光环，而且也带有很大的功能性。以至于令很多人忽视了书中其他的玉石，比如贾琏赠予尤二姐的汉玉九龙佩。

书中交代了这块玉的朝代以及图案。而就这简简单单的几个字，却足以让人对这个玉佩顶礼膜拜。首先是朝代，是汉朝的，妥妥的古代文物了，有多值钱可以对比一下妙玉的茶器。妙玉在邀请宝、黛、钗三人喝茶时，拿出来的品茗杯中，有一只是晋代文物，足以让贾宝玉这样的富家公子叹为观止，更别说年代更久远的汉代，说它价值连城绝对不为过。

其次是它的图案，九龙佩，龙形图案。别看在现在人人都可以使用，做生肖可以用，龙凤呈祥讨个好口彩也可以，但是在封建王朝时期，龙是皇家御用的，或者说是皇帝御用的。如果这不是一件时代久远的古董的话，作为荣国府子孙的贾琏根本就没有资格使用，别说他，就是书中皇亲国戚的北静王也是不可以使用的，由此可见这块玉佩的珍贵之处。

汉玉九龙佩身价很高，而它的故事也很有意思，它本是贾琏佩戴的，后来贾琏送给了尤二姐。其中九龙佩的两种用途，也正是玉石在古代最常见的两种用途：一种是佩戴在身上保平安，也能够规行矩步，还能听到如鸣佩环的悦耳声音；另外一种便是定情或者订婚之用，玉除了君子之气，也有忠贞之意，用来表达爱情，承诺婚姻，正可谓好一对璧人。

《红楼梦》中的玉：名字中带玉的梦中人

《红楼梦》是由一块女娲补天的五彩石引发出来的故事：前世的时候是一块无才补天的石头，今生就变成了通灵宝玉，故事围绕着贾宝玉的家族发展，一块玉牵引着故事情节变动。书里名字中带玉的红楼梦中人也非常多。

红楼男主叫作贾宝玉，因其衔玉而生，故名。而他的前世是神瑛侍者，住在赤瑕宫，这里就有意思了，他前世住的地方、官职名字都跟玉有关。在贾府降生以后就叫宝玉，长得也是美玉无瑕，身上还有通灵宝玉，妥妥的玉的代言人。

女主角叫作林黛玉，又是一块玉，前世是被神瑛侍者灌溉的绛珠仙草。黛玉，字面理解可能是眉毛长得很好，如《甄嬛传》画眉最好的就叫螺子黛。

怡红院有个小丫鬟叫作红玉，这是打娘胎里就取好的名字，偏偏犯了主子的名讳，后来改名叫作小红。这丫头也很了不起，在怡红院出不了头，就机缘巧合跟着王熙凤，还获得了一段不错的姻缘。

除了贾府中人名字中带玉的，还有借宿在栊翠庵的妙玉，《红楼梦》中写她的笔墨不多，但也绝对是其中很出彩的一个人物，光栊翠庵品茶这个桥段，就能够让世人有诸多讨论。

金陵十二钗，十二个女子，带玉的就有两个，可见用玉字取名在古代是多么普遍，当然还有作者为了契合主题，有意为之的原因。贾府以外，还有一个唱戏特别厉害、长相绝佳的戏子——蒋玉菡，也是名字中带玉之人中的佼佼者，一个可以引发“战争”的戏子，实力绝对不容小觑。

还有本名不知道、外号玉爱，长相、性格都是佳人范儿的宝玉在学堂里的男同学，也是引发闹学堂的导火索之一。

除了这些名字中带玉字的人，更有趣的是贾宝玉这一辈的男子，名字都是王字旁，也就是古代的玉字旁，比如贾琏、贾瑞、贾珍等。一部以玉引发故事的小说，人物名字也是无玉不完美的状态，天天新认识一个带玉的人物，曹公取名除了有深意也很有趣味性，是一个把玉刻进骨子里的作者。

《红楼梦》中的年

很多人说现在过年越来越没有年味儿了。关于年俗，老一辈人十分考究，年轻人比较随意，比如以前的年夜饭都是自己做的，有讲究，还有祭祖、换门符对联、大扫除什么的，现在清洁卫生很频繁，对联也没有以前讲究了，年夜饭很多人更是选择去酒店直接订，对很多传统的流程也不熟悉。除此之外，还有一个很大的原因是，以前物资匮乏，一件新衣服、一顿丰盛的饭菜、一些美味的小吃零食只有在过年的时候才能得到满足，但是现在这些唾手可得，变得不那么珍贵了，所以仪式感方面也下降了很多。因为这些原因，年味儿淡了，令人感到可惜，但《红楼梦》中那隆重的过年场景，那上万字洋洋洒洒的描述，会永远保留在字里行间。

年对于古人来说是一件非常盛大的事情，远比我们现在要盛大隆重多了。在古代从腊月开始，大家都忙碌起了过年事宜，管这叫作忙年。孩子们放年假，姑娘们也不做女红了，要让这些笔墨纸砚、针线都歇歇。这时候大人们就开始忙活起了年货、打扫、更换对联什么的各种琐事。如《红楼梦》中管理贾府庄子的乌进孝就带着浩浩荡荡的队伍将一年的收成带进宁国府上交给贾珍父子，这就是贾府的年货。

一边忙着年货，到了腊月二十三、二十四的时候，要祭灶神，这两天要让灶神多多吃点好东西，上天汇报的时候好多多照拂，等到腊月二十九的时候再把灶神迎回来。腊月二十九的时候，过年事宜都已经准备完毕，“两府中都换了门神、联对、挂牌，新油了桃符，焕然一新。宁国府从大门、仪门、大厅、暖阁、内厅、内三门、内仪门并内塞门，直到正堂，一路正门大开，两边阶下一色朱红大高照，点的两条金龙一般”。这时候贾府年味儿已经溢出满屏了，烛火通明，热闹非凡。

等到了除夕那天，那就更热闹了，但是也非常累人，一早上有官职、有诰命在身的首先要进宫叩拜，这叫作朝贺。从宫里回来之后，到祠堂祭祖，给祖宗叩拜。完了之后，再到贾母的正房里按照辈分先给贾母叩拜，叩拜完了之后给贾赦、贾政这一辈的叩拜，接着是贾珍这一辈的，同辈里年纪小的还要给年纪大的叩拜，在叩拜中小辈们得到自己的压岁钱，如金银锞子与荷包。

一套流程下来之后才到了后面的家宴，作者管这个叫作合欢宴，宴席上有屠苏酒、合欢汤、吉祥果和如意糕等，都是一些讨得好口彩的名字。家宴之后，大家也是要守岁的，这一晚注定热闹异常，烟花爆竹响彻云霄，是孩子们最开心的一晚。

古人的过年与我们现在相比，除了热闹、考究之外，还有时长也有很大的差异。古人的年是从腊月开始到元宵节之后才算是结束了，而我们现在基本到了正月初七就上班，各自忙碌了。所以《红楼梦》中的年，分了两个章回写，除夕在膝盖痛了的劳累中结束，正月初一那必须让你继续昨日的劳累，依旧是从到皇宫中叩拜开始，按照除夕的排场再来一遍。之后的几天都是在膝盖的高强度工作中度过，拜年、下跪不能少。当然膝盖受罪，别的地方就享福了，比如嘴巴，如此重大的节日，那美食肯定是不能少的，必须吃吃吃，把膝盖的忧伤全部补偿回来。

当然除了吃吃跪跪，还有娱乐活动。在元宵节的时候，贾母先是带着众人办元宵家宴，家宴上的菜肴自不必说都是极好的。除了这些之外，元宵家宴上的元宵自然是重中之重，除了美味可口之外，最重要的是寓意极好，团圆美满。吃饱喝足之后就带着众人一起听戏，听的自然都是热闹、祥和的戏剧。除了戏台上的唱戏声，还有一种特别的声音也让大家感到十分热闹欢喜，那便是钱的声音。在听戏之前下人们就用笸箩装着崭新的铜钱，并把穿着铜钱的红线剪断，就等着听戏间歇的时候，贾母的一句“赏”，大家伙儿就往戏台上撒钱。因为在古代，正月十五也是个休息的日子，在这样的日子里还让这些小戏子唱戏，自然是不能亏待了他们。

贾母的一句“赏”出口，那些下人们就开始不断地往戏台上撒钱，台上的戏子们一边致谢，一边捡钱，不亦乐乎。这元宵节唱的一台戏，可能是平常一个月唱戏的薪酬总和，远比现在的什么三倍工资要多得多，可不就让他们乐开了花。台上的这些戏子开心了，台下的看客们看到这一幕也是十分欢喜，比看到他们唱戏更让人开怀。元宵节就在这样的欢欢喜喜、热热闹闹中度过了。过了元宵之后，这个年也算是过完了，接下来就是回归到各自原本的生活中，继续着每天寻常的日子。

《红楼梦》中的那些稀世宝玉

小时候看《红楼梦》，看的是人物情节；长大后看《红楼梦》，看的是里面那些精致可贵的物件，一件着墨不多的小物件，单拎出来联系一下历史朝代，都是难得一见的稀世珍宝。

《红楼梦》又名《石头记》，是一个石头引发的故事，这个石头就是贾宝玉带出娘胎的通灵宝玉。文中描述的这块宝玉是女娲补天时剩下的五彩石，是神物，可辟邪，有灵性，还有金玉良缘的好兆头，是古人护身、传家的灵石。

除了女娲留下的通灵宝玉，文中还有不少其他的玉石宝贝，除了没有神仙助力，其珍贵程度完全不逊于通灵宝玉。比如贾宝玉的堂兄贾琏身上佩戴的汉玉九龙佩就是一件很了不起的宝物。首先是古董，汉玉是妥妥的老古董；其次是喻意好，九龙佩，喻意龙生九子，是多子多孙的好兆头。男子佩玉，君子如玉，玉石是古代男子经常随身佩戴的饰品。后来这枚九龙佩又被贾琏送给尤二姐做了定情信物，这也表现了玉石在古代的另一种作用，定亲、定情之用。

以上这两款玉都是写得比较清楚的，来历、朝代等都比较详细，还有一款玉是比较偏向留白描写的，就是妙玉的主人杯——绿玉斗。书中对于绿玉斗没有详细描写它的出处、具体材质等，但是以妙玉的身份，还有她平时用的那些珍奇异宝来看，这个绿玉斗也是价值连城的宝贝。斗方杯有棱有角，制作工艺就比较复杂，绿玉斗的材质无论是翡翠还是碧玉，总是价格不菲的。再加上妙玉是古董高阶收藏家，这款绿玉斗怎么看都是贵重的古董。

红楼中的宝玉不止这么多，姑娘、奶奶、太太们平时使用的玉石珠宝都不在少数，只是比起这几个的来头、稀有程度略逊一筹，所以就不一一介绍了。

跟着《红楼梦》学习传统文化

2019 年，上海才女武亦姝考入清华大学新雅书院的事情刷爆网络，除了她文理兼佳的好成绩之外，更是因为她顶着《中国诗词大会》第二季总冠军头衔。前两年她就被冠以“古代才女”“诗词达人”的称号，是一个在小学六年级就与诗词结缘的女子。在别人追各种小鲜肉的时候，她追着李白、苏轼、陆游。对于陆游的《十一月四日风雨大作》其一：

风卷江湖雨暗村，四山声作海涛翻。
溪柴火软蛮毡暖，我与狸奴不出门。

她这样解释："啊，天气不好，风雨那么大，我就不出门了，在家摸猫。我觉得陆游是个特别有意思的人！"

对于陆游的《思故山》：

千金不须买画图，听我长歌歌镜湖。

她的解释是："哦，你们不要花钱了，我写得比他们画得好！"很符合现在孩子的语境，但是却是把古诗词给吃透了，这是一个被诗词喂养长大的孩子。这样的孩子用自己的实力展示了什么叫作腹有诗书气自华，什么叫作古典美。

中国的传统文化，不仅仅是古代的文化，其实也是很现代的文化，如果单学诗词歌赋觉得无聊，那可以结合小说情节来，比如四大名著中的《红楼梦》就有很多的诗词。有古体诗比如《葬花词》《桃花行》等，也有近体诗，比如每个回目开头的诗词，还有在大观园作的诗，香菱学诗也是从绝句、律诗开始的，还有小令、词牌、射覆、摸骨牌、抽花签等小游戏，将古代生活的诗情画意展现在我们的面前，可以给孩子们陶冶情操，从小做精致的淘气宝宝。

《红楼梦》在残酷的现实中将最美的诗情画意、生活四艺展示在了人们的面前。如作者提到了形形色色的茶，茶文化从市井一路写到了大观园，最有名的要数妙玉的喝茶论，一杯为品，二杯就是解渴的蠢物，三杯就是饮牛饮驴。少儿茶艺也已经进入了学生课堂。还有最近很流行的汉服文化，越来越多的孩子穿着汉服走在街上，私以为，红楼中的汉服文化是顶级的，没有之一。作者曹雪芹出身江宁织造府，他们家落败之前是给皇帝做衣服的，所以满书是高级汉服定制，缂丝、锦缎、雀金裘、各色刺绣、宫花、点翠，都是你不曾知道的定制配置，以后看古装剧，就可以直接认识古装剧中的传统文化了。

一部《红楼梦》，可以说是中国传统文化的缩影，看《红楼梦》看的不仅仅是情节，更是传统文化，也是我们老祖宗的智慧，值得我们学习和传承。

《红楼梦》中的漆器

之前我写过一本《红楼梦》与茶的书，里面介绍过一些茶具、陶瓷类的，比如汝窑、成窑等，也有天然材质的，如妙玉给宝、黛、钗准备的那些杯子，以及她自己使用的绿玉斗，当然也大致介绍过茶盘，《红楼梦》中大部分的茶盘都是漆器。大致梳理了一下，如下：

抬头迎面先看见一个赤金九龙青地大匾……两边设一对梅花式洋漆小几……北边立着一个粉油大影壁。（第三回）

又见两三个妇人，都捧着大漆捧盒，进这东边来等候……平儿站在炕沿边，捧着小小的一个填漆茶盘，盘内一个小盖钟。（第六回）

贾芸连正眼也不敢看……只见小小一张填漆床上，悬着大红销金撒花帐子。（第二十六回）

袭人听说，便端过两个小掐丝盒子来。（第三十七回）

一面说，一面又看见柱子上挂的黑漆嵌蚌的对子。（第三十八回）

只见几个婆子手里都捧着一色捏丝戗金五彩大盒子走来……右边洋漆架上悬着一个白玉比目磬……每一榻前有两张雕漆几，也有海棠式的，也有梅花式的，也有荷叶式的，也有葵花式的，也有方的，有圆的，其式不一。（第四十回）

只见妙玉亲自捧了一个海棠花式雕漆填金云龙献寿的小茶盘。（第四十一回）

宝玉道："我常见他在螺甸小柜子里取钱，我和你找去。"（第五十一回）

地下两面相对十二张雕漆椅上，都是一色灰鼠椅搭小褥……又有小洋漆茶盘，内放着旧窑茶杯并十锦小茶吊……榻之上一头又设一个极轻巧洋漆描金小几。（第五十三回）

忙命人取了一面黑漆铜钉花腔令鼓来。(第五十四回)

只见袭人走来，手内捧着一个小连环洋漆茶盘，里面可式放着两钟新茶。(第六十二回)

粗略统计了一下就有十来处描写到漆器的。漆器是特别有意思的一个东西，可以说我们生活中处处都有，但也可以说已经很难见到了。油漆是漆器工艺的一个演变或者说改革，在我们生活中无所不在。比如我们房间里的墙壁，或者是我们买的家具，一定上过油漆，我们使用的筷子有的也涂了红红绿绿的油漆。但这不是我们今天要介绍的，因为油漆已经含有很多的化学成分，并且它的工艺十分简单，就是涂上去。而我们要说的漆器则是另外一种，首先是天然材质，其次是工艺复杂，绝对是收藏品级别的，而且是比较罕见的那一种。这种漆器说得文艺一点可以用一种学茶的境界来比拟。学茶有三重境界：第一种，见山是山；第二种，见山不是山；第三种，见山还是山。而漆器的文艺说法就是第二种，见山不是山。表面上看漆器就像是在木头上进行各种雕刻的器具，但其实这只是漆器外面的一层漆，或者说是釉色，漆器的胎体却大不相同，常见的有陶瓷的、木质的、皮质的，各有不同。

漆器的工艺，简单来说就是在胎体上抹上漆树的树汁，然后进行各种雕刻绘画等的创作。说起来简单，但是实际操作起来却是非常烦琐，是难度很大的一件事情。先从漆树汁说起，漆树汁并不好取得，需要先把漆树的皮刮开，然后在漆树的肉上面划痕，使得漆树汁慢慢流出。这个操作也需要有经验的师傅操作，不然很容易一次就把漆树给弄死了。然后再说漆器上的创作，单单从《红楼梦》中提到的各个漆器就可以看出来，漆器工艺大致有：雕漆器、雕漆填金漆器、素漆漆器、大红漆器、洋漆漆器、捏丝戗金五彩漆器、描金漆器、填漆漆器、螺钿镶嵌漆器等。不同的工艺所呈现出来的漆器也大不相同，下面就介绍下漆器的历史发展，以及比较常见的几种漆器工艺。

漆器的历史可以说是非常悠久的，比汝窑、官窑都悠久，甚至可以说比瓷器更悠久。因为早在新石器时代漆器就已经出现了，当然那时候的工艺非常简单，没有《红楼梦》中那么精致美丽。最初的漆器工艺就是涂漆，将漆树汁直接涂抹在木碗或者是陶器上面，多的是实用性而不是美观，这样操作就是让漆汁形成一层坚固的保护膜来防潮、防碱、防酸，起到更长久的保护作用。

本来只是我们的祖先出于实用性的考虑，没想到这种工艺在后面的历史发展中成了大家的心头爱，并在涂漆的基础上慢慢改良、发展，开始将漆器与美联系在了一起。随之涂漆也渐渐用到了越来越多的胎体上面，从宫殿建筑到车辆、乐器、饮器、兵器等，各种领域应有尽有。

而漆器工艺也在不断地进步，从秦汉时代，到三国、两晋、南北朝时期，可以说是漆器极为昌盛和繁华的时代。在这个时期，漆器的工艺逐渐走向成熟，工艺也得到了飞跃的发展，出现了素漆漆器、堆漆漆器、金银平脱漆器、脱胎漆器、描漆漆器、犀皮漆器、螺钿镶嵌漆器。除了皇家宫廷建筑大量采取彩漆装饰，宗教寺庙采用脱胎造像，社会生活中所有高档日用器皿几乎都是用漆装饰的工艺品。如：床、榻、柜、椅、屏风、盒、盘、碗、杯、盆、篋、箱、罐、盂、瓶、车、轿、杖、帘等。

漆器的势头可谓是一时无两，就在其发展得如火如荼的时候，就遭遇了瓶颈，那就是隋唐时期瓷器的大规模使用，让人们对于漆器的使用渐渐减少。眼看着要退出历史的舞台了，漆器却在技术上又一次有了改革，出现了浮雕形式的雕刻漆器（俗称雕漆、剔红、剔黑、剔绿等）。

这一次的大胆改革使得漆器开创了新纪元，从原来单一的平面与镶嵌式走向了更加富丽堂皇的浮雕艺术。也正是这个时期漆器的发展，使得这个技术至今还能在外国发光发热。隋唐时期常有日本僧人来到中国学习，并且将中国美好的东西带回日本，比如服饰文化、茶文化、香文化等，而漆器工艺也是其中之一。中国的堆红、犀皮在日本被称为堆朱、屈轮，更有新的突破。在此基础上，日本又不断地开发，便有了泥金漆器，这是在唐代金银平脱漆器和描金艺术的基础上，又开发出的一种新的漆器，称为“莳绘”。

唐朝以后的宋元明清时期，漆器在不断的发展中已经成为中华民族国粹艺术中的佼佼者。但最终还是因为历史原因，漆器工艺出现了断层，所以现在我们能够接触到的漆器就变得少之又少。而漆器工艺也基本上成了书本中的工艺，懂得这项工艺的人并不多见。反而是日本很好地保留了这项工艺，至今，很多人到日本带回来的特产之一就是日本的漆器。甚至不少的国人都觉得漆器就是日本的特产。其实不然，日本的抹茶也好，漆器也好，或者是锦缎，都是中国传到日本的，都是我们本土的文化，是我们的特产。

这是漆器在历史上的大致发展过程，接下来介绍下比较常见或者说是在

《红楼梦》中出现过的漆器。首先是在书中出现多次的洋漆，如“洋漆架”“小洋漆茶盘”“一个连环洋漆茶盘”等，推测有两种可能：一种可能就是来自日本，从唐朝以后日本的漆器技术工艺不断进步，可以说已经到了炉火纯青的地步，而且王熙凤家就是“外交官”家庭，所以有可能这里的洋漆就是日本进贡的贡品一类；第二种可能就是漆器上的漆来自海外。

除了洋漆之外，雕漆也是《红楼梦》中非常常见的一种漆器，如：雕漆椅子、雕漆几等，而雕漆在历史上也有很多种不同的叫法，如：漆雕、剔红、剔黄、剔绿、剔犀、剔彩、剔黑、堆漆等。这跟瓷器不同，瓷器一般就涂几层薄薄的，只要能够出釉色就可以了。但是漆器一涂就要涂几十层，甚至上百层，将原来的胎体完全覆盖，直到可以在涂层上随意雕刻美丽的图案，就是雕漆。

与雕漆类似的还有一种叫作填漆，如“雕漆填金‘云龙献寿’的小茶盘”“小小的一个填漆茶盘”“小小一张填漆床”等。填漆在《红楼梦》中称作填金，它比雕漆更加复杂，也需要用漆树汁将胎体涂上厚厚的涂层，然后采取刻灰或刻漆方式，把所需纹样刻出来，再在低陷处填入五彩稠漆，堆成花色，再加以磨平。另外一种刻灰、刻漆技法，其低陷处也填入彩漆，或填入金漆，却并不磨平，又称为款彩、雕填、刻灰，与填漆、填金有异曲同工之处。在面前提到的“赤金九龙青地大匾”就用的是这种工艺。而“黑漆嵌蚌的对子”“小螺钿柜子”用的则是漆器工艺中的螺钿镶嵌。螺钿镶嵌从字面的意思理解就是将螺钿镶嵌到漆器中的一种工艺，当然螺钿只是一个统称，镶嵌进去的还有玉石、蚌钿、金银片、牙、骨等。

以上这些工艺相对来说是比较后期出现的，而在《红楼梦》中还有一种比较早期就出现的工艺叫作戗金，比如“捏丝戗金五彩大盒子”“小摄丝盒子”。这种技法早在春秋时期就已经存在了，可以说历史非常久远。大概的做法就是在漆地上用针或刀刻出图案，再在图案沟中打上金胶，然后把金箔或银箔粘贴上去，沟中出现金色花纹。相比而言，摄丝出现得比较晚，大概是在明朝才出现。摄丝即用金银丝条弯曲成花纹形，粘在漆地上，然后涂漆、掩埋，再经过磨砺，让金丝花纹再从中显现出来。而摄丝戗金，则是两种工艺共同体现在一件漆器上，显得十分华贵精致。

漆器的制作工艺还有比较简单点的，比如素漆工艺，这种工艺就是直接在胎体上涂抹漆树汁就可以了，当然有的还会在上面描金之类的添加一点美感。这种工艺相对上面的其他工艺来说就简单了很多，难度就是在各种漆的颜色的调和上面，如“大红油漆盒”“黑漆铜钉花腔令鼓”“黑油漆大门”“翠幄清油车”“粉油大影壁”“黑油栅栏”等。这是漆器工艺中最为常见、最为普通的一种。

红楼的曲，跳动的音符

前不久看了一篇文章，标题不记得了，内容大致就是说曹雪芹的一部《红楼梦》养活了一个红学会，养活了一堆红学家。这也从侧面证明了《红楼梦》着实是一部了不起的著作。如果你曾经品读过，那你一定会被其中的文字所震慑，难以想象一部小说可以涵盖那么多的知识点。所以才有了那样一篇文字说一部《红楼梦》养活了那么多的人，当然其实也不仅如此，一部《红楼梦》也影响着许许多多的演员、导演，以及台前幕后的工作人员。

也许你不曾看过《红楼梦》的书，但是你一定听过这个名字，也一定知道贾宝玉、林黛玉、薛宝钗这些主角的名字。也许你没看过《红楼梦》原著，但是你一定看过《红楼梦》的电视剧，从 20 世纪 20 年代开始就陆续有了《红楼梦》的电影、电视剧，其中也不乏各种戏曲版和游戏版的《红楼梦》，可以说是品种繁多。按照时间顺序，在此做了一下简单梳理：

1927 年电影版《红楼梦》
1929 年电影版《红楼梦》
1944 年电影版《红楼梦》
1952 年香港电影版《新红楼梦》
1962 年越剧版《红楼梦》
1975 年香港 TVB 版《红楼梦》
1977 年香港佳视版《红楼梦》
1978 年台湾华视版《红楼梦》
1978 年台湾电影版《新红楼梦》
1983 年台湾华视版《红楼梦》

1987 年央视版电视剧《红楼梦》
1989 年电影版《红楼梦》
1996 年台湾华视版《红楼梦》
1999 年越剧版《红楼梦》
2002 年越剧电视剧《红楼梦》
2007 年经典版数字越剧舞台艺术电影《红楼梦》
2009 年游戏版《红楼梦》
2010 年电视剧红楼梦
2017 年小戏骨版电视剧《红楼梦》

红楼的影视版本可以说是数不胜数，除此之外，还有评剧《红楼梦》、黄梅戏《红楼梦》，还有改编的电视剧比如《黛玉传》《红楼丫头》《九龙佩》等，或是红楼中的片段，或者侧重演绎某些人物，舞台上也有很多另外的展现形式，除了越剧、昆曲之外，还有舞蹈形式的，等等，不胜枚举。

而且出演的人物也有很多重量级的艺术家、演员，比如已故的艺术家徐玉兰老师，与之配戏的是王文娟老师，还有刘晓庆、陶慧敏、李青霞、沈殿霞等，许许多多的大牌明星都出演过其中的角色。

各种戏剧版的《红楼梦》不用说大家也都知道，必然都是一场场视听盛宴，越剧、昆曲、评剧的美，喜欢戏曲的朋友都知道。而出演戏剧版《红楼梦》的又都是这些曲艺中的名家或者是年轻一代中的佼佼者，其中的美不言而喻。

这里重点介绍的是大家十分熟悉，可以说是播放量最高的一个版本的《红楼梦》，就是 1987 年央视版《红楼梦》。这部剧也是很多红楼迷心中最经典、最贴合原著的一部电视剧，当年林妹妹陈晓旭去世的时候很多人也都说林妹妹走了，用现在的话说就是陈晓旭之后再无林妹妹了。很多人都认定了林妹妹就是陈晓旭，而宝哥哥就是欧阳奋强，薛宝钗就是张莉。无论是在人物塑造上，还是在故事情节的处理上，该版《红楼梦》都是非常成功的。

以至于现在，关于这部电视剧幕后的拍摄花絮还为很多人津津乐道。比如说很多角色都是由两个人来演的，秦可卿、迎春、惜春等，原定的人员因为某些事情离开，由其他人顶替，虽有了遗憾，也有了更多的故事性。还有这部电视剧成就了几对有情人，也是很多红楼迷会经常提起的一个话题。还有当年毛遂自荐、非林黛玉不演的陈晓旭，也是大家记忆中很特殊的一个点。当然还有宝哥哥的姗姗来迟，以及为了贾宝玉这个人物，欧阳奋强做了中国第一个整容明星，在下巴中垫硅胶留下后遗症的事情。

关于这部电视剧的幕后花絮可以说写一本书都说不完，但是其中最让人震撼的就是剧中所有的曲子，以及开头结尾的音乐。那种冷清凄惨的唯美，可以说给中国的音乐开出一条新的康庄大道。也许对于演员的选择很多人还有意见或者微词，但是对于剧中的音乐，相信所有人都是能给予一个非常大的肯定的。

这部电视剧所有的歌曲创作都是用了曹雪芹原来的诗词，其中的每首曲子《葬花吟》《枉凝眉》《红豆曲》《晴雯歌》《秋窗风雨夕》《题帕三绝》等，曲曲都是带着血泪，但在音乐上差别又很大。比如听到《分骨肉》的时候，简直就像自己身临其境见到了贾探春不得不跟家人分离的场景，“奴去也，莫牵连”，似乎就看到了贾探春一去不回头的悲哀与决绝。

听着《葬花吟》中那断肠的歌声，似乎就能感受到林妹妹的眼泪，再结合其中的“一年三百六十日，风刀霜剑严相逼”，体会那种时时刻刻的悲哀，一个孤苦伶仃的孤儿寄人篱下的生活是多么令人绝望，只能对着落花感叹“侬今葬花人笑痴，他年葬侬知是谁”，如此伤悲的场景怎能让人不肝肠寸断。不知听到这首曲子的时候，那些总是对林妹妹的小性子评头论足的人们，还会讨厌这个无依无靠的孤女吗？

虽然悲情是《红楼梦》的主旋律，却不是每首曲子都是那么的哀怨悲伤，也有轻快些的，比如《好了歌》，类似老和尚念经似的碎碎念，配上音乐之后，则多了一份超脱世外的潇洒，跟大部分红楼歌曲的调调完全不一样。一下子就让你进入了另外一个情景，似乎是在被一个高僧点化，回看自己的生活，再想想人的一生，何尝不是歌中所说的那样，真的就是每个人最真实的写照，用最近流行的网络语言就是“扎心了”。

《晴雯歌》写尽了晴雯的一生，从一开始的“心比天高”，到最后的“寿夭多因毁谤生”，她从生到死经历了人生的大起大落。晴雯在丫头中的起点算是很高的，她是贾母直接看上的，在贾母身边的时候就不是什么粗使丫头，本就是为了给宝玉做妾准备的，等到了宝玉房里的时候就更是个小姑奶奶。

可是下场也极其悲惨，被冤枉勾引主子，病死在了家中，非她所愿，却又不得不接受。这样的大起大落在音乐的配合上也是抑扬顿挫，不似《枉凝眉》那般，整体一个哀怨的曲调，令人为之动容。

这部剧中的每首曲子都非常具有自己的特色，但是整体的基调又都是凄美无比的，就算没有唱词，光听音乐也可以让人心中惆怅很久，再配上陈力的嗓音之后简直就是如虎添翼。陈力的声音清脆嘹亮，自带一种哀愁的调调，本就已经非常贴合歌词的情绪了，而导演为了能够让她更加有共鸣，又让她出演了《红楼梦》中柳嫂子这个角色，让她在演绎中把自己跟歌曲更加融合在一起。在录音的过程中，导演也会启发她，让她整个的情绪都在悲伤崩溃的边缘，以便更加完美地演绎这些歌曲。

最后的结果是惊人的，也是十分成功的，现如今再来听其中的每一首歌曲，依旧是那么的经典。不是什么流行歌曲，却从来不曾被时代淘汰，而你却无法想象这样的天籁之音并不是来自什么著名的歌唱家，而是一个普普通通的工人。当然这个工人现在已经是了不起的音乐家，当红楼人物三十年重聚首的音乐会开始的时候，我们感受到的不只是回忆中的美好，更是这些年一直都存在着的震撼。

有些流行歌曲，红的时候大街小巷都在播放，而且因为旋律十分简单，几乎人人都可以听几遍就把它唱出来。但是过了一段时间就再也不会被想起来，唱的时候也就只跟着音乐哼两句，甚至不会去思考里面究竟是什么内容。红楼的歌曲却不同，每一个字都有着自己的生命，当你听到这些曲子的时候，音符就在你的脑中跳动，歌词也在脑中舞动，就是那么玄妙。美好、生动的东西就是那么的形象，令人难以忘记，红楼的曲子就是跳动的音符，无处不在。

闻着也香的《红楼梦》

以前读《红楼梦》的时候总是被其中的故事情节所吸引，因为看到好多人会讨论：宝钗跟黛玉哪个好？晴雯与袭人哪个强？这里焦大骂的都是什么意思？当把它当成一部未完成的小说的时候，就会根据里面的故事情节，内心产生一堆的疑问，当然最重要的还是自己的情绪也是被牵着走的。喜欢林黛玉就会觉得，薛宝钗确实不是那么讨人喜欢了；袭人太不知道自己的身份了；除了贾宝玉以外的男的怎么都那么坏；凤姐怎么可以那么恶毒。带着对人物性格、故事情节的想法去跟人讨论，发现太容易引起争执了，黛玉粉永远没有办法跟宝钗粉和平共处。很多因为人物、情节甚至是历史所引发的一系列辩论慢慢演变成了“战争”，到如今依然是如火如荼，没有偃旗息鼓的苗头。

但进入这样的圈子我已疲倦，我曾经也写人物、故事情节类的文章，写完就好，完全不想跟人说。因为害怕吵架，慢慢就变成怀疑我看的真的是红楼吗？有段时间有疑问，就先放下，然后去学别的东西了，学了茶、香、花，也学了琴，去听了戏，了解了汉服文化等。自己眼界大开的同时，猛然发现红楼真的美，除了文字以外，其他的感官也能体会。红楼的茶美、茶器美，可以让我们一边品，一边赏，在这样的良辰美景中读红楼使人平静。红楼的服饰也美，了解了缂丝、云锦、点翠等，体会古人的智慧，让人成为生活的智者。红楼的音乐、戏曲依然是天籁之音，能够抗拒的寥寥无几。当然它也是一种嗅觉的美，红楼的花草树木穿梭在一年四季中，红楼的各色香品也天天出现，闻着红楼奇香，品读红楼，才是人间真的乐事。

红楼中的香可以说是润物细无声，几乎天天都跟贾宝玉、薛宝钗、林黛玉、贾母等人为伴。书中几乎把香所有的用途都写出来了。古代人用香如何讲究，香在古代生活中的重要作用，在这里可见一斑。

先在这里简单介绍一下红楼中的香，然后再结合着文字内容一一揭开在红楼中香是怎么被使用的。在介绍之前，先看看我们现代人怎么用香的：大约就是鲜花装饰好看、去味，香水让自己更有魅力，在香水的基础上现在有人开始用香丸去嘴里的异味，烧香拜佛是为了求神保佑，还有蚊香驱蚊，端午节挂艾草、菖蒲之类的也是为了驱逐蚊虫鼠蚁，卫生间点香去味，用香薰精油养生等，大致就这些用处。当然爱好传统文化的人士会用熏香，会喝香茶等，但这已经不算是我们现代人的使用方式了，因为他们是在追寻古人的脚步。我们现代人用香，总的来说还是比较简单的，相比而言，古人就要雅致、讲究多了。

在介绍雅致的之前，先介绍古今通用的香的用途，首先香使用起来最简单的就是直接用花草树木的味道，既可以去味，又可以欣赏。红楼中不管是贾府，还是大观园里面都有很多植物，一年四季各有各的美，比如海棠、荷花、菊花、梅花，还有木芙蓉、桃花、水仙等，姑娘们赏花作诗，可谓雅俗共赏。除了种植植物，还有一种很常见的使用方式就是当香水使用，我们现在用得多的是将香水直接抹在身上，也有洒在衣服上的，当然化妆品、洗发水等也都有不同的香味。红楼中也有这样使用的，比如桂花油。还有就是给衣服熏香，但熏香就跟现在有差别了，用的是香粉，而不是香水。古人让自己香喷喷的方式，除了上面所说，还会用各种胭脂水粉和头油，头戴鲜花，身上佩戴香丸、香牌、香囊、沉香手串之类的小饰品，这就跟现代人有差别了。我们现在基本都是直接用香薰精油熏香，古人熏屋子的方式有很多，有直接点香熏的，也会用篆香，一边陶冶情操，一边熏屋子。还会将香料用到墙壁的涂层中，比如椒房，让自己的房子整个都很香。

古今相同的使用方式，还有就是上香拜佛、拜祭祖先之类的，不过这里古人有时候用起来更加霸气，有的是直接焚烧香木来拜祭的。还有驱蚊之类的实用性的香，古人也有用到。可以说但凡是现代人使用香的方式，古人都用过，但是古人有时候用到的香的方式，是我们现在已经没有再使用的了。

第一，古人使用比较多的是作计时之用。《红楼梦》中姐妹们结诗社作诗的时候会点上一支叫作梦甜香的香来计时。在古代用香来计时是很普遍的一个现象，就是我们现在有时候也会用到“一炷香”这个词，但是这种计时方式我们现在已经基本没有再使用了。

第二，就是作为暖气来使用。红楼中的熏香不仅仅是用来熏衣服的，也是个大的熏笼，在没有空调、地暖跟暖气的年代，人们常常会用到的取暖方式就是在屋子里放熏笼，手里也会拿着个小暖炉，为了防止有呛人的味道，都会用香。宫里就直接用椒房，在墙与墙之间放上香薰取暖供香。

第三，也是很重要的一个使用方式就是药用。这个其实我们现代中医也会使用，包括中成药也会用到，比如大家比较熟悉的麝香保心丸。但是古人的用法跟我们不太一样，我们多用到的是药，虽然说香药不分家，但是中药还是经过处理的，而古人有时候就是直接用新鲜的植物。比如红楼中最有名的一个药方冷香丸，很多人认为这是中药，但书中写的是鲜花，其实真的就以鲜花或者说香来做药。

第四，还与现代人不同的是会用来做小游戏。宝玉生日的时候姐妹们就在宝玉的怡红院那里玩起了抽花签的小游戏，每个人抽一个代表自己的花，这个也是现在不会去玩的一个东西，但是古人会因为喜欢这些花花草草就把这些东西变成一种游戏来玩。

第五，就是斗香。斗香有两种形式：一种就是跟斗茶一样，各自拿出香来，看看谁的香更好，当然因为是文人墨客之间的游戏，少不了要写写香诗，这香诗在红楼中也有，之后慢慢展开写；而红楼的斗香，则是另一种方式的斗香，就是将好几种香放在一起捆绑，然后点燃。

第六，焚香，或者说熏香。跟现在的香薰精油不一样，古代的熏香是古代四艺之一，极其雅致，是配合着品茶、弹琴、挂画等这些雅事一起进行的，而不仅是为了熏熏屋子才做。还有就是点不同的香，效果也是不一样的，也是一种变相的养生之道。

第七，现代的人也用，但用起来不会像红楼中那么雅致。曹公很喜欢香，所以他的香几乎在红楼的空气中无处不在，甚至因为喜欢香，他还把香用到了里面人物的名字中。比如特别惹人怜爱、身世又十分可悲的香菱；非常柔美，甚至有断袖之癖的香怜；还有小丫头蕙香等，都是直接把香字用在人物身上了。以香字入名，在我们现在的生活中也有，但就是怎么都觉得俗了，没那么雅致，比如阿香、梅香、香梅、荷香等，明明是极好的词，很好的花，也不知怎么的用在人的身上就觉得俗了。

第八，不是我们不想做，而是我们的经济能力，或者说现在的条件不允许了。古代的贵族或者有钱人，一个大宅院中有好多的屋子，每个屋子都可以为它命一个名字。就如同皇帝的宫殿一样，椒房殿、延禧宫、长春宫、寿康宫等。在红楼中，曹公也将自己对香的喜爱用到了房屋的命名上面，比如薛姨妈一家来京的时候先住的就是梨香院，后来这里就住了十二个小戏子，很巧妙的一个安排。还有一个天香楼，也是一个很玄妙的所在。

世外仙姝寂寞林杯中的荷花茶

从古到今，人们总是喜欢将女人比作鲜花，通俗一点的如“人比花娇”，还有一些诗词比如“芙蓉如面柳如眉”“清水出芙蓉，天然去雕饰”等。就算是被评为千古奇书的《红楼梦》也不能免俗地将美女与鲜花联系了起来，在女孩子们的名字中用到了不少的花，比如花袭人、夏金桂、娇杏等。或者把人跟花联系起来，比如晴雯就是木芙蓉。而在抽花签的时候，芙蓉是黛玉、牡丹是宝钗、杏花是探春、海棠是湘云等。红楼中写花的桥段也很多，比如大观园的各种奇珍异蕙、栊翠庵的红梅、斗草的小游戏等。除了花，也有很多的茶、茶具、茶事的片段，却独独没有把茶跟美人联系在一起。

其实每一种茶也有其独特的韵味香气，与人一样，各自有着别样的气质。这里就斗胆把金陵十二钗之一的林黛玉跟茶联系起来，介绍下大家可能比较少见的几款小众茶，回忆经典的同时，了解一下茶文化。

林黛玉不仅是金陵十二钗中的魁首，也是三生石畔那段前世今生姻缘的引子。《红楼梦》中的人物众多，但是他们的身份一般都非常简单，这里的身份说的不是他们的家庭背景或者是成长经历，而是他们的前世今生。红楼中的大部分人物都是只写了这一生，比如警幻仙子、空空道人、贾府里的那些人。虽然说在开篇的时候也曾经说过薛宝钗等人都是天上的神仙，是下凡去历练的，但是非常笼统，没有具体交代她们的来历。

而林黛玉的来历却写得十分清楚，因为要引出还泪之说、木石前盟，所以从开场作者就已经把林黛玉的前两世交代了。她的第一世就是一棵三生石畔的绛珠草，受到了神瑛侍者的浇灌之后不仅得以存活，还能够修炼成仙。这就成了她的第二世，一个修炼成型的女体。这时候的她已经不是一株平凡的绛珠草了，而是个女人或者说女仙。第三世就不用说了，就是姑苏林黛玉，也就是我们常常说的天上掉下来的林妹妹。

林黛玉的身份来历似乎比贾宝玉的来历更加完整，因为绛珠草跟神瑛侍者相遇的时候神瑛侍者已经修炼成仙了，所以在修炼成仙之前神瑛侍者是什么，我们只能靠自己的推测。而且当他是神瑛侍者的时候，跟青埂峰的那块顽石是没有交集的，至少书中是没写到的，到了后面才把顽石变成通灵宝玉，跟贾宝玉完全绑定在一起。所以林黛玉应该是书中唯一一个拥有三生三世身份的女孩子，而且她用两世感念了神瑛侍者，才换来一世与贾宝玉的相亲相爱。

交代完林黛玉的背景，再来看看林妹妹的长相、性格，那是怎样的一个“世外仙姝寂寞林”。先从她的长相开始说起，林黛玉的美貌用现在的话来说就是“盛世美颜”，虽然对于她容貌的描写并不多，但是可以从一些侧面描写，以及宝黛初见时宝玉眼中的黛玉的容貌描写窥见一斑。比如在贾宝玉中邪之后，很多人都来看望，其中就有薛蟠，他偶然瞥见了林黛玉，就已经酥倒了。薛蟠何许人也，他是薛宝钗的哥哥，四大家族薛家的继承人，他是见过世面的，阅人无数。家里有如同杨贵妃一样天姿国色的妹妹薛宝钗，还有一个有着“小秦可卿”之称的小妾香菱，他的眼皮子不浅，他后来的妻子夏金桂也是个百里挑一的美人儿，就是这样见惯美女的薛蟠都为之倾倒，黛玉的美貌是无可厚非的。

再看看宝黛初见的时候，贾宝玉眼中的林妹妹：

两湾似蹙非蹙罥烟眉，一双似喜非喜含情目。态生两靥之愁，娇袭一身之病。泪光点点，娇喘微微。闲静时如姣花照水，行动处似弱柳扶风。心较比干多一窍，病如西子胜三分。

这里着重体现黛玉眉目之间的美丽，罥烟眉就是一种类似柳叶眉的眉毛，但眉梢没有柳叶眉那么细，而且颜色有点淡淡的，一种若有似无、烟笼寒水的美。含情目便是林黛玉因为母亲的离世，那种忧伤、楚楚可怜、眼含点点泪珠的一种状态。这一切使得她那浅浅的酒窝生出了一种娇愁之态。而她的举止也非常柔美，大胜病西施的美。“美若天仙”，用在她的身上应该不为过，而且她的美是一种超凡脱俗、空灵的美，与王熙凤那种富丽堂皇的美形成了很大的反差。大有一种“清水出芙蓉，天然去雕饰”的素净之美，美得天然而纯粹。

黛玉的美不仅仅是一种外在的美，更是内在的美，除却她常常被人诟病的小心眼、尖酸刻薄、多虑之外，她其实有多种优点。首先是黛玉的才华，宝钗有熟读诗书的满腹经纶的学问与才情，但是黛玉的才华更像是一种浑然天成、潇洒超脱的才情。就像是我们身边会遇到的有些人，天赋异禀，至少稍加努力就能够特别出色，不像有的人努力一辈子都摸不到门道一般。

其次，黛玉其实并不是那种衣来伸手、饭来张口的千金小姐。她虽然生活在大观园，有自己外祖母的照顾，又是小姐身份，但是她生活得非常小心谨慎，她的心思也极其细致。在为人处世上她有一种看破不说破、知世故而不世故的态度。一如她将宝玉当成自己最贴心的人，所以她曾经在宝玉的面前说过，她给他们家算过一笔账，他们这些年的进账都是出去的多，进来的少。面对林黛玉的这番话，宝玉的反应是完全不在乎，反正再怎么样也少不了他们的吃穿，只要能够继续锦衣玉食，他才不管现在家里是什么情况呢，这是典型的纨绔子弟的做派。但林黛玉对于这一切却是心如明镜，她是如何做的呢？她不像宝钗那样总是一副完美小姐的模样，她何尝不知道贾宝玉考取功名对这个家、对他自己的前途有着各种好处。但是她从不劝说，爱了就要纯粹，他是怎样的，一点都不许改变，爱就包容全部。她又何尝不知道贾府那些见不得人的事情，不知道大户人家各种潜规则，但是她从不评说，从不招惹，自己跟着姐妹们敬而远之就好了。

最后是她的情真意切。她是小姐，她是主子，但是她从来不会用身份来区分人，用身份来标榜自己，她对待自己的丫鬟紫鹃情如姐妹。贾府的主子，不管脾气好的坏的，除了林黛玉之外，谁不是拿自己身边的丫鬟或者说是贾府的丫鬟当作下人的，就连公认好脾气的薛宝钗对从小跟着自己的莺儿，当她话多在宝玉面前有些失言的时候，宝钗都是马上训斥的，那种口气是一种高高在上、以上对下的口吻。但是林黛玉呢，在听到紫鹃当着她的面请薛姨妈为自己和宝玉做媒的时候，她害羞、生气之余，更多的是一种姐妹间那种告状的姿态，请薛姨妈帮紫鹃做媒，而不是直接呵斥紫鹃。对自己的丫鬟如此，当身份低人一等的香菱想要学诗时，连跟香菱亲近的薛宝钗都不愿意教她，但是林黛玉可以说是倾囊相授，毫无保留。这样的纯粹，在《红楼梦》中也是非常少见的。

贾宝玉曾经说“女儿是水做的骨肉”，这句话用在林黛玉的身上可以说是最恰当的。纵观整部《红楼梦》，最爱哭的是林黛玉，她就像是水化作的女子。她为自己母亲的去世哭泣，为王熙凤提起母亲悲从中来而潸然泪下，为自己生活在这样“一年三百六十日，风刀霜剑严相逼”的日子里而痛哭流涕。也为贾宝玉不了解自己的心，跟薛宝钗等人太过亲近而吃醋伤心得泪流满面。她也因为贾宝玉被父亲贾政打了一顿，看着他皮开肉绽，血浸透衣服时心疼得哭肿了眼睛。而她身体柔弱，从会吃饭就开始吃药，汤汤水水，她的一生都在水中难以离开。

这样的林黛玉，她的美是仙姿绰约的，她的外表并不是那种惊艳的绝美，而是一种寡淡脱俗的清新之美，用现在的话说就是神仙姐姐类的美，并不是九尾狐般妖媚的美。而她的内在更是清澈如许，干净得可以照得见人，就算是身处那样复杂的一个环境里，她依旧保持着自己的一颗赤子之心，纤尘不染，从未被世俗所浸染，不管是在姑苏林家，还是在大观园，她从来都是那个“世外仙姝寂寞林”。

这样的林黛玉令我第一反应想到的茶就是荷花茶，这里介绍的任何一种茶都是有茶叶的茶，就算是说到的花茶也是跟茶叶拼配、窨制的茶，并不是简简单单的花茶。所以请大家不要误会，介绍的是小众茶，也许有的不是六大茶类里的，但是其中也有六大茶类。

荷花茶是用荷花跟六大基础茶拼配成的一种茶。这里的荷花就是我们夏天最常见的荷花，也叫莲花、水芙蓉、藕花、芙蕖、菡萏等。是一种“出淤泥而不染，濯清涟而不妖”、性情高洁、娇美清新的花。香远益清，香味非常清新，闻了之后让人心旷神怡。有分单瓣、重瓣，白色、粉色、黄色等。古人爱荷花，也将其称作爱情花，因为莲花的“莲”字跟怜爱的“怜”字同音，所以常有“低头弄莲子，莲子清如水”“采莲南塘秋”“莲叶何田田”等诗句流传。

当然荷花的好处不仅仅是这些，莲子心是很好的降火中药；莲藕也很有食用价值，味道也特别好；莲叶可以包糯米或者肉，奇香异常，特别美味；莲叶、莲花都可以晒干了泡茶喝，减肥、清火的效果特别好；莲子也是很好的一种食材，清火解毒，银耳莲子羹还是美容佳品，可以说荷花全身都是宝。而林黛玉也是一样，她的美貌、她的奇香已经能够为她吸引不少人的目光，而且她才华横溢，不仅吟诗作对，古琴弹得也好。另外，虽然书中没提到，但是她其实也洞明世事，而且葆有一颗赤子之心。别看她是一个柔柔弱弱的小女子，身体还不好，但是她的本事多得很，而且她的审美能力也非常高，在贾府大多数人追求那种奢华之美的时候，她追求一种天然之美，比如贾宝玉说荷塘的残叶放着不好，而她却独独喜欢那一种天然之美，因为她对这种环境的欣赏，所以喜欢李商隐的那句“留得残荷听雨声”，还为此保住了一塘残荷。还有她在等级制度那么分明的时代，心中却没有把等级制度放在至高无上的地位，她跟自己的丫鬟亲如姐妹，从不觉得自己是主子就应该高人一等。这样的林黛玉配这样的荷花，简直就是天作之合。

而关于荷花，除了大家耳熟能详的那些诗词，荷花各种美丽的姿态在夏天形成一道特有的风景线之外，荷花还有一个很美丽的传说，而这个传说又是跟天上的仙女、王母有关的。

关于天上的生活，很多传说、神话故事都有所介绍，天上住着的都是神仙，他们不老不死，看似非常风流快活，其实索然无味。为什么呢？第一，传说中有一种说法，天上一日，人间一年，神仙的日子那可真是度日如年。第二，但凡是神仙，基本都是孤家寡人，他们每天要修炼，要清心寡欲，所以他们要约束自己的感情，这就少了很多乐趣。漫漫长日，除了工作修炼，就没有别的什么消遣了。第三，神仙餐风饮露，他们是可以不用吃东西的，所以天上没有美食，这对吃货来说简直就是地狱。天上唯一的饮料就是琼浆玉露，但是这不是每个人都能喝到的，唯一的食物就是蟠桃，同样也不是每个神仙都能吃到的，即便这些大家都能享用，可是千百年只有这两样怎么也会腻了。第四，天上不像人间，人间有四时景色，而且常常会有新的建筑、新的景致出现，但是天上那是千百年如一日。这样的生活，真的能够适应下来需要很大的勇气和毅力。所以当年嫦娥本想长生不老，自己一个人偷偷吃下了王母给后羿的长生不老药成了神仙，她就后悔了，后来才有了那样的诗句："嫦娥应悔偷灵药，碧海青天夜夜心。"

在这样枯燥乏味的生活中，思凡成了神仙们乐此不疲的一项活动：七仙女下凡恋爱了；织女也下凡找牛郎了；玉帝的亲妹妹在凡间生下了二郎神；三圣母学她的母亲下凡，后来上演了一段沉香劈山救母的好戏；等等。有人思凡是为了爱情，也有人思凡是为了人间的美景，有位小仙女就是为了人间的美景。她在天上看着人间，十分羡慕人间那种烟火气的生活，心里一直很向往，总想下去看看，体验体验。终于被她等到了这一天，那天王母外出，给小仙女创造了很好的潜逃条件。她早就听说过"上有天堂，下有苏杭"的说法，西湖的美景更是一绝，所以她趁着王母外出的时候，偷跑出天宫，到了西湖的上空向下俯瞰。

她看到了西湖的山山水水，看到了西湖十景，什么南屏晚钟、断桥残雪、曲院风荷、雷峰夕照等，这是她在天上从未见过的。果然就如传说的那样，西湖美得如同画一般令人流连忘返。她不舍得离开，就这么在天上看着也觉得很不过瘾，就直接下凡了，想真正体验一番在画中的感觉。她越是在西湖赏玩，西湖的景致就越令她乐不思蜀，怎么都不愿意离开了。

小仙女迷恋上了西湖的生活，这使得她偷偷下凡的事情很快就被王母发现了，王母即刻就派了天兵天将去西湖捉拿她。但是小仙女还是怎么都不愿意离开，她恨自己生在天宫，不能生而为人，同时她也痛恨王母为什么要将自己捉拿回去，为什么规定神仙只能在天上，不能下凡。她的怨恨并没有给她带来反抗的力量，天兵天将的实力太强了，双拳难敌四手，再加上他们的恐吓，小仙女只能悻悻离开。但是她的心中却有千千万万个舍不得，她将自己的怨恨、无助、伤心都化作了眼泪滴到了西湖中，临走前又把自己头上的玉簪投在了西湖中。这时候奇迹就出现了，不一会儿的工夫，西湖里就长满了盛开的荷花。从此以后，荷花成了西湖的一大美景，花开花落，年年娇艳。

这就是关于荷花的一个传说，荷花介绍到这里，接下来介绍下荷花茶。荷花茶其实有很多种，最简单的就是把新鲜干净的荷花采摘下来之后放在太阳底下晒干，直接泡茶饮用。如果身边没有荷花的话，也可以直接网上买了泡茶喝，这样的纯荷花茶是最简单的一种饮用方式，当然这不是要介绍的这款荷花茶。

要重点介绍的是用茶叶拼配、窨制的荷花茶，而且是用新鲜的荷花。因为荷花的香气是比较清雅的，高远脱俗，所以选择的茶叶的香气不能太过浓郁，比如乌龙茶中的单枞类，或者是铁观音之类的就不适合了。比较适合的是绿茶，或者新鲜的白茶，这些茶的香气比较清雅，而且茶味也比较偏淡，正好合了荷花的淡雅清香。这里推荐用来拼配、窨制的茶叶是安吉白。

很多人的印象中，安吉白可能是一款白茶，甚至包括有些茶商或者茶叶店的老板有的时候也会傻傻分不清楚。你去问老板你这里有白茶吗，若他拿出安吉白来给你，这时候你就该明白，这说明两点：一点是要么这个老板自己也不懂茶，所以他们家的茶不会好到哪里去，因为他不会挑呀，肯定就容易被骗，买到假茶都是有可能的；另外一点就是也许他真的懂茶，但是他就是觉得你不懂，所以拿了安吉白糊弄你，这就是商家的诚信问题了。但是不管他是哪种情况，他家的茶肯定是不能买了，容易被坑。

其实安吉白是长得很像白茶的绿茶，我们判定一个茶是六大茶类中的哪种，主要看的是制作工艺，而不是最后呈现出来的汤色、味道、香气等这些因素。安吉白的制作工艺是传统的绿茶的制作工艺，绿茶按照其杀青的制作工艺又分成炒青、烘青、晒青、蒸青，而安吉白就是典型的烘青绿茶。这是浙江安吉制作的一款烘青绿茶，但是安吉白的茶味相比其他绿茶来说清淡很多，而且茶汤颜色也跟白茶的汤色接近，之所以有这样的效果，是因为安吉白采制于一种拥有鲜嫩的白色叶子的茶树，做出来的茶叶类似于白茶，所以取名为安吉白。

这里顺便给大家推荐安吉白中的一种新贵茶。大家都知道很多茶是根据茶山、茶叶的产区命名的，比如西湖龙井、黄山毛峰、金丝滇红、正山小种等。安吉白也是根据浙江安吉这个地方来命名的，但是一款茶出来之后不可能只有当地人才会去制作，其他地方的人也会去学习，去制作。安吉白现在在贵州就有生产制作，而且贵州的安吉白比安吉本地的安吉白质量更好，口感更佳。这是因为茶叶的品质除了跟制作工艺有关之外，跟茶树本身的质量也很有关系，江浙沪一带的高山不多，以小山丘居多，但是贵州就不一样了，那里高山流水，茶树在这样的环境下生长，远比安吉这边环境要好很多，所以贵州产出来的安吉白的干茶品相、茶汤滋味都要比安吉那边的安吉白更胜一筹。喜欢安吉白的朋友，不妨试试贵州的安吉白。

介绍完基茶，开始介绍荷花茶的拼配、窨制方式。关于这款茶的制作，在沈复的《浮生六记》中就有记载，他的妻子芸娘曾经在夏天的时候制作过这道茶："夏月荷花初开时，晚含而晓放。芸用小纱囊撮茶叶少许，置花心。明早取出，烹天泉水泡之，香韵尤绝。"书中写得十分简练，但是步骤十分详细，就是用纱包，其实用宣纸也是可以的，把茶叶包起来，然后在傍晚的时候把包好的茶叶放在花心中。为什么是在傍晚呢，因为荷花跟人一样，也是需要和衣而眠、晚上休息的，等到第二天再重新绽放，大概白天九十点钟的时候正是荷花盛开、最美丽的时候。所以要在傍晚荷花闭合的时候把茶叶放进去，然后用线把花朵稍微缠绕一下，以免茶叶掉出来。等到第二天天亮的时候，在荷花盛开之前，把里面的茶包取出来，就可以直接泡茶喝了。芸娘当时用的是天泉水，何为天泉水呢？就是天上的水，比如雪水、露水、雨水等，当然不是当年的，当年的太浊了，要存放上一两年或者几年之后那就清澈了。而且他们讲究，一般都是存放在花树下面，吸取日月精华。

这种制作方法相对来说是比较轻巧的，随做随喝，但是受到时间限制，也就是说这款茶如果这么制作的话，那么就只能在夏天荷花盛开的时候才能制作，过了这个季节就不行了。所以《清稗类钞》还记载了另外一种制作方法，相对复杂一点，也比较花时间："莲花点茶者，以日未出时之半含白莲花，拨开，放细茶一撮，纳满蕊中，以麻皮略扎，令其经宿。明晨摘花，倾出茶叶，用建纸包茶焙干。再如前法，随意以别蕊制之，焙干收用。”前期跟芸娘的制作方法一样，这里就不赘述了。在第二天一早茶叶取出来之后，不是像芸娘一样直接取出来饮用，而是取出来之后继续制作，用建纸包茶，把茶叶烘干，第二天再这样操作一次，这样反复窨制三次之后，茶叶就可以彻底烘干了。然后把干茶叶收起来存放，这样制作的好处就是不受时间的限制，可以想什么时候喝就什么时候喝。当然了，花茶也好，绿茶也好，或者是新鲜的白茶也好，一般除了老茶头之外，其他茶都不推荐存放好几年，几个月最多了，隔年的陈茶就不好喝了，味道大不如前。所以这款茶还是比较推荐大家趁着新鲜的时候喝掉，不然等到时间放久了，茶味、荷花味都会差很多。这里值得一提的是，这个方法就是现在窨制花茶的雏形，我们现在在制作花茶的时候，差不多就是这样一层花、一层茶叶，让茶叶吸收花的香气，然后再把茶叶烘干，进行第二次、第三次，如此反复制作。不同的是，市面上买的好一点的花茶，一般都会窨制多次，比如六次、八次，甚至九次，这样窨制出来的花茶花香味更浓，而且茶叶更加耐泡。

这是荷花茶的制作，而泡茶的水我们当然不能够像古人那样用天泉水，现在的空气污染严重，你就是能够收集天泉水，你敢用吗？别说是放置一两年或者几年了，就是放置十几二十年，你敢喝吗？该有的危害物质还是在水里，照样是不能食用的。所以我们自己泡茶的话，矿泉水或者纯净水就好了，要是想要雅致一点，可以青梅煮水，荷花盛开的季节跟青梅的季节正好在交际处，可以青梅煮水来泡荷花茶。这样荷花茶除了荷花的清韵，还有些淡淡的青梅酸味，更加开胃、消暑，特别适合在初夏的时候来一杯。

最后再给大家介绍一个特别简单的荷花茶的制作方法，但是并不很推荐大家这么偷懒，因为味道会差很多。拼配、窨制荷花茶最简单的方式就是准备好新鲜的荷花或者是荷花干茶，准备好拼配的茶叶，一起冲泡。这样制作的好处就是特别省力，不用提前几天，或者是提前一个晚上开始制作，需要的工具也特别少。还有一个好处就是：特别好看。用玻璃杯或者玻璃壶冲泡，若使用的是新鲜的荷花，能够很直接地看到荷花在茶叶中绽放，而茶叶就是它的养分，真的是特别美的一幅画。缺点当然是显而易见的，两者因为没有充分窨制，所以味道跟窨制过的荷花茶肯定是相差甚远的。

这样搭配出来的荷花茶可能就不是林黛玉那种有层次感，值得慢慢品味、细细深究的女子了，可能是小红那样的，或者是晴雯那样的，相对比较简单，而不是那种多层次的美女了。当然这里的简单指的是性格、才华、韵味，各方面的。但是萝卜青菜各有所爱，各花入各眼，每个人都有自己喜欢的一道茶，到底哪道荷花茶是你的心头爱，就看你自己的喜好了。就如同各个版本的林黛玉那么多，最爱哪一款，就看你自己的选择了。

红楼多少情

悼芹溪，红楼一梦醒

满纸荒唐言，一把辛酸泪。都云作者痴，谁解其中味？提起笔来泪千行，不知道今日红楼在何方，遥想当年事，梦里来到太虚幻境，那僧那道依旧是昔年那般模样，警幻仙姑容颜未改，太虚幻境仙子依旧。

曹雪芹拿起金陵十二钗正册，唯有泪光点点，依稀听见：“宝玉，你好……”如果不是三生石畔的姻缘注定，世间怎会有林黛玉、贾宝玉之间的一段痴缠。那天上掉下的林妹妹，怎么会天天以泪洗面，悲叹着：“一年三百六十日，风刀霜剑严相逼。”美人的梨花泪模糊了曹雪芹的眼睛，他看见花落时节两人共读西厢，林黛玉的娇嗔点点，贾宝玉的万般痴迷，让人心醉。转眼间又一个落花时节，独有黛玉葬花，“花谢花飞花满天，红消香断有谁怜……一朝春尽红颜老，花落人亡两不知”。

忍不住想去安慰美人，却只剩一句：“既有今日，何必当初！”看着林黛玉日渐消瘦，不思饮食，他寝食难安，却无能为力。渐渐地，他习惯了潇湘馆里的哭泣声，习惯了黛玉的病弱西子胜三分。揪心爱着这个“心较比干多一窍”的“世外仙姝寂寞林”。

爱着所以不忍看到香玉香消玉殒的那一刻，接着往下看，那牡丹花盛开着，那样的明艳动人，可偏偏没有笑容。住在雪洞里的薛宝钗已经习惯了戴着面具过日子，与所有人都交好，可偏偏交不到一个真心的朋友。姐姐妹妹、哥哥弟弟的，没有一人走进自己的心里面。

他心如刀割，为什么这样完美的一个女人，缺少了一样最重要的东西——真情。那么一个国色天香的女人，为什么不能完成自己的抱负理想，进宫做陪读呢？那样单纯的年纪，为什么学着算计，用什么金玉良缘击败木石前盟。

那个“山中高士晶莹雪”为什么是贾宝玉的结发妻子，既在一起，怎么就没了感情，贾宝玉怎好抛弃她独自去了红尘外？

没有勇气看着鲜花凋零的曹雪芹放下手中的金陵十二钗正册，独自行走了。他看到了贾宝玉来太虚幻境的情景，眼看着他在这样的仙境中纵情高歌，完全不自知。万艳同悲，千红一哭，都在自己的眼前闪过。

他看见秦可卿在无奈中死去，流着泪告别这个冰冷的世界，留下一个美丽的谜团，看着众人为她哭泣；看着凤姐嚣张、毒辣、机关算尽，最后落得个红颜薄命的下场；看着妙玉孤傲地在这个世界生存着；史湘云埋藏自己的真实情爱，化眼泪为笑脸；李纨风华正茂就守了寡，带着孩子，孤儿寡母生活着；看着巧姐年纪轻轻便家道中落，身不由己在红尘中受苦；贾元春过着孤苦无依的富贵日子；贾迎春那样的千金小姐，整日里受欺负不说，嫁得个中山狼，一载赴黄泉；贾探春胸怀大志又如何，庶出命运难改变，远嫁和番难见自己的亲爹娘；贾惜春青灯古佛永相伴；晴雯伶俐却枉担了狐媚惑主的罪名，不得善终；香菱终究遇上了河东狮。

缥缥缈缈见美人们一个个活脱脱站在了他的面前，只一句话：“为何不能有个善终呢？”想来也是，那些都是自己爱着的人，一个个容貌出众，才华横溢，性情各异，花一样的年纪，怎会红颜薄命呢？难道只因为自小见了家中变故，恨尽了这世间的世态炎凉，人情淡薄？这也不过是对于世人的怨恨，与那些红楼仙子、精灵何干，为何要这些花季少女承受自己的悲伤？她们合该有一个美满的结局，这也是未来的希望。

转念间，曹雪芹下定决心，此番红楼，快乐结局。正要起身动笔，却只见一僧一道远远走来，口中念念有词：“世人都晓神仙好，惟有功名忘不了！古今将相在何方？荒冢一堆草没了。世人都晓神仙好，只有金银忘不了！终朝只恨聚无多，及到多时眼闭了。世人都晓神仙好，只有姣妻忘不了！君生日日说恩情，君死又随人去了。世人都晓神仙好，只有儿孙忘不了！痴心父母古来多，孝顺儿孙谁见了？”

听着熟悉的《好了歌》，想起了甄士隐当日的一番境遇，曹雪芹马上就对他们说：“二位仙人，这《好了歌》是好，只是我如今还有心愿未了，世间男子有谁不希望自己心爱的女子幸福的？我笔下如此多的美丽女子个个都是我的挚爱红颜，我怎可因自己的一己之私，令她们红颜薄命，待我红楼梦完，便自去领罪，可否通融？”

僧人哈哈大笑：“原以为你是个清楚明白之人，没想到竟是糊涂到这般地步了，你岂不知这世间一切都有定数，岂容你擅自更改之理。你的《石头记》既已成篇，你也该随我们而去了，从此了却红尘，何必心有挂碍？”

说话间已经带着曹雪芹飘然远去，烛光下曹夫人正拿着点心想给自己的夫君享用：“夫君，用点点心吧！”连叫几次没有反应，曹夫人这下可就慌了，试试他的鼻息，已经全无。马上去叫了大夫来，已经回天乏术，曹夫人痛哭流涕，千言万语只一句：“芹溪，你好狠的心呀！”

红楼梦醒，梦阮梦逝，与其交好者敦诚、敦敏等人唯写文祭奠：

挽曹雪芹

敦　诚

四十萧然太瘦生，晓风昨日拂铭旌。
肠回故垅孤儿泣，（前数月，伊子殇，因感伤成疾）泪迸荒天寡妇声。
牛鬼遗文悲李贺，鹿车荷锸葬刘伶。
故人欲有生刍吊，何处招魂赋楚蘅？
开箧犹存冰雪文，故交零落散如云。
三年下第曾怜我，一病无医竟负君。
邺下方人应有恨，山阳残笛不堪闻。
他时瘦马西州路，宿草寒烟对落曛。

河干集饮题壁兼吊雪芹

敦　敏

花明两岸柳霏微，到眼风光春欲归。
逝水不留诗客杳，登楼空忆酒徒非。
河干万木飘残雪，村落千家带远晖。
凭吊无端频怅望，寒林萧寺暮鸦飞。

晴雯撕扇——撕毁自己的身份

俏丫头，脾气暴，任性聪明，最是惹人爱。不爱金银偏爱闹，折扇可怜，只为红颜笑。

扇子毁，初见笑，笑声满园，片片纸飞落。撕扇声声称欢快，气氛全消，化作开怀笑。

晴雯撕扇作为《红楼梦》中四个最美的行为艺术之一，人们往往觉得它美丽，但晴雯这红楼第一“作女”将作天作地的一幅景象体现得最淋漓尽致，所以不少人受不了晴雯，觉得这样的女孩子实在是太难伺候了。

可是其实，看看晴雯的身份和她的性格，再想想这次的撕扇行为不难发现，晴雯绝对不是在使小性子，或者是为了突出自己的与众不同，才这样子无理取闹的。更多的原因是晴雯的身份，使得她十分自卑，为了掩饰自己内心的自卑，才会用自傲来面对自己的人生。

扇子，众所周知是人们用来解暑或把玩的一件工具，想扔就扔。就如晴雯的身份一样，就是个名不见经传的小丫头，主人高兴了就用用，夸赞一番，要是哪天主人不高兴了，或者看见更加合自己心意的了，就丢在一边，甚至毁坏掉了。

丫鬟就是这样，一日让自己的主子高兴了，就有所恩赐；什么时候让自己的主子不高兴了，马上就是一顿批评，更有甚者，皮肉受苦。晴雯就是接受不了自己这样子的命运，所以想要改变。但是就是不知道怎样才能改变自己的命运，恰巧又遇到了贾宝玉这样的一个“性情中人”，高兴的时候就将你当成佛爷，不开心的时候就不理不睬的，还会耍耍小孩子脾气。于是乎，晴雯就开始将自己的脾气充分发了出来，有时候甚至比小姐还小姐。

她这样做，除了因为自己生得比别人好一些之外，更多的原因就是将自己的矛盾表现出来了。另外她自己也知道，要是想要在大观园中出人头地，最快的方式就是做上姨娘，然后母凭子贵，过上“主子”式的生活。而放眼望去，也就贾宝玉能入她的法眼，但是身边的竞争对手实在太多了，她没有什么靠山就只能靠着贾宝玉的爱。所以她就开始用自己的方法来引起贾宝玉的注意，结果她的与众不同，确实让贾宝玉一下子就喜欢上，并且是有所着迷了。

但是这并不是让她走上幸福的捷径，而是将她推向深渊的魔爪，她光顾着得到上司的喜爱，但是忽略了别人，最后因为树敌太多，再加上生得太好看，遭受了灭顶之灾。当王夫人一看见她，就认定她是狐狸精，说什么都要将她赶出园子。

最后因为受不了这样的打击，含恨而终了。她的命运一如她自己手中的扇子一样，彻底给人家撕毁了，只给有心人留下了肝肠寸断。

相思红楼，豪门梦断荣国府

常言道：一入豪门深似海，可偏偏古往今来总是有许许多多的女人向往豪门生活，为了进入豪门费尽心机，然后生下一儿半女自己的地位也就算稳固了。

但是豪门多是梦断的地方，如今的豪门婚姻有太多都是劳燕分飞的结局了，一时的风光无限，到头来豪门贵妇一夜之间就成了弃妇，这样的例子数不胜数。而在古代，豪门婚姻往往最后就演变成了美人心计，富贵人家的孩子难养，富贵人家的媳妇更加难当。但是不管豪门多么恐怖，那些美女心中的豪门梦想从来都没间断过。《红楼梦》中就有那么一个渴望成为凤凰的女子，她美丽温婉，可惜身世低贱，却又不甘于平庸，想方设法要“飞上枝头变凤凰”，这个人就是尤二姐。

尤二姐的出身很是低微，母亲带着她跟她妹妹改嫁到了尤氏家中，从小便没了亲生父亲的疼爱。可偏偏还被指腹为婚给一个自己不喜欢而且看着也没有什么出息的张华。尤二姐又是个出挑的美人胚子，看着自己挂名的姐姐能有贾家这样的好归宿，就算是个续弦，也是享不尽的荣华富贵，尤二姐便也做起了自己的黄粱美梦。

为了能够“飞上枝头变凤凰”，尤二姐不惜跟自己的姐夫暧昧不清，为的就是可以留在宁国府中过着衣食无忧，衣来伸手、饭来张口的舒心日子。她也不怕自己的姐姐会介意，就这样糊里糊涂地在宁国府住下了。

原以为自己的命运就只能是这样了，没想到一个“天赐良缘”出现在眼前，在偶然间遇上了风流倜傥、温柔多情的贾琏。对着贾珍这张“老菜皮”看久了，猛一看见翩翩美男，尤二姐马上就心花怒放了，可巧贾琏对她也是十分中意的，将九龙玉佩作为定情信物，两人就这么恋爱了。

不过光恋爱怎么行呢？要是没有个名分，始终还是会被别人招之即来、挥之即去的，怎么也要有个名分才能保住这份荣华富贵。尤二姐为了自己的豪门梦想，先用自己的情意绵绵、温柔体贴使得贾琏彻底拜倒在自己的石榴裙下。同时也让自己的姐夫帮忙，反倒是让贾琏先开了口要成亲，自己欲拒还迎，好事就这么成了。

贾琏对尤二姐也算是一头栽进去了，帮她搞定了张华，单独弄了房子给她住，也算相安无事。虽说是金屋藏娇，到底还是给她一个名分了，就等着尤二姐生下男孩，风风光光进府享福了。

可天不遂人愿，这太平日子还没过几天呢，凤姐就知道了她的一切。笑里藏刀将尤二姐接到了荣国府中，又是引荐给贾母，又是好吃好喝为她考虑周到，但背地里怎么都没闲着：一边撺掇着张华将贾琏跟尤二姐告上公堂，一边又让丫鬟给她脸色看。

这时候她亲爱的夫君又另结新欢，只见新人笑，哪闻旧人哭？好在此时尤二姐怀孕了，可惜遇上个“赤脚医生”，把一个活生生成了形的男胎打了下来。此时的她面对着虎视眈眈的秋桐，还有早已撕下伪善面具的王熙凤，只能对着空气叹一声“自古红颜多薄命”。除了吞金结束自己的生命，再没别的出路了。

一代尤物就这么冷冷清清死在了荣国府中，豪门梦断，徒留一具冰冷的尸骸。尤二姐怎么也想不到，送她入鬼门关的，就是那个她自以为爱得轰轰烈烈，可以托付终身的男人。

豪门不是只有风光，更多的是凄凉与忍耐；豪门不是最好的那道门，不管什么门，适合自己的才最重要。

《红楼梦》中最短暂的爱情

待我长发及腰，少年娶我可好？或许早在尤三姐第一次见到柳湘莲的时候，便想将这句话说出来直接问他。只是女儿家脸皮薄，没好意思问，便把这桩小心思一直压在了心底最深处。直到尤二姐问起来的时候，方把这一点点的女儿心事告诉了姐姐跟母亲。

尤三姐迫于生计，不得不在男人中周旋，跟自己的姐夫不清不楚。但是她的心放在了当年的少年身上，满心欢喜等着自己的心上人用八抬大轿将自己娶过门。

有了姐夫做媒，这件事情也就水到渠成了，柳湘莲只看着贾琏的面子，还没见到人就答应了婚事。于是将自己的鸳鸯剑当作定情信物，让贾琏转交给尤三姐。

尤三姐看到此物，心中喜不自胜，日夜盼望着情郎早日将自己娶过门。可是柳湘莲听到贾宝玉说那是宁国府里的小姨子，马上就被吓了回去，不愿娶这位美娇娘过门了。

可偏偏自己一时情急又将家传的鸳鸯剑送人了，怎么也要厚着脸皮去府上一趟，将家族宝物要回来。到了之后将悔婚的事情一说，尤三姐倒是十分大方，立即将鸳鸯剑归还，表示从此恩断义绝。柳湘莲拿了东西就想走人，只是没想到尤三姐还藏了另外一把剑，流着泪就用这把剑抹了脖子。

刹那间，谁都没有反应过来，尤三姐就已经倒在血泊之中了。柳湘莲这时候才回过神来，看这样的人物，这样的品性，后悔自己没有好好了解，错失了如此一段好姻缘。现在想补救，却怎么都来不及了。

尤三姐用了几年的时间等待着自己的意中人，等待着重逢，等待两人能够开花结果，终于等来了定情信物。只是可惜她的等待成了泡影，明白自己终究错付了。最后看一眼等了几年的这个男人，不过就是一个出尔反尔的凡夫俗子而已。既错了一次，就不能让错误继续下去，她用生命表达了对柳湘莲所有的情感。

而柳湘莲答应婚事只用了几分钟的时间，又用几分钟的时间悔婚，一切便成了泡影。他在尤三姐抹脖子之后重新审视了这个女人，后悔莫及。最后只能用出家解决这件事情，这也算是对这段感情的一个态度吧。柳湘莲用自己的下半辈子，为这段短暂的爱情买单。尤三姐则更为惨烈，用自己的生命为自己的爱情买单。

《红楼梦》中“灰姑娘”的故事

她是邢夫人的侄女，但是出身寒微，家道中落，无可奈何之下只能来到贾府投奔邢夫人。但是一向拜高踩低的邢夫人根本就没有把她当回事，照顾她也不过是嘴巴上说说，并没有十分在意。她在大观园里面跟姐妹们相处得开心，只是生活拮据，连个依靠的人都没有。

但她偏偏被薛姨妈看上了，求了老祖宗给薛蝌做媳妇。薛蝌是薛宝钗的堂弟，虽说是堂弟，却更像是她的亲弟弟。气质跟长相都是没话说的，为人处世也好得很，家境也算过得去。最可贵的是他早就已经认识了她，他们一道来金陵，一路相处也很好，这婚事虽说是家长提出来的，自己大抵也是满意的。

她，邢岫烟，是寒门淑女，虽然家贫，但是气质出众。她用心结交朋友，用真心对待身边的人。不仅跟大观园中的姐妹们成了好朋友，还老友重逢，在大观园里面遇上了昔日好友妙玉。

曾经的她或许有些苦涩，拥有的东西很少，但是到了大观园之后，她开始时来运转。既遇到了自己的“白马王子”，也得到了“王子”身边人的一片好评。薛姨妈第一个就喜欢她，“灰姑娘”邢岫烟以后在家里遇到什么难事了，可以找她帮帮忙。薛宝钗也喜欢她，平时也悄悄帮着她。更难得的是，她乖巧懂事，温柔可爱，还得到了凤姐的怜爱，这“灰姑娘”在贾府的日子尚且已经慢慢脱离了“恶毒后母跟姐姐们”，到了薛家之后那就更不用说了。

她喜欢联诗、作对，而他也是腹有诗书气自华，不像他的堂哥，整个一个草包。她喜欢温婉安静，凡事低调，不喜欢张扬。他低调处世，彬彬有礼，温柔体贴。找不到两人不和的点，在一起的时候淡淡如水，岁月静好。

她从一个破落户家的小姐，成了薛家的少奶奶，妯娌之间相处愉悦，完成了一个完美的转变。这是《红楼梦》最美的一段“灰姑娘”的故事，符合家长们心中的婚姻，父母之命，媒妁之言。在彼此的心里也有一个好印象，他爱她的温婉可人，她爱他的风度翩翩，一拍即合。爱情、家庭两全其美，美丽但不凄凉，这是一种淡淡的甜蜜。

私订终身的红楼悲剧

这是一个姑表姐弟之间的爱情故事，她是小姐房里的首席大丫鬟，平日里的吃穿用度都跟自己的主子没什么两样。整个就是个小姐身子丫鬟命，脾气性格那是更加像小姐了，她可以为了一碗鸡蛋羹，闹得整个厨房鸡犬不宁。她高大丰壮，个性冲动，敢作敢当，俨然就是个“女汉子”。

她挑剔，她任性，但是偏偏在婚姻大事上却挑剔不起来了。她的他是一个二门外的小厮，芸芸众生足以埋没了他的人头，记得他名字的人都没有几个。而她在大观园里面很有名气，谁不知道她叫司棋，是二小姐身边的丫鬟。二小姐是个与世无争的人，一屋子的人奴才不像奴才，主子不像主子的。而她便是最像主子的丫鬟，大观园里的老妈子们都知道，她是个不好惹的主。

她眼高于顶，直到有一个晚上，她被一个叫鸳鸯的丫鬟撞见了。鸳鸯随口说了几句唬人的话之后，她吓坏了，马上就说了她的故事。今夜，她是要跟自己的情郎约会的，恳求鸳鸯不要将自己的事情说出去。而此时的他，却躲在后面死活不敢出来露面。

直到鸳鸯答应了不将这件事情说出去之后，他才犹抱琵琶半遮面露了一下脸，这才知道了他的名字——潘又安。在“女汉子”的保护下，“男妹子”静悄悄地逃跑了，之后的事情也都是“女汉子”收尾的。

之后鸳鸯听说有个小厮跑了，转眼之间就不见人了，只剩下一个担惊受怕的司棋在大观园里面苦熬着。鸳鸯只得特地跑一趟安慰她，她这才慢慢恢复了“女汉子”的本色。只是眼睁睁看着“男妹子”消失在自己的眼前，“女汉子”的心也就凉了一半了，心知这段感情只怕也是不中用了，可是还是放不下。

直到有一天大观园里面丢了东西，凤姐带着人兴冲冲地来到她小姐这边，他们的感情终于彻底浮出水面。这段私订终身的感情是去是留，直接被提上来。潘又安，陌生而熟悉的三个字，又一次浮现在她的面前。她知道自己已经别无选择了，但是离开这里对自己来说不过死路一条，她哭哭啼啼，用尽全力求主子把自己留下来，只是最后她还是离开了大观园。

回家之后的“女汉子”恳求家人给自己一点时间，等待着“男妹子”能够上门提亲，但是他就像是人间蒸发一样，迟迟都没有出现。在等待中，她绝望了，这段感情开始的时候她自信满满，两人是从小就相识的，青梅竹马。现在又在一个地方共事，花前月下，近水楼台先得月，怎么都会有个好结果的。但是他中途跑了，这时候的她开始灰心了，但还是祈祷上天，自己可以有一段美好姻缘。哪怕是自己最后不得不离开大观园这棵大树，她都觉得希望没有破灭，离开或许可以成就自己的婚姻。现在终于在家里了，他还是没有出现，她失望了，绝望了，在绝望中她选择了离开，彻底解脱自己，以此结束自己的悲剧人生。

她用自己的生命，为“潘又安”这三个容易被人忽略的字买单，这是一段“女汉子”跟“男妹子”之间的爱情故事。“女汉子”勇往直前，希望“男妹子”也能纯爷们一把，可是“男妹子”始终都是“男妹子”，临门一脚还是放弃了。最后红楼只剩下一个“女汉子”跟“男妹子”之间的悲惨爱情故事。

一场游戏一场梦的红楼爱情

常言说家里最受宠的，不是最大的，就是最小的。他虽是兄弟姐妹里面最小的，但也是最不受宠的，总是被那个二哥哥死死压着。所以他虽是少爷，但是过得一点也不开心，他就是三爷贾环。

他从小除了自己的母亲，似乎别人都不在意他，不喜欢他。直到有一天他的身边有了她，一个叫彩云的丫鬟。不知道为什么，他在贾府里是那样的不受重视，文采、相貌跟二爷相比也都是不能相提并论的，但是她就是死心塌地地喜欢着他。有什么好东西都要拿来跟他分享，爱屋及乌，对他的母亲也是极好的，连他的母亲都说她是个好孩子。

开始的时候，两人两情相悦，常常在一处玩耍，好不热闹。但是渐渐地，他长大了，性格变得阴晴不定，常常要闹别扭。看见彩云跟贾宝玉亲近，他不开心，打翻了烛台，烫伤了宝玉。还疑心她的清白，总觉得她跟贾宝玉之间有着不清不楚的关系，不为什么，只因为他自卑。

心情好的时候他便跟她好好相处，不好的时候就对她恶言相向，有时候还要动手动脚的。就连她好心给他拿来了玫瑰露，他都要怀疑，总觉得这件事情让自己很自卑。分手从吵架开始，小时候两人吵完架之后可以当作什么事情都没有发生，但是现在嫌隙渐渐加深，人也不像小时候那么单纯了。

两人就像过家家酒一样，吵架和好，但是吵架多了，就像玩游戏一样，总是不能通关，也就不想通关了。

这个时候，彩云到了谈婚论嫁的年纪，可是他还是一点反应都没有，任由着她被别人提亲。他没有任何动静，赵姨娘也没什么办法，贾政总觉得贾环的年纪还小，不需要这么早就给他定姨娘。两人的婚事只能就此作罢，不管她有多么舍不得贾府，到了年纪总是要出去的。

来的时候，爱情的种子在地里渐渐有了萌芽，之后就等着开花结果了，可偏偏要移植了。这时候的他，又一次开始疑心她对自己的心意，觉得她根本就不喜欢自己，也就生了一回气，把这件事情淡忘了。可是她怎么都忘不了，之后在家里面郁郁寡欢，直到忧郁而终。

一段本可以喜结连理的好姻缘，在两人的背道而驰中变成了悲剧，贾环就像小孩子玩游戏一样，自己只能赢不能输，总是要彩云哄着。彩云累了，就只能结束了。梦醒时分，才发现这不过就是一场游戏。

红楼续梦

第八十一回　痴公子嗔念怡红院　悲淑女泪洒潇湘馆

人生自古有情痴，多少离愁泪空洒。
风刀霜剑严相逼，陌上阡尘春流逝。

且说迎春归去之后，邢夫人终日里还是一如往昔，倒像是完全没这件事情一般。却是王夫人，很是为迎春感到凄婉，每每有人来的时候，说到迎春之时总是忍不住泪流。那一日薛姨妈来访，老姊妹二人说着园子里的姑娘们，说到了迎春，王夫人又忍不住悲泣道："二丫头倒是个好姑娘，性格脾气都是好的，可惜了有这样的父亲，又是这样的身份，自己也未免太柔弱了些。你看看那时回家一趟，瘦骨嶙峋，没有了人样不说，还哭哭啼啼，只怕不是长久之计呀。"

薛姨妈往常跟园子里的姑娘们也有往来，虽说跟迎春不像黛玉这般亲昵，可也算是看着长大的。如今知道了她的这一番光景，怎得不流泪："要我说到底是二姑娘的命不好呢，人常说嫁汉嫁汉，穿衣吃饭，你说说咱们家的孩子，虽不说金贵，可也是没在穿衣吃饭上短了的。我冷眼看着，如今这孙大爷，只怕是待她连下人都不如了，日后的苦日子多了。要不我说呢，这些孩子们的亲事要紧呢，一个不小心，只怕就家无宁日了。远的不说，只看看我们家也就知道了。"

"怎么，如今这新媳妇还只管这么闹着？也不怕人笑话不曾？说来也是大家小姐，怎么我听着连小户人家的丫头都不如呢？"听薛姨妈说到了自己家里的事情，王夫人忍不住关心自家姐妹。

薛姨妈见问，只是捶首顿足，不知该从何说起，叹了口气："到底都是一家人，说出来也不怕笑话的，就我们家那一位，哪一天消停了的。香菱这孩子我看着就很好，阖府上下也都喜欢她，对她也都是和气得很。偏偏就我们家那一位，横竖看不上，来了不找别人的不是，专挑香菱的错处。也只怪我那孽胎，谁的话都听不进去，偏偏他老婆的话比圣旨还有效呢。这几日不知怎么的又看上了她身边的小丫头，现在几个人没事就为这点子事情闹得鸡飞狗跳的。当初念在往昔的情分上，只以为他们家的女孩子是极好的，谁能想到会是这样的一番光景呢，真真后悔莫及。”

听薛姨妈说来，如今他们家也是千头万绪，理不出个所以然来，王夫人念佛说道：“阿弥陀佛，只怕这都是前世注定了的，或者是你们家欠了她们家的，这女人嫁到你们家就是来讨债的也未可知。就像我那宝玉，也是让我操心得很，只怕身边有了那些妖精教坏了，我后半辈子的依靠也就这么毁了。我想着，如今宝玉也大了，倒不如早早娶了亲，让他定了心也是好的，你可看着有没合适的女孩子，像你们家宝丫头这样的，我看着就很好。”

说到宝玉的婚事，薛姨妈笑着说道：“要我说你这也是瞎操心，宝玉的婚事横竖有老太太呢，就是老太太一时年纪大忘记了，还有那一位贵人娘娘呢，她怎么好忘了自己弟弟的终身大事呢。这么多人挂怀，宝玉是有福气的，不像我家蟠儿，挑来挑去就挑了这么个河东狮。我看着宝玉跟林妹妹从小亲近，老太太也喜欢他们两个，只怕是老太太早就有心了呢，你就别操心了，船到桥头自然直。”

王夫人也想了想说道：“论相貌根基、家境品性，林丫头倒是上上之选，只是你也是知道的，她那身子两日好了，三日又不好了的，也实在令人担忧。还有那脾气，从小跟宝玉闹着长大的，小时候也就罢了，长大了若还是这样，只怕也像你们一样呢，有了前车之鉴了，还不怕吗？这事还是缓缓吧，毕竟宝玉的亲事，还要问过老爷的。”

这边王夫人在跟薛姨妈话家常，那边宝玉看了自己二姐姐的这番遭遇，又想着香菱的处境，心中着实难过。平日里那些丫头们被她们的妈妈什么的欺负了，他心中也是要痛惜良久，如今这样的两个美人儿就这么被糟蹋了，宝玉怎么还能在怡红院坐得住，早就在袭人、麝月、秋纹等人面前如此这般说着迎春的事情：“我看着那孙姐夫也不是什么善男子，那样的出身，我想着也是出不了什么好人的。赶明儿，我就回了老太太，把二姐姐接回家来，还住原来的地方，我们还在一处说话玩乐，好过那万丈深渊。”

大家伙也都知道宝玉的性子，那二姑娘如今的这般际遇旁人听着也都是伤心落泪的，袭人怕他一时走歪了回不来，马上就打岔说道：“你这话也是奇怪得很，儿女亲事从来就是父母之命、媒妁之言的，就是老太太有心，如今也是万万不能的了。更何况是你呢，你当你是什么人，万事都由着你的性子不成？我听着你意思，别人家的纵然是千好万好，也没有你们家好的，所以那夏家的姑娘你是看不上的，孙家的姑爷你也是不要了的。”

听这话，宝玉以为袭人是在嫌他看不起人，自知失言了，马上姐姐长、姐姐短解释道：“你平日里总说林妹妹是个多心的，你如今看看你自己，也是总疑心着。你误会了我的意思，前几日，你不也说香菱日子不好，怪可怜见的，后来也说二姐姐在家不顺畅的吗？不过就事论事，你也忒多心了，家里哥哥姐姐娶亲、嫁人的，你瞧我说过谁不曾？不过是他们太过了，我才说两句的。”

听着他们一来一往的，麝月笑说道：“小祖宗，你这又是蒙谁呢，不过都是你们一家子嫁来嫁去、娶来娶去的，都是亲戚家，你还有什么好说的。偏偏如今来了两个外人，你才说起的，到底不是一家人，说不上一家话呢。按我说，都是你的兄长嫂嫂的，你还是少说这些吧，管好你自己倒是真的，别又惹老爷不高兴。”

听见“老爷”二字，宝玉一下子就蒙了，手足无措，马上就告饶了：“好姐姐，我不过就与你们说说，解解闷，何时会对外人说这些的。再者说，这几日老爷虽不大管我了，我也没有怠慢的，功课也没落下什么，也不似从前那般找姐姐妹妹去了，你还不让我跟你们说说话呀。”

袭人忙来解围说道：“越大越没分寸了，你不知道老爷就是他的紧箍咒，不知闹出多少事情了，还在这里口没遮拦的。再有个好歹的，我可是帮不了你的，你横竖自己去了，大家干净。”

听到最后一句，别人倒还可以，宝玉第一个不高兴了，眼泪就如同断线般，一边用衣袖拭泪，一边说道：“只要我还在这一日，就不许你们去了，那走了的是没办法了，只是往后要好一起好，要不好了就都不好了，不许说这些不吉利的话。”

听着宝玉这些不着边际的话，袭人又是急，又是气，一边为他拭泪，一边啐麝月："都是你招他这些好没意思的话，又不是第一天来了，他这疯疯癫癫，一年大两年小的毛病又不是不知道，偏偏还说那些做什么，还嫌事情不够多呀。再这么没轻没重的，我便回了老太太去，这宝玉我是照顾不了了，好歹开恩早些放我家去才好。"

一下子宝玉跟麝月都急了，宝玉拉扯着袭人的袖子，麝月抢白了说道："好姐姐，你若走了，这混世魔王我们可就更加没辙了。我不过就说着玩的，姐姐教训的是，我以后再不这样便好了，何必再去扰了老太太的清净。"

宝玉在一旁也敲边鼓说道："好姐姐，我们以后都不闹了，听姐姐的，决不让姐姐生气。好歹看着往日的情分上，给我们个机会，大家都别闹了，可好？"

袭人刚刚还对着麝月说教，见宝玉还是这般不思进取，转脸说道："还没说你呢，眼看着到了娶妻生子的年纪了，还这般瞎闹。将来让宝二奶奶看着笑话不说，只怕传出去你又是罪人一个了。罢了罢了，今日之事到此为止，切不可再有下次。"

见袭人说了软话，两人耷拉着脑袋，唯唯诺诺。这边宝玉为了香菱、迎春的事情满腹忧伤，那边林黛玉一颗悬着的心也被吊得越来越高，听着这些日子里丫头婆子们、姑娘奶奶太太们说迎春如今的处境，再想想自己的遭遇，不由抚琴抒怀，弹一曲《阳春白雪》，但也说不尽心中的无限幽怨。流着泪弹完一曲，早已经咳得不成样子，紫鹃看不过去，一边服侍着，一边劝道："姑娘如今也大了，又是读书人，懂得的知识道理自然比我们多，怎么偏偏不明白最简单的一个道理，凭他身体再怎么不好，也不该总是作践自己。姑娘可知后福？旁的不看，只看眼前的老太太就是个有后福的，也注意自己的身体呢，姑娘该宽心才是，有老太太疼着，也是有福的。"

眼下能如此说贴心话的也就紫鹃了，她越是这么说，黛玉的眼泪就越是不听使唤，红着脸说道："好姐姐，我自然知道你是真心为我的，可你哪里知道我的心。二姑娘是你们家的姑娘，大舅舅再不济也是她的父亲，哪有父亲不为自己女儿的道理。家生的女儿尚且如此，我不过是你们家的一个客人，怎比得上你们家的姑娘，可知我是个没福的呢。"

"姑娘这话就糊涂了，按亲疏说，姑娘是老太太的外孙女，二姑娘是老太太的亲孙女是没错。可你我都是知道的，二姑娘是庶出，大老爷又是那样的，大太太平日里都听老爷的，也不十分亲近二姑娘。老太太虽说是老爷的母亲，无奈婚姻大事总归是要听父母之命的，老太太有心却也做不得主。姑娘怎比她，先说姑娘的娘亲是老太太的嫡亲女儿，又是最宠爱的，就这一层便与别人不同了。再者说，姑娘如今一个人，老爷、太太仙游了，婚事自然是由老太太直接做主，素日里老太太那般疼你，怎舍得委屈了姑娘，所以姑娘必是个有福之人，只不可总唉声叹气才好。”紫鹃知道迎春出嫁也是黛玉的一块心病，自黛玉来园子里，姑娘出去的就迎春一个，却又是那样的一幅情景，叫人如何不揪心。

尽管紫鹃的话句句在理，黛玉也深知贾母对她十分宠爱，除去贾宝玉不论，园子里的这些姐妹们没一个比得上她的。只恨她是个没福的，母亲自小离开了她，好不容易在外祖母家住了些日子，父亲也走了，剩下她一个人孤苦无依的，也不知日后能有谁来依靠：“姐姐说这话就是宽我心呢，你我都是知道的，如今我在这里寄人篱下，除了老太太、太太、凤丫头自然是没话说的，其他那些人还不知怎么不待见我呢。想着宝姐姐家中再不好，好坏母亲、家兄在身边，又有祖产，说走也就走了。我却是只有受气的份，怎敢劳烦那帮子祖宗大爷的，还是由得我自生自灭去吧。”

一番话说得紫鹃也是泪如雨下，她也知道黛玉的病根，知道她是个心思重的，可是小小年纪就如此这般哀怨总不是好事。眼看着年纪越发大了，这脾气却也是越发古怪了，心思也比先前多了不少，总不大能睡觉了，越发地憔悴了：“姑娘这病多是你这胡思乱想出来的，且不看别的，就看二爷为了你着急上火，上蹿下跳的，你也该好好保重自己的身体，切莫再让他担心了。依着我看呢，老太太有意将你们配成双的，只是姑娘这身子骨总不大见好，再者说二爷又是那样痴痴呆呆，怕你们为了一点子小事情拌嘴，搅了清净才不开口的。姑娘此时就更应该好好保养着，等身子见好了，只怕姻缘也到了，到时候就真是一家人了，这可是福不是？”

听着紫鹃说出了这些没轻没重的话，黛玉又羞又恼，四顾环看一下，好在没人。一边抹泪，一边说道：“我也知道，你是年纪大，心也大了，我这屋里怕是留不下你了。我大约也是懂的，女儿家的心思，谁不想找个好婆家，你也别说了，你的意思我也都懂了。你也不必多说了，明儿我就回了老太太去，你也跟了我这么久了，尽心尽力，我自会求了老太太择佳婿，断然不会委屈了你。”

自己明明是一番好意，不承想却变成了思嫁心切，紫鹃有种百口莫辩的委屈，哭着说道："好姑娘，自你来我就服侍你，你是知道我的，对你不敢有一分怠慢。我一心只想着姑娘能好，从未想过自己的事情，姑娘在一日，我就陪着姑娘一日，若是姑娘哪一天有了个万一，我虽不能陪了姑娘去，却也可以选择日日佛堂前为姑娘诵经念佛，绝不弃姑娘而去，天地可鉴，如有半句虚言，天打雷劈。"

被紫鹃这么一说，黛玉倒是把眼泪止住了，扑哧一下说道："日日说我说话不吉利，你刚刚赌咒发誓，又有哪一句是好的。我也是知道你的，你与我虽名为主仆，我却把你当成姐姐。雪雁虽是自小就跟了我的，但是年纪小，不大懂事。倒是你，自从跟了我，真心待我，我有什么是你不知道的，我自然也是知道你的，怎会不知道你是为了我好。只是我这身子也不是你说这般，说好就能好的，自娘胎出来就这样，怕是大罗神仙也无可奈何了的。我是个福薄之人，我盼着千万不要连累了你才好，我只盼你早早把我忘了才好。"

"才说了我赌咒发誓不好，说话不吉利的，这会子我不说了，你可倒好又来这样的。明摆着就是不让我说话，日后我们都不敢招惹姑娘了，我们只看着姑娘，姑娘需要什么了往那里瞟一眼可好?"看着黛玉慢慢平静下来，紫鹃的心也就慢慢放下了，开始跟她说玩笑话。

还未等到黛玉答话，只见雪雁匆匆忙忙从外头赶回来，兴冲冲来到黛玉的房中，不知有何事，且看下回。

第八十二回　娇幽女难逃河东狮　中山狼刁难懦小姐

冷月花魂葬不完，寒雨敲窗夜难安。
忽梦返家泪阑干，醒来是天昏地暗。

这边是紫鹃为了安慰黛玉，让其分神，故意打趣，那边雪雁忙不迭从外头赶回来，秋日天凉，她却是满头大汗，气喘吁吁，说话都说不清楚了："姑娘、姐姐，这才消停了几天呢，如今又不大好了。这可如何是好呀?"

紫鹃好容易才将黛玉安慰好了，如今又来雪雁这一惊一乍的，怕那"心较比干多一窍”的黛玉又要多想，不得不将事情的来龙去脉问清楚了：“好个咋咋呼呼的小蹄子，又不是新来的，咱们姑娘一向都是喜静不喜闹的，偏你个小丫头总是吵吵嚷嚷的，闹得人没一日的安宁。这会子又是什么火烧屁股的事情值得你这般一惊一乍的，喘口气，慢慢道来，没得把小事说大了才好呢。”

“姐姐莫要生气，我不过就是看着怡红院的人都急了，也是看急眼了。”听着紫鹃的话，雪雁才慢慢缓了下来，仔仔细细说道，“这也怨不得我着急呢，还不都是宝二爷屋里头闹的，今日我经过怡红院，听得里头吵吵闹闹的，还以为是哪个丫鬟婆子又闹僵起来了。想着这也是常事，可谁知却看着袭人姐姐气急败坏哭着跑了出来，接着麝月姐姐也跟着出来安慰着。只听二爷在里头说什么‘罢了罢了，不要也罢，都是太太的心和意，横竖没我什么事’。我想着又是二爷魔怔了，别把姑娘吓着了，就问了袭人姐姐她们，还以为是为某个丫头闹呢。谁知竟是为了二姑娘的事情，自二姑娘家去后，二爷神神道道了好几日，今天不知又看了什么邪书，听了什么歪话，非要去找老太太把二姑娘要回家来，袭人姐姐死活拦不住，就在屋里吵起来了，外头的听了来劝架，不承想越吵越离谱，就被我撞见了呢。”

黛玉听着难免有些揪心，自小一处长大的，宝玉的心性她自然是最清楚的，知道宝玉最见不得的就是家里的女儿受委屈，更何况还是自家姐妹，叫他于心何忍。紫鹃看着黛玉忧心忡忡的样子，知她定是为了宝玉的事情担心，怕是又要一夜难眠了，立刻笑说道：“你这丫头，我当是什么大不了的事，原不过就是为了这些子鸡毛蒜皮的小事，他们吵糊涂了，你也跟着糊涂了不成。二爷就是个小孩子心性，平日里我们做丫头的受了委屈，他也是要跟着流几滴泪的，这会儿是他的姐姐，能不着急吗？可你听哪段戏文里有，弟弟舍不得姐姐受苦，姐姐就和离了的？那钉板、那牢狱之灾是二姑娘受得起的？老太太虽老，却也是耳聪目明的，这样的糊涂事做不出来，不过就是哄哄二爷也就过去了。过段时间，他也就忘了这事了，今日虽说他们那里动静大了些，不过都是吵着玩的，多大的事情还值得你操心，正经他们都不急，你急什么。倒不知道有句话说你极好，‘皇帝不急，急死个太监呢’。”

黛玉笑道：“这是哪里的话，我在家时怎么就没听人提起过的，也不见老太太、太太、凤姐儿她们说起这些，你这都是从哪里学来的？莫不是背着我们听了好戏了不成?”

紫鹃原是想说些话宽慰下黛玉的，却未料到倒是说出了黛玉的好奇来了，想着这些都是没个正经，黛玉又是聪慧至极，若是听此一句，往下联想，岂不教坏了她，不由得掩住口，红着脸说道：“原不是什么正经话的，小的时候调皮，总爱跟人学这学那的，也不管好坏，大人们说什么，我们也就跟着说什么了，好的没学到多少，那些三教九流的话倒是学了不少呢，都不是什么好话，姑娘切不可对这些上心呢。”

黛玉知道紫鹃素来都是很有分寸、知礼仪、懂进退的，看她如此这般的作忸怩之态，也就不再往下问了。只是想着宝玉对于“女儿”二字从来看重，如今又知道自己的二姐姐有这样的一段孽缘，心中免不了担忧，只恨自己近日缠绵病榻，不方便去怡红院，只能在潇湘馆空对着那几根萧索的竹子唉声叹气，幽怨满怀。

怡红院为了迎春的事情闹得人仰马翻的，还是惊动了王夫人，到怡红院连哄带骗，说是其实先前不过就是小两口不熟悉，闹出来的闺房笑话罢了。如今迎春回去，那孙绍祖渐渐也发现了迎春的好处来，早就已经不是回家时的那般光景了，倒是亲厚得很呢。听了王夫人这话，宝玉才算放心了，先前的事情也不想继续追究了。

这边怡红院的事情才算了了，那边薛家的乱摊子却只是起了个头。虽说薛蟠是个没定性的，喜新厌旧，贪一时新鲜，现在的心思早已不在香菱身上，满心满脑子就是想办法将宝蟾弄到手，两人眉来眼去打得火热。可是在薛家人的眼中香菱还是姨奶奶的身份，夏金桂冷眼看着家里上下的人都未曾拿香菱当下人看待，那些下人对她都是和和气气、敬爱有加的，更别说薛姨妈跟薛宝钗了，俨然香菱才是她们家明媒正娶的媳妇似的。尽管她为了怄气把香菱的名字也改了，可心中的气怎么都是消不了的。

趁着眼下薛蟠对自己的陪嫁丫鬟眼馋心热的，夏金桂一不做二不休，一边明面上成全他们的好事，一边暗地里挑拨着薛蟠、宝蟾跟香菱之间的关系。尽管为此惹恼了薛姨妈跟宝钗，而如今香菱跟着宝钗，自己也有些伸不出手了。可对香菱恨得牙根痒痒的她如何肯就此罢手，时不时就在薛蟠面前抱怨身边无人，又是替宝蟾委屈：“你如今将宝蟾就这样不明不白收用了，我身边统共也就这个用顺手的人，这会子叫我如何用?”

这几日的相处，薛蟠也知道了她们主仆二人的为人，但凡能躲的就躲了，可也架不住天天在外头不回家，一回家便听夏金桂这些陈芝麻烂谷子的话，早已没味了，敷衍着说道：“这有什么难处的，香菱不就是吗?”

“哎哟哟，你不说倒也罢了，你一说就容不得我说几句了。也不是我挑你们家的人，这香菱我刚来的时候倒也和善，我看着挺好。谁知道也是个甩手掌柜，一会儿说自己身子不舒服，一会儿又是拿着你母亲、妹妹压人，自打那日闹了一场之后，干脆就到了你妹妹屋里了，你们姑娘又是个厉害人物，我可是不敢去要人的。”刚刚还是满口抱怨，恨不能吃人，转眼间就哭哭啼啼成了泪人，一副我见犹怜的样子做给人看。

薛姨妈也说了想将香菱调到宝钗那里的事情，也说过再挑好的人这边伺候着，一来家中事务多，二来如今比不得从前了，各房人也都是有定数的，不便更改，事情就一直拖着。眼见着夏金桂这边来势汹汹要人，薛蟠少不得安慰说道：“我妹妹那里的人早就够了，不需要香菱的。再者说当初母亲就是把香菱给了我的，是我房里的人，早都收用，没有要回去的道理。我明日就跟母亲说了，让香菱服侍你就是了。”

可怜这香菱才离开虎口没几天，还未等到自己的病好利索了，就匆匆收拾了东西回到了夏金桂的房中。经过了上次的事情，夏金桂的性子表面上收敛了不少，但暗地里却变本加厉往死里收拾香菱。看着香菱伤寒未愈，说是留在房中怕传染给了自己，就让她去厨房帮忙，只说自己喜欢香菱的手艺。香菱每每按她要的做了出来，又总是能挑出不好来，一遍遍重做，不让她有片刻喘息的机会。晚上又嫌弃她动静太大，吵得自己不能入睡，直接撵了去粗使丫鬟房中休息，好好的一个姑娘就当成是老妈子使用。薛姨妈跟宝钗看在眼里，却也不能说什么，只求她太平几日便好。纵使如此，她对香菱倒是说得少了，整天地跟宝蝉吵。这宝蝉自幼在她家服侍，性子多少也是傲了些的，怎么受得了这样的委屈，在薛蟠面前就哭哭啼啼，薛蟠不在的时候照样跟夏金桂大呼小叫的，毫不退让。薛姨妈跟宝钗受不了了便去王夫人处说说话，吃了晚饭再回去，躲些清净也是好的。

另一方面迎春自在家的时候就唯唯诺诺，从来都是多一事不如少一事的，行事作风连下面的丫鬟都看不下去。先前司棋在的时候还能帮衬点，自她走后在家的日子就大不如前，而今嫁了人，贾府的人山高皇帝远，就更加管不着，任由别人欺负了。

再说说这孙绍祖，年纪虽不大，却从小插科打诨，那些纨绔子弟的习气没一样是不沾惹的。尤其是在儿女之事上，不仅在外面眠花卧柳，家里的丫鬟也是一个都不放过的，但凡是照过面的都成了他的枕边人。这还不算什么，现在眼瞅着自己的夫人是那样的一个人就更加肆无忌惮了，任凭家里这些姨太太欺负迎春不说，自己还时不时对她拳打脚踢的。迎春还不能掉泪，一看见迎春掉泪便骂道："好一个丧门星，来我家不光宗耀祖也就算了，还天天哭坟样的给谁看。都说是什么侯门千金，我看着连外面的窑姐儿都不如，什么知书达理，都是哄人的。我为着你，给你老爹那么多的金钱银子，没想到买来的就是你这么个货，亏大了。你最好识相点！"

迎春只能默默擦干自己的眼泪，好好在一旁伺候着，生怕他找母家的麻烦。刚进门的时候也就是帮忙端茶送水什么的，后来干脆连端洗脚水的活也都干了，孙绍祖一不高兴就把茶水往她脸上泼，有时候甚至直接将洗脚水踢翻在她身上，还不许她换衣服，即刻就要换了水给他洗脚。

孙家的人一个个也都是看人眼色行事的，一开始听说是侯门千金，多少也有些忌惮，不敢对她怎么样。这一天天下去，看着孙绍祖待她一日不如一日，也就开始助纣为虐。刚开始的时候不过就是在孙绍祖面前帮腔，看见孙绍祖十分高兴，他们也就越发无所顾忌了，平日里也都是当迎春是老妈子使用了。一有什么不顺心的，就拿她出气。孙绍祖更是无所不用其极，高兴了就把外面的女人直接带进府里，有兴致的时候就在众人面前表演一出虐妻计。要是哪一日迎春稍稍有反抗，或者他心情不好时，当众就对她拳打脚踢，还不许看大夫，不许人伺候着，由着她自生自灭。

但凡是迎春带来的人，那老一点的嬷嬷、老妈子，变着法将人从家里赶出去，还不许回贾府告状，甚至差人乱棍打死。年轻一些的小厮，都跟着他家里的小厮混着，早已经近朱者赤，近墨者黑了，成了他的心腹。那些小丫头们，听话的收用，不听话的直接就送到尼姑庵里，就是不让她们再回到贾府。

迎春呢，眼见着自己从娘家带来的人一个个都离开了，自己无依无靠的，也只能是认命了，日日背着人以泪洗面，夜不能寐，如花一样的年纪，才到孙家不到半年却已经形容枯槁，面色灰黄，没有一点血丝，如同七老八十的老太太一般死寂。真是闻者心疼，看者落泪，却也只能如此这般由着她去了。

起初的时候，为着自己的大婚，孙绍祖还大肆粉饰了一下自己的府邸，新房也都是重新布置过的，请了能工巧匠好好设计了一番。想着迎春虽是庶出，怎么也是贵妃的妹妹，又是四大家族中贾府的小姐，自己赚不到钱多少也能得些方便。可谁知那贾赦对女儿就像是对烫手的山芋，恨不能早早扔了才好，不管她的死活。自打这婚事办妥之后，他也不跟孙绍祖要钱，孙家打发个人去荣国府找他也总是不在家的时候多，巴巴地看着自己的女儿受苦也横竖只当自己没这个女儿一般，两家从此就断了往来。也难怪孙绍祖将这桩公案算在了迎春的头上，后又打听到，迎春归宁时，竟只是在贾母那里待了待，都未曾去邢夫人处。又经过一番打听之后方知道贾府里的一些事，这贾赦夫妇根本就不管迎春的死活，迎春从小都是跟着祖母姐妹们生活的，个性懦弱，又是个庶出，在长辈眼里都是可有可无，在姐妹中更是被埋汰了的，谁会在乎如此卑微的一个庶出小姐。知道了这些之后，更加感叹自己上当受骗，见到迎春更加是横挑鼻子竖挑眼了。迎春自小就胆小怕事，长大了就变成不问世事，且等着别人安排谋划，自己跟着走也便是了。如今在孙家无依无靠的，更加是听天由命了，在家时连丫头都不怕她的，现在在孙家还有谁能把她放在眼里呢。那些知道些她们家缘由的人，明里暗里挑拨着，在孙绍祖面前说着这位公侯千金的各种不是，专挑孙绍祖心情不好的时候说这些，动不动就是一顿毒打。这些人过段时间就说：“老爷待她如此这般仁善，还不知来日她如何恩将仇报呢，看她老子就知道了。老爷为他解了燃眉之急，这下可倒好，他过他的逍遥日子去了，怎会管老爷的好坏。指不定这女儿还不如父亲呢，你好吃好喝待她，等哪日她得了机会反咬你一口，到时候可就叫天天不应，叫地地不灵了。她们家有贵妃娘娘撑腰自然是不怕的，只是老爷到时候该如何自处，所以也不必对她太好，不能再让她家去了，谁知道她在家里如何说这边的事情。她在这里是没嘴的葫芦，什么都不肯往外倒的，家中是个什么样子我们都不知晓呢。”

这些话，一语惊醒梦中人，孙绍祖二话不说就将贾迎春软禁了起来，不管她做什么总有自己的心腹看着。看着她心烦，便让人重新收拾了一处偏角门的房子由着她住，从此粗茶淡饭不在话下。迎春身边没有了体己的人，跟贾府的关系算是断了，终日抹泪，只想着早日离了这个世界才是解脱。

第八十三回　除夕宴血染桃花扇　上元节咏叹长相思

风清凉，水犹寒，陌上阡尘心悲伤，涕湿泪阑干。

霜满天，雪飞扬，疑是腊月冰水冷，满目苍穹语。

自打秋日里听闻甄家家道中落，一日不如一日，更有甚者说是那甄家往日里辉煌，这会子树倒猢狲散，这些子孙后代个个都要沿街乞讨。外面的传言要多夸张有多夸张，甄家的事情多少也牵连贾府众人。只是好歹，他们宫里还有位自家的娘娘可以倚仗。但他们的时运却是大不如前了，贾迎春下嫁之后那就更加是一副"忽喇喇似大厦倾"的颓势。

而这贾元春在宫中享尽荣华富贵，锦衣玉食，心中难免有些忐忑不安，总挂念着自己的亲人。毕竟家人都在朝为官，多少也知道些朝堂之事，外加上近日里又听说甄家出了事情，也有说这些都是谣传的，终究没一句准话，她便更加坐立难安了。

而这皇上，自封妃以来从来都对元春宠爱有加，对贾府也是厚爱非常，只是这些日子倒不如从前了。再加上去年这时候，自己意外有喜，那时候门庭若市，族中长辈也常常能来宫中看望、问候，多少都能一解自己的思亲之苦。可人都说富贵人家的孩子难将养，宫里的孩子就更加是了，还不足三月，这孩子便匆匆离去了。这也正是，来也匆匆，去也匆匆。

还记得那一日皇上召集了宫中所有的御医在殿外候旨，当即下令他们全力以赴，务必保住孩子。可结果还是天不遂人愿，一阵眩晕阵痛之后，元春只见自己的床褥被染成了血池，孩子就那么没有了。此后很长的日子里，她都在悲伤之中，不愿见任何人，皇上心疼她丧子之痛，便下令贾府女眷可随时进宫陪驾，以缓解她的失子之痛。

好在有了家人的陪伴，贾元春渐渐从悲痛之中走了出来，却不知为何，自打那以后，皇上的恩宠却大不如前了。皇上来的时日越来越少了，但也不曾听说皇上近日宠幸谁，不过都是忙着朝堂事务，对后宫冷淡得很。而就是那一次的伤痛，却也让贾元春抑郁成疾，尽管太医、贾母等人都说她还年轻，日后总还会有孩子的，可她自己却总觉得自己的日子算是到了尽头，日日想着家里的亲眷，怀念从前那些快乐的日子，午夜梦回，有时听到婴儿的哭泣声，有时却又像回到了小时候，回到了贾府，又像是来到了大观园，看到了那一日省亲的一幕幕。不管梦里如何，醒来总是哭湿了枕头，看着那时候宝玉与姑娘们所作的诗词，心中时喜时忧，百味杂陈。

而她的身子本就柔弱，再加上这样一折腾，更加受不住了。每日嗜睡，偶尔下来走几步都是头晕目眩，总是站不稳。不知请了多少太医把过脉了，也总是含含糊糊，没有一句准话。近来皇上怜爱她，准许她在元宵佳节可以省亲，回家跟家人团聚，这便是极大的意外之喜了。更难得，皇恩浩荡，体念他们一家，因省亲别墅都是新造的，便允许他们依旧在原来的地方团聚，无须另外加盖。

贾府上下听到这个消息高兴得跟什么似的，只盼着能与贵妃早日骨肉相见，一家子上下忙里忙外的，又加上年关将至，简直忙坏了所有人。而元妃呢，知道自己可以再一次回家也是又惊又喜，心中却也有一种不祥的预感，总觉得好像会有什么事情发生似的。好在这样的冲喜，倒是将她的病冲好了，一夕之间她就像是没事人一般，可以赏花赏月，吟诗作对，众人都以为神。

却不承想，就在除夕那一日，晚饭过后，元妃看到窗前的红梅开得甚好，又是芳香扑鼻的，想起当年皇上曾经亲手绘制桃花扇，那扇面上的桃花朵朵，娇艳欲滴，不比这红的似火的红梅差。刚让人寻了出来，正细细端详着皇上的手笔，忽然感觉喉咙似有异物，还未来得及让人将盥漱的盂盆拿来，便已经忍不住张嘴将异物吐在了桃花扇上，此时方感觉嘴里有血腥气，而一旁伺候的人却早就已经吓呆了。元妃低头看看手中的桃花扇，点点花瓣飘落在了桃花树旁，意识到自己口吐鲜血，逐渐没了知觉。

又是一夜闹腾，太医、丫鬟等服侍的人、看望的人站了一堆。贾母等人接到元妃染恙的消息，即刻梳洗更衣进宫侍疾，没有半刻耽误。进宫的人一个个忧心忡忡，在家的也不得安生，生怕会有什么事情。好在经过一夜的诊治，不过是急火攻心，尽管来势汹汹，却也无妨，尽兴将养着也便是了，无大碍。

这算是有惊无险又过了一劫，只是当初说好的省亲之事，眼下也就只能作罢，等元妃贵体好转之后再从长计议了。一番辛苦可算是白费了，底下的人难免抱怨，本以为是天大的好事，没想到闹了个人仰马翻之后，什么音信都没了。甚至还有那心术不正的，心里面恨得牙根痒痒，表面又不好表现出来，只得人前和颜悦色，却在人后各种咒骂，还有请人作法，以泄心头之恨的。

再说说贾母她们，原本打算着春节将就着过了，到了元宵节的时候好好热闹一番，现如今元妃缠绵病榻，每日还需进宫侍疾，早已没有了要好好大操大办的心。又值大年初一是元妃生辰，往年尽管元妃不在家中却也要好好闹腾一番，祈求来年更加风风火火。如今看着病势，想来是往年里太过了，多少都有些压不住，故而今年一切从简。大观园中，没了老太太的热闹，自然也都是冷冷清清的。薛宝钗自从搬出了大观园之后，净忙着家里那位嫂子的事情了，不为别的，只是心疼自己的老娘，也可怜香菱这样的好女儿，多少能帮就帮着点，无暇再与姐妹们玩笑，见面的机会也少了不少。史湘云听闻也是定下了亲事，人家来相看过了的，等来年春天的时候便把日子定下，也来得少了。性子合得来些的，也就黛玉跟探春了，只是近来天寒，黛玉体弱，也是懒得起来走动，姐妹们不过自己在房间待着罢了。

而探春自凤姐病了之后便替她料理家事，先前有宝钗、李纨帮衬着，如今宝钗家中有事，只有个李纨，她又是个活菩萨，不大理会这些琐事，凡事都落在了探春一人的肩上。她忙里忙外，累得跟什么似的。

别人倒还可，渐渐知道了这位三小姐的脾气，心中就是有怒气，却也不敢表现出来，左不过就是在平儿面前发发牢骚，请她说说好话什么的。再不然就是在凤姐面前告告状，凤姐现如今看着有人挡在她面前，脾气也是收了不少，任由她们闹腾，自己只推说身体不适，却也懒得管了。就是这赵姨娘看见自己的女儿都不帮自己，心中总是不快，过年了，又因为这些年货银两的事情，要找探春理论。谁知又是被自己的女儿在大过年好好数落了一顿，又是当着众人的面，她又急又气，在自己的房中哭爹喊娘，闹得好不消停。过年诸事烦琐，又加上贾母、王夫人、凤姐等人不在，探春恨不能跟哪吒一般有三头六臂，一天十二个时辰，方才够使。自己这边无暇分身，忙得昏天黑地，母亲又是那样不争气，真是叫天天不应，叫地地不灵。

无奈赵姨娘毕竟是自己的母亲，多少还是顾念了骨肉亲情，少不得还要抽空好好安慰她一番。探春也格外留意她身边的人，若是能寻到更好的，便将她身边那起子嚼舌根、挑拨离间、乱出主意的人换了干净。

探春的事情在贾府传着，黛玉听着，却也是羡慕地说道：“到底还是有娘的好，不论好坏，至少也有个说话的人。比不得我这样的，哪一日就是死了，也没个哭的人。”

紫鹃顶不爱听她说这些话：“姑娘何必如此比较，苦了自己。谁不知道老太太疼你，二爷也念着你。你说三姑娘有娘好，可你看看她那个娘惹了多少事情，我们看着她是可怜的。若是没这个娘，只怕她日子还好过些呢。你看看史大姑娘，也是个可怜人，她就不像你这般想，你若宽宽心，只怕病也就好了。怪不得二爷总不高兴呢，大过年的说这些子不吉利的话做什么，快收起来吧，小心等他听到了，又闹你呢。”

“罢了罢了，你们啊，都是一条绳上的蚂蚱，偏偏我是个多余的，总是要被排挤的。我也不要他来了，我也不说那些子你不爱听的话了，你只把我的琴取了来，我弹琴可好？”黛玉对于紫鹃总有些无可奈何，对于宝玉也总是有些不知所措，欲言又止。

紫鹃一边去取琴，一边说道：“可不是我们对付你，排挤你，明明是姑娘嫌我们不会说话呢，要不怎么说着说着就不说了，宁可抱着个琴，也不搭理一下这屋里的人。”

说着努嘴向着门口，没想到这宝玉早早就过来送元宵，听她主仆二人在说话，便在门口悄悄站了一会儿才进来。黛玉只当作没看见，将琴放好，便开始弹奏，一边吟着：

长相思，在长安。
络纬秋啼金井阑，微霜凄凄簟色寒。
孤灯不明思欲绝，卷帷望月空长叹。
美人如花隔云端！
上有青冥之长天，下有渌水之波澜。
天长地远魂飞苦，梦魂不到关山难。
长相思，摧心肝！

日色欲尽花含烟，月明欲素愁不眠。
赵瑟初停凤凰柱，蜀琴欲奏鸳鸯弦。

此曲有意无人传，愿随春风寄燕然。
忆君迢迢隔青天，昔日横波目，今作流泪泉。
不信妾断肠，归来看取明镜前。

弹完之后不知宝玉又有何妙语连珠，黛玉如何应对，且听下回分解。

第八十四回　手帕交终成冤家人　相思树独饮风吹落

陌上水云间，月下红线牵。
看把风吹落，孤影谁人怜？

上回说到，元宵佳节，本是人月两团圆的日子，只因年下贵妃娘娘的一场病，贾府里的人忙进忙出，侍疾的侍疾，料理家务的料理家务，看着一个个忙忙碌碌的，却不似前几年那般热闹。宝玉生怕黛玉一个人伤春悲秋，每逢佳节倍思亲，特来潇湘馆看看情形，还带了些时鲜的小玩意儿想博她一笑。刚来到门外就听到了黛玉那些不吉利的话，又是一曲《长相思》，惹得人眼眶湿润。这在外面倾听的都是这样肝肠寸断了，还不知那位弹奏的怎么样了，宝玉一边用衣角擦眼泪，一边笑着进屋说道："好冷的天，我想着到妹妹这里避避寒，记得去年冬日里妹妹的那幅消寒图美极了，今年还想问妹妹讨要呢。不承想，妹妹越发能干了，今年出了新花样，要余音绕梁过冬日了，也教教我吧，别让我落妹妹太后面才好呢。"

黛玉早料到了这"无事忙"今日必到的，可又听见外头说什么北静王府里的使官来了，听说是北静王得了什么宝贝，邀请宝玉去赏玩赏玩，到晚饭前后方回的。想着冬日天寒，怕是不得空来了，没想到才回来一会子的工夫就到了门口了，黛玉说道："人家都是过一年长一岁的，偏偏二哥哥是一年小似一年了，现如今都不知冷暖了。外面天寒地冻的，也不早早进屋暖暖，在那冷风口里站着，看什么宝贝呢？"

看着宝玉一脸通红，黛玉便知道宝玉一定在风口里站了不少时辰，又是心疼却总不好意思表现太多。宝玉也知道黛玉心思，忙作揖笑道："我这第一拜呢是给妹妹赔礼了，你只当我在外面偷听，却不知你的琴声太美，我不忍打断，想听完这一曲。这第二拜，则是给妹妹拜大年了，祝福妹妹新的一年心情愉悦，身体见好呢。”

还未等得黛玉回话，紫鹃连忙接话说道：“二爷真是越大越没个正经了，大年里早早就拜过年了，今日还来这一套。按理我们姑娘是妹妹，该给你拜年才是呢，你如此坏了规矩，你们家袭人姐姐又该跟你急了。”

“袭人姐姐再不为这个跟我置气的，都是一家子兄弟姐妹，有什么谁应该给谁拜年的。不过是热热闹闹又一年罢了，咱不拘这规矩呢。”宝玉连忙为自己辩解。

紫鹃笑说道：“你们自家的姐妹自然是不拘这些的，可是你林妹妹可不是你们家的，可你却行的礼最多。倒不像是拜年，却是像极了……”紫鹃说到一半望了黛玉一眼，看着黛玉面红耳赤，也不好意思再说下去了。无奈宝玉还想追问下去：“像什么，你倒是给说说，我看看你说的到底像不像。”

“也没什么，不过就是我们丫鬟间的小把戏，你不懂这些的。我瞧瞧，今日带了什么好东西了，让你这大半夜的也不好好睡觉，非要火急火燎送了来。”紫鹃说着便往桌子上去看那些宝玉带来的东西。

宝玉忙不迭跟在后面一边帮忙打开，一边得意地说道：“这就是北静王爷新得的宝贝，今年的元宵呢。”

黛玉冷眼看着，扑哧一下就笑了出来：“二爷真当我们穷得连元宵都吃不起了不成，还巴巴地非要自己拎了元宵来，这要让别人知道了，还不知要怎么笑呢？”

知道黛玉素来是个多心的，宝玉立马解释道：“妹妹有所不知，这元宵与咱们一般吃的元宵可不一样呢。这些元宵都是水果味的、花香味的，里面的馅儿新鲜得很呢，吃着也清爽，不似之前咱们吃的，怪甜腻的。”

听他说这是水果味、花香味的，紫鹃也起了好奇了，问道：“难不成他们直接把水果、花瓣放了进去不成？”

“可不是那么简单呢，这些水果味的，是可以直接吃的，甜滋滋，凉丝丝，我吃着清爽呢。这些花香味的奇香无比，煮了满屋芳香，好闻极了，就像是春日里百花齐放一般，吃着味道也是极好的。妹妹素来吃得清淡，这些远比咱们家自己做的元宵好吃多了呢。”宝玉一边说着，一边从一个盒子里拿出了一个元宵直接往黛玉的嘴边送。

看着宝玉还像往常一样，总长不大，紫鹃笑说道："我知道这些元宵的好处了，多谢二爷费心了。只是再值钱的东西，也不值得二爷在这寒冬腊月的晚上送来，仔细摔了跤，是人要紧还是东西要紧的。找个靠得住的老妈子来就是了，何苦来招人为你揪心呢?"

"你可不知道，这里的花样多，你看这个红色漆木雕着龙凤花样的盒子里装着的是水果味的，可以直接吃的。这白色的是荔枝的，粉色的是桃子的，绿色的是苹果的，黄色的是菠萝的。那个雕着百鸟朝凤的盒子里的是花香味的，那雪白雪白的是百合的，那火红火红的是虞美人的，那翠绿翠绿的是剑兰的，那蜡黄蜡黄的就是蜡梅的，那粉嫩粉嫩的就是芙蕖的，那亮蓝亮蓝的就是风信子的。你们明日煮了，可以叫姐妹们一起来尝尝，好吃着呢。"

看着宝玉如此这般卖力，黛玉笑说道："谢谢二爷费心了，赶明儿，我就起一社，就谢谢您这与众不同的元宵。当日云儿因为那一块鹿肉诗兴大发，舌战姐妹，好不英勇。不知到时候又是哪位姐妹拔得头筹，要我说怕是二爷要夺魁了。"

宝玉看着黛玉一边说话打趣，一边用手帕捂嘴偷笑，心下也就大安了，故意做着急状说道："好妹妹再也没你这样埋汰人的了，我不过是好心给你们送元宵，又想着姐妹们也都没吃过，大家一起热闹一番，品尝品尝。大冬日里的冻得手都僵了，谁还有心思吟诗作对，你还是快快吃元宵的好。"

这边宝黛二人为着元宵玩笑，那边林之孝家的却为了自己女儿的事情着急上火。眼看女儿到了要出贾府的年纪了，今年事情多，过年前府里不曾放人，只怕过了十五，凤姐得闲了就该处理她女儿的事情。放眼瞧着这一个个也没让自己放心的，想着前些日子彩霞的事情，如此好的一个姑娘怎么就给配了那样一个人，这算是毁了。看着自己家的女儿不比彩霞差半分，只怕也有人早早盯上了，到时候再如此这般在凤姐面前一说，那还不是把女儿往火坑里推的事。她越想越不安，便找女儿商量："女儿呀，你跟娘说句老实话，这些日子在园子里可有合心意的人。宝二爷那头你且别想了，撇去袭人不说，里面没一个省油的灯。我知道你在他那里当过差，二爷也是好的，只是咱们没这个命，去享那个福。"

那小红自从在大观园中见到了贾芸，之后又因为坠儿在其中一来一往传了些话之后，早就已经暗暗将心思全部放在了贾芸身上，心里哪里还装得下别人。只可恨两人身份尴尬，虽在那之后也曾在凤姐那里见过几面，却总是来去匆匆，说不上什么话，即便是有什么主意也没有个商量的人。眼下她老母又这么没头没尾说了这样的一番话，小红心中又恨又气：“妈，这是说哪里的话，您老要是觉得女儿进园子就是为了这样的事情，如今我也大了，早早跟二奶奶说清楚出来倒好。省得被人泼脏水，说闲话，带累了你们。”

“你也别急，我也不为什么，为的就是你大了。你看看前些日子出来的彩霞，多好的姑娘，就是没在主子跟前请主子做主，你看看现在她过的什么日子。我想着好歹二奶奶疼你，巴巴地从宝二爷房里要了过来，眼见着你也大了，只怕用不了多久也就出来了。彩霞是早早被人看上了的，保不齐你也有，倒不如在你出来之前先把你的事求主子定下了，念在主仆一场，二奶奶许是有恩典的。我先问着你，可有看得上的人，要有咱们就直接说了，也只请二奶奶给个恩典，等你有了再给你婚配。你这又是说的什么话呢，自家孩子什么带累不带累的，可是你嫌我们带累了姑娘你吧。”林之孝家的听见女儿那一番话也是急火攻心，一股脑将自己的想法也都说了出来。这不说还好，一说却又勾起了小红的伤心事，一脸红晕也不说话了，讪讪地收拾了下东西，直接就去了凤姐那里当班。

一路上想着母亲的那番话，又想起贾芸的态度，若即若离，似乎有情有义，终究也不见他有什么计划。而自己的年纪也大了，是到了出来的时候了，这彩霞平日里尽管接触少，也难免在别人嘴里听到了不少她的事情，如今的日子是一日不如一日，骨瘦如柴，全然没有了人样，也着实可怜得很。一念这么想着，不禁潸然泪下，再也抑制不住自己的委屈。偏巧这一日王熙凤不在家中，平儿晚上也不用伺候，只在院子中看看，生怕有人偷懒，王熙凤回来看见了生气责罚。只听见不远处有人嘤嘤啼哭，平儿便上前去，一瞧不是别人却是小红，嗔怪道：“好个没轻没重的丫头，前几日二奶奶还直夸你聪慧、爽快、办事利索呢。这会子怎么就这么没点眉眼高低了，大节下的，别人都在欢欢喜喜过大年，你可倒好，在这边哭哭啼啼的。连日里咱们这边忙得什么似的，你也是知道的，如今宫里的贵妃又病着，都想着法子冲喜，你却偏偏这样，可不是要找罚呢。”

小红先是吓一跳，后来看见是平儿，又是那样一番谆谆教导的话也就放心了。一边抹泪，一边抽泣着说道：“平姐姐有所不知，并非我有意找晦气，只是前两日回家，我妈说到如今我的年纪大了，只怕留不下来了。又说那二太太房里的彩霞就是因为被放了出来，又被婚配了那样的人家，眼下是一日日地挨着过日子，实在让人心疼。我想着自己日后的生活，少不得为自己哭泣。”

彩霞的事情平儿也是知道的，来旺妻来说亲的时候她也是在的，本想为彩霞说几句话，只恨这来旺妻说话不留余地，摸准了凤姐的脉说话，自己连一句话都插不上：“少胡说，你怎么跟她比呢，你若是不愿意离开，我便与二奶奶说了，她也是喜欢你的爽气伶俐劲儿的，留下你也不是没可能的。”

平儿的为人府里上上下下也都是知道的，小红素日也敬佩她的为人，感谢她凡事都照顾着这些下人。又见此刻她如此这般为自己设想，就不再忸怩作态，实话实说将自己与贾芸之间的来龙去脉，如此这般一五一十告诉了平儿，求她为自己做主。

平儿听了这些忙喊着：“作死，作死，好个没廉耻的小浪蹄子，黑不见白不见地就跟爷们勾搭在一起了，好糊涂呀。这事好在你只是告诉了我，若是让别人知道了，闹了出去只怕不只二奶奶饶不了你，二太太头一个就把你弄了出去。那怡红院的晴雯，那些唱戏的女孩子，你不是没看到。这件事情再不许跟别人提起，日后他来你也避着些，省得被人看出来了说闲话。二奶奶近日也说过芸儿的婚事，倒是也让人留心着的，你且别急，你若信得过我，我倒愿意为你们努力试试，促成你们的姻缘。只是有一点，这些话再不可让第二个人知道了。”

知道平儿是个从来说一不二的，也是个菩萨心肠，既然现在说了这样的话，想必没有十足的把握也有七八分了，小红的心也算定了：“好姐姐，你放心，从此以后我什么都听你的，再不敢放肆的了。”

这边先按下不提，再说说赵姨娘那头，从前在府里，彩霞人虽然在王夫人身边，心思却都在贾环的身上，自己有什么想不到的地方，彩霞也都提醒着点。最难得的是性子极好，贾环那个少爷脾气，彩霞还总是什么都不计较，人前欢笑，人后落泪，一颗心都给了贾环，自己原也打算等贾环大一些之后便请贾政将彩霞指给贾环做小。怎么也架不住贾环总是拿彩霞出气，到底是伤了彩霞的心，再加上宝玉那边闹出来的事情，彩霞就这么匆匆离开了。更有来旺妻中间截胡，直接问凤姐要了人到了他们家去。

而贾环这个大少爷，彩霞在的时候不知道珍惜，如今彩霞真的跟别人走了，自己身边的人也没有一个可心的，就慢慢开始想起彩霞的好来，这几日没事就在家闹着，跟下人们闹完之后就跟自己的亲娘闹，没一天安生日子。赵姨娘为了自己的儿子也是操碎了心，本想跟自己的女儿探春说说的，让她给亲弟弟找一个贴心点的丫鬟，不承想自己刚刚开了个口，还没说明缘由就被探春教训了一顿，也是气不打一处来，母女俩又是一场大战。

贾环呢，知道自己的母亲受了委屈，心里堵着气，却又不敢跟自己的三姐姐评理，只能跟自己下面的小厮撒气。那些小厮最会的就是看人眼色行事，眼见着那些跟着宝玉的人一个个趾高气扬的，而他们陪着个不受宠的公子，还要受他的气，谁受得了。干脆也不分尊卑，直接撂挑子不干了，谁都不愿意搭理他。贾环一个人郁郁寡欢在大观园中逛着，想着去年这时候还是人来人往，热闹非凡，现在却是一片死寂。他漫无目的地瞎逛，来到蜂腰桥，想起当初与彩霞也曾在这里嬉笑怒骂，想起彩霞从王夫人处给自己拿出来的那些好东西。再想想，每每去王夫人处，别人都不爱搭理自己，只有个彩霞愿意跟自己说话，还时不时规劝自己，不由得悲从中来，眼泪控制不住，哗哗而下，再想到现在彩霞成了别人家的人，自己连一面都见不到了，而这件事情的源头却是因为贾宝玉跟自己房里的丫鬟不干不净，更是怒火中烧，怎么都要把这笔账记在贾宝玉头上，有机会一定要一一清算。

想着过去的种种，看着眼前的萧索颓废，贾环正独自一个人悲伤难过。这时候跟在他身边的一个小厮忽然火急火燎赶了过来，不知所为何事，且看下回。

第八十五回　沐天恩贾政始回京　弃风月宝玉归书房

琴棋书画诗酒茶，诗词歌赋不如它。
状元榜眼连探花，光宗耀祖荣全家。

且说这贾环正因为彩霞匆匆出府，现在又嫁了人，跟自己这辈子算是没了姻缘的事情正感到伤心落寞之际，只见平日里一直跟在他身边的一个小厮急匆匆赶来，有些上气不接下气地说道：“三爷，快，可别在这里玩耍了。姨娘那边着急叫您过去呢，快些走吧。”

贾环素日里也是玩习惯了的，赵姨娘在这些事情上倒从来不曾约束他，都是由着他自己的性子来。这会子却是好生奇怪，方才过了年，一家子懒懒散散的，也没什么正经大事，偏偏传下话来让下面的人如同热锅上的蚂蚁一般，其中必有不少蹊跷，贾环非要打破砂锅问到底：“有什么了不起的事情，也值得你这样着急忙慌的，快说，到底为着什么事情。”

那小厮也是临时被抓了过来，只听得说什么人没了的，具体的也不知道，便含含糊糊回复道：“小的也不甚了解，只听说什么人没了的。怕是又有什么大人物没有了，三爷还是别为难小的了，快些去看看吧。姨娘那里还等着呢，等急了可不好。”

这话就更可笑了，从来这样的时候都是王夫人她们处理的，再不济还有个凤姐愿意挡在前头。什么时候轮到赵姨娘了，贾环听着这小厮一问三不知，心里又是迷惘又是生气，也不搭理他，径直往赵姨娘处跑去，还未进屋里便大声嚷嚷道：“这会子又是什么大不了的事情，闹得人不得安生，不过在园子里逛了逛，还非让人把我叫了过来。”

听见是贾环的声音，赵姨娘即刻将自己身边的人全部支走，将门窗紧闭，怕被人听了去，一边抹泪，一边放低声音小声嘘道：“小祖宗，你可小声着点，现在不比往年了，一个个都忙着宫里头那点事情，心情都不好呢，要知道你这样，小心被人整治。我只告诉你一件事，今早我就听丫鬟们说，彩霞没了。那孩子可怜，在咱们府里的时候，就因为跟咱们走得亲近不受那屋里的人待见。还要受那起子小人的算计，白白找了那样的一个婆家，从此后再没过过一点好日子。听闻那些平日里要好些的姐妹看她的时候早就已经没了人样了，一天天都是掰着手指头过日子的，看过的都纷纷落泪。去年底身子就大不如前，过年都是在床上过的，那家人只顾自己大鱼大肉，走亲访友，只留了她一个病人在家。几日水米未进，把个好端端的人就这么弄走了。我想着，她在时对我们不错，如今走了，咱们也该尽一尽自己的心意。可这私相授受的事总是难以被人容得下的，所以才找你商量这个事情，好歹你也是个男儿，你倒是给为娘的出出主意，也不枉你们好了一场。”

先前贾环还因这彩霞的事情闷闷不乐的，如今听说她去了，又是那样的一番凄苦场景，不免为之动容。可又一听说母亲要私下送点东西给她们家，马上就吓住了，又想起当初惜春那里的入画被硬生生赶出府去的事情。再说这公子丫鬟间的事情，虽说当年宝玉挨打是为了那蒋玉菡的事情，可贾环心中清楚，当时贾政若不是从他口里得知了金钏儿的事情，也不至于下狠手，若是到了自己身上，只怕就没人为他出头了。一想到这些，他马上疾言厉色说道：“怪不得凤姐姐总看不上你，那彩霞又不是你的丫鬟，你操的哪门子的心，她的正经主子都不曾着急，你在这边装什么好人。我不是因为常去给太太请安，她又是那房里的人，所以相处得多了些的，那宝玉还常常跟他房里的丫鬟卿卿我我的呢。你看着他为了哪个就这样费尽心思了，走了就走了，她跟这府里的缘分尽了，也就是跟咱们的缘分尽了。若是出去生活得好，自然是她自己的造化，若是生活得不好，也与我们无关，母亲何必操那份子心。如今老太太、太太连日往宫里头赶，家中无人照应，母亲要真得闲了，帮帮三姐姐也好过在这里咸吃萝卜淡操心的。”

从来都知道探春与自己的心扭不到一处，而贾环自小还是听话懂事的，没想到却是这样想的，想想自己为了贾家诞下一儿一女，不承想都是这样的人，赵姨娘不由得再一次悲从中来：“好个没良心的，当初彩霞那样对你，没想到今日你却如此待她。你姐姐我是指望不上了，她只当自己是太太与老爷的孩子，想来你也是这么想的。哪一日，若我有个什么三长两短的，只怕你也嫌弃我是个姨娘，配不上做你这个贾府少爷的娘了，可怜我含辛茹苦，到头来却还是竹篮打水一场空。”

每每有不如意的时候，赵姨娘总是在贾环面前哭爹喊娘的一副无知妇孺的做派，贾环早已看腻了，也恨透了自己母亲如此这般，掉过头就往外走。赵姨娘拉着他还想再说些什么，他先抢了白说道：“母亲若真的无所事事，在房里做做女红也是好的，别总是哭哭啼啼，惹人心烦了。我还有事呢，老师给的功课还未做完，母亲若没什么事情也不必寻我了，我有事自然会来找您的。”说完还未等赵姨娘反应过来，便用力甩开她的手，大步离开。

另一边，贾元春因与家人分别，思亲成疾，终日缠绵病榻。皇上见她人比黄花瘦，再想想贾府祖上也曾是忠臣良将，而其父贾政年岁已大，贾母又年事已高，着令将贾政调回京中休养生息，以解贾元春心中幽怨哀愁。

恰逢这政老爹在外赴任，虽说是高升，怎奈一则自己年事已高，身子骨大不如前；二则，眼见着家中几个孩儿也是总不大能往仕途上努力。宝玉是个天资聪颖的，只可惜志在女儿中厮混，仕途经济总是不大上心，正经学业也是需人盯着方可；环儿倒是个听话的，可惜资质平平，且与宝玉相比也总觉相差太大，眼看着是仕途无望，况又是个庶出，即便能够鲤鱼跃龙门，只怕着也是走不远的；兰小子倒是可造之才，只可惜也就是个黄口小儿。如今看去，这家中的桩桩件件着实令人放心不下，直等到这调令一下，政老爹即刻便启程回京。

这边贾政为着自己可以早日回京归心似箭，而在家中得知父亲早归的贾宝玉却如同冬日里吃了火，上蹿下跳没个安静的时候。为着上次挨打的事情，老太太生了大气，看着自己的母亲身体日渐衰弱，贾政对于宝玉也没有先前那般严格了。但临走课业依旧没少给他，到底是嫡子，贾珠去后，贾政这一脉也就指着他了。

此时园中虽也是鸡飞狗跳的，却与上次不同，一来抄检大观园之后，人走了大半，园中不似从前那般热闹了。二来如今宝玉也大了，仕途经济即便再不愿意，却也碍于嫡子的身份，不得不为之。宝钗搬出了大观园，日常不怎么来走动了，湘云听着也有了人家，不似从前那般搬来住了。最可惜的是二姐姐迎春，被嫁到了那样的一户人家，惜春妹妹自打说了出家之后，早已闭门不出，只跟妙玉往来多些，别的姊妹也早已没有什么往来。如今这宝玉也只跟黛玉、探春亲近些，虽说亲近也大不如前。探春自来就是个心气高的，仕途经济的话自然也是没少说的，但凡是个男儿，保不齐都已经金榜题名了。而黛玉从来不曾说过这些话，如今眼看着大厦将倾，宝玉为了这性子又吃得这些苦头，挨打后便劝他都改了，这些时日偶尔说起了这些话，只盼着他少吃些苦头。

宝玉早已不是当年的少儿郎了，看着家中零零散散留下的这些人，自知也该收收心了。所以父亲临走布置的课业多少也做了些，只是到底还是厌弃，因此做得慢，如今听着父亲回来难免发急。袭人看在眼中也不由得心疼起来，可一想他往日的做派，忍不住又要抱怨几句："早些日子里就让你多做些，多做些，你总不听，如今可倒好，看你如何跟老爷交代。上回幸而还有个晴雯，又闹出这么个动静，而今是再无可能了。"

"晴雯又如何，如今倒难为你想起她了，只可惜再看不见了。还提她做什么，就是她在，也替不了我做这些课业，老爷交代的课业我都完成得差不多了，只害怕他再考我些别的，我需得多看些。”提起晴雯，宝玉总放不下，还想再多说些什么，但对着袭人也已无话可说。

这些日子袭人虽还如往常那般伺候着，只是宝玉待她却也没有了往日里的亲厚，而袭人呢，也越发地爱管着宝玉。看着袭人如此，宝玉便也对她有了些许微词，更听得说她找太太建议搬出怡红院，虽说如今的大观园早已没有了往日的繁华，却依旧还有姐妹在园中居住，于宝玉而言本是最后的干净地，如今自己也不得不离开，如此一来，看这袭人就更不是滋味了。

盯着一桌子的课业书本，宝玉再无暇去想那些往日里的美好，只认认真真做着课业，看着书，只盼望父亲归家时能少问些。

自从知道了政老爹归家的消息，宝玉睡得也晚了些，终于过上了挑灯夜读的日子，而且与以往不同，不再是为了应付政老爹的检查，而是真心实意愿意学习这些正经文字，准备日后的科考。至于那些吃胭脂、做胭脂、在女儿堆里厮混之类的，自打抄检大观园之后也都收敛了，虽说不上脱胎换骨，倒也是长进不少，只不知道政老爹回家时，对这样的宝玉是否满意。

中　编

俗人闲读红楼

（黄　炜）

开场白

俗人读红楼之初心

年少时，我也曾试图读《红楼梦》。因它是四大名著之一，换句话说，是《红楼梦》的名气吸引了我去读这本书，有点趋炎附势，或是想装个有文化的人。只可惜，匆匆翻了一遍，没有细读几回，就感觉自己识字太少，好多字都不认识。到今天仍有不少字不认识，更不用说文学、历史等知识的支持了，所以，读《红楼梦》的计划就这样夭折了。后来，也只是通过影视戏曲等《红楼梦》的“变体”，对《红楼梦》略有了解。但还是觉得《红楼梦》是阳春白雪之巨作，我这等粗俗之徒难以高攀。

时至今朝，已到两鬓染霜之时，却又重新开始读《红楼梦》。正如有友所疑惑：这把年纪了怎么想起来读《红楼梦》啦？事出确实有因。那日，我的老师在我们班级的微信群里推荐了“蒋勋《细读红楼梦》全集（共480集）”的有声书。我看了介绍得知，蒋勋先生是台湾知名画家、诗人与作家，著有小说、散文、艺术史、美学论述作品数十种，其文笔清丽流畅，说理明白无碍，兼具感性和理性之美，并多次举办画展，深获各界好评。《蒋勋细说红楼梦》是中国第一部以主讲者原音呈现“文学经典”的有声书，是一套值得典藏传家的有声书！

出于对老师推荐的尊重，也出于对蒋勋及其作品《细读红楼梦》的好奇，更出于要弥补没有好好读过《红楼梦》的遗憾的想法，我试着打开这本有声书，想在蒋勋大师的“有声”指导下，再一次尝试着“啃”一下《红楼梦》这部文学巨作。

试听了几集，首先感觉到蒋大师的声音非常好听，富有磁性。而那前奏曲恬静优美，不经意间能让你浮躁的心沉静下来，走进大师的课堂。再听大师的讲解非常入耳，解析原文，深入浅出，通俗易懂；引经据典，内容丰富，知识渊博；文留韵白，转折有致，引人入胜。就这样，我被蒋大师的《细读红楼梦》吸引住了，几乎每天要听上十来集，边看原著，边听有声书，每天晚上五六个小时也不觉得累。

听着，读着，竟然不自量力地冒出一个想法：听了，读了，是否还要写点什么，消化消化？我也只是刚刚听了几集讲座，通读了原著的前面二十几回，能写什么？更何况，对《红楼梦》的研究一直属于“高大上”的范畴，已经有那么多的大家学者在评析《红楼梦》，已经有那么多的红学会在研究《红楼梦》，已经有那么多的红学研究成果面世，我写什么呢？我能写什么呢？

回过头来，细细地再把第一回读一遍，听一遍，发现其中一个情节是空空道人和石头的对话。空空道人认为石头上的故事（即指原名《石头记》的《红楼梦》）一无朝代纪年可考，二无大贤大忠理朝廷治风俗的善政，只是几个小女子，或情或痴，或小才微善，这样的书恐怕没人会喜欢看的。在石头的回应中有这样一句话：“市井俗人喜看治理之书者甚少，爱适趣闲文者特多。”大概这也是作者写《红楼梦》的意图之一：让“爱适趣闲文”的人们去阅读消遣。于是乎，我得到启发，我等卑微俗人，虽不敢高攀红学研究之庙堂，但总可以以俗人的视角读一回红楼，可以有感而发，无拘无束，无知无畏，想到哪里写到哪里。于是，打定主意，写一写俗人眼里的“红楼梦”。

是为“俗人读红楼”开场白。

警世篇

风月宝鉴的警示

《红楼梦》第十二回中有这样一个情节：当贾瑞陷入王熙凤设的相思毒局，病入膏肓，“那贾瑞此时要命心甚切，忽然这日有个跛足道人来化斋，口称专治冤业之症”。贾瑞听见了，直呼要请这个道人进来救他的命。跛足道人从褡裢中取出一面镜子来——两面皆可照人，镜把上面錾着“风月宝鉴”四字——递与贾瑞道：“这物出自太虚幻境空灵殿上，警幻仙子所制，专治邪思妄动之症，有济世保生之功。所以带他到世上，单与那些聪明杰俊，风雅王孙等看照。千万不可照正面，只照他的背面，要紧，要紧！三日后吾来收取，管叫你好了。”可是，贾瑞收了镜子，却未听跛足道人的话，“拿起‘风月宝鉴’来，向反面一照，只见一个骷髅立在里面”，吓了一大跳后，迫不及待地又照镜子的正面，“只见凤姐站在里面招手叫他。贾瑞心中一喜，荡悠悠的觉得进了镜子，与凤姐云雨一番，凤姐仍送他出来”。而后一发不可收，对着镜子，几番“云雨”后，“镜子落下来便不动了……已没了气……身子底下冰凉渍湿一大滩精”，贾瑞就这样死了。

读到此，俗人也吓了一大跳。突然间有这样一种感觉：周围都是“风月宝鉴”魔镜，你是，我是，他也是！人是，事是，社会是！都像“风月宝鉴”一样，具有两面性，一面是骷髅般的真实，一面是如花似玉的表象。

先说说俗人自己，人生已近一甲子，总觉得做个真实的自己也不那么容易。于是，不少时候需要把自己伪装起来，把真实的“骷髅”用智慧的话语、灿烂的笑脸、谦恭的姿态等“肉体”和“服饰”装扮起来。也许有人会反对说做人怎么可以伪装呢？俗人说这可能是出于人的本能，用伪装来保护自己。当做真实的自己很难的时候，伪装也是生存之道。伪装自己是怕受到伤害，因为社会是现实的，有时也需要戴上面具，尤其是在与陌生人交际的时候，在面对工作和事业的时候，伪装可能会让你收获一份利益，得到一份相对稳定的工作，获得更多的提升空间。人们经常说这个人八面玲珑，滴水不漏，很会做人。其实他是把自己的棱角收起来，或者说磨平，戴上了面具，遮住自己的真实情感，留下一小块只属于自己的空间。

如此这般，人就如“风月宝鉴”一样有了正反两面，一面是真实的我，一面是伪装过的我。回望过去，我是如此，难道你不是这样吗？可能只是有程度高低的差别罢了。为什么说“知人知面不知心”？大概也就是说人是具有两面性的，常常会表现出心行不一。所以，在不知情的情况下，如贾瑞一样，盲目而疯狂地看着王熙凤美丽动人的一面，看不到她设下的毒如蛇蝎的相思局。你也有可能像贾瑞那样得不到好的工作、理想的爱情、体面的社会地位，甚至被“弄死”。俗人臆断了。

列夫·托尔斯泰说过：“一生的一切变化，一切魅力，一切美都是由光明和阴影构成的。”世间一切事物都具有两面性，一面积极，一面消极。就算是创造了万物的太阳也不可能将阳光同时照到硬币的两面，总有阴阳两面。事物不会绝对有利，也不会绝对有害。

这样说来，在社会中，到处都会遇上具有两面性的“风月宝鉴”。问题不在宝鉴本身，而在于使用宝鉴的人。跛足道人本来是用“风月宝鉴”来救贾瑞性命的，而贾瑞不听话，导致命丧宝鉴。正如小说中写道：“只听镜内哭道：‘谁叫你们瞧正面了！你们自己以假为真，何苦来烧我？’”所以，人在伪装自己的时候，也要学会识破别人的伪装，要利用有利的一面，规避不利的甚至有害的一面。要在“假作真时真亦假，真作假时假亦真”的混沌世界里，学会分辨真假，这才是更高级的生存之道！

伪装不是坏事。伪装是生存之道，连许多动物都具有伪装的本领，所以伪装技术是一种很好的自我保护方式。只有会伪装，识伪装，才是真正的王道！如是为俗人之见，但恐会招来伪装过的骂声，世既如此，也由不得俗人了。

人生贵有好心态

《红楼梦》第十三回回目是这样写的：“秦可卿死封龙禁尉　王熙凤协理

宁国府”。这回的主要情节是秦可卿托梦王熙凤，王熙凤梦中听见二门上传事云板连叩四下而惊醒，得知秦可卿死了。随后贾珍大办特办儿媳妇的丧事，还请王熙凤来协理宁国府。

秦可卿的死因一直是红楼梦研究的一个重点，病死还是自缢，为何而死，都是读者和红学专家们津津乐道的话题。虽说不同人有不同看法，但普遍认为秦可卿死于“淫”。主要依据是在第五回中，对秦可卿的判词是这样写的：“情天情海幻情身，情既相逢必主淫。漫言不肖皆荣出，造衅开端实在宁。”还有资料说，作者在初稿中曾以“秦可卿淫丧天香楼”为回目，写贾珍与其儿媳妇秦氏私通，内有“遗簪”“更衣”诸情节。丑事败露后，秦氏羞愤自缢于天香楼。

俗人也在思考：秦可卿究竟死于何因？回头再读重点描写秦可卿的第十回，看到了这样两段话。给秦可卿治病的张太医说：“大奶奶是个心性高强聪明不过的人，聪明忒过，则不如意事常有，不如意事常有，则思虑太过。此病是忧虑伤脾，肝木忒旺，经血所以不能按时而至。”还有秦可卿的婆婆尤氏也说：“她（秦可卿）可心细，心又重，不拘听见个什么话儿，都要度量个三日五夜才罢。这病就是打这个秉性上头思虑出来的。”

从这两段话中，俗人似乎感觉到“思虑太过”“心又重”是秦可卿的病因所在。用通俗的话说，秦可卿是遇事想不开，积郁成疾。如若像大家所说，是与公公贾珍偷情被发现而“羞死”，或是因为丈夫贾蓉平庸无为而“闷死”，抑或因弟弟秦钟不成器而“气死”，都说明秦可卿的心理不强大。

俗人写这段笔记并不是为了把秦可卿的死因说明白、讲清楚，也没有这水平讲清楚、说明白，而是想通过秦可卿之死来警醒当今的人们，要用良好的心态去面对人生中那些常有的不如意之事，不至于像秦可卿那么容易被“羞死”“闷死”“气死”。

人生从来都不是一帆风顺的。风平浪静，波涛汹涌，细水长流，大起大落都是自然规律。烦心事、伤心事、痛心事、苦心事常与人的一生相伴，总有磕磕碰碰的事情发生，正如张太医所说：“不如意事常有。”然而面对这些不如意事，不思不想不虑是不可能的，但劝君不必“思虑太过”。

人生如意的人毕竟是少数，在现实生活中如意的事情很少，多的是人生的失意、痛苦。人的生活之路总是曲折坎坷的，在漫漫的人生路上，忧愁与伤痛常伴随左右。原本该幸福的生活却被无情的现实击碎，化为无法触及的泡影，于是生活的主题变成了苦难，生活的历程变成了苦旅，无法知道彼岸在何方，无法看到人生出口在何处。答案只能自己去寻找，在失意的生活中去寻找希望，寻找自己的出路，寻找生命中微微点点的光芒。坚强，唯有自己坚强地去面对苦难的生活，回应苦难的生活，才能从迷雾重重的生活中走出来，走进充满阳光雨露的生活中去。大作为、大成就必经大挫折、大磨难，百炼才能成好钢，炉火烧到一定火候才能变纯青。

其实，活着就是一种心态，当你心无旁骛，淡看人生苦痛，淡泊名利，心态积极而平衡，有所求而有所不求，有所为而有所不为。如此这般，人生就算失意，也会无所谓得与失，坦坦荡荡，真真切切，平平静静，快快乐乐。

人生难免不如意，良好心态去面对，随遇而安，顺其自然，知足常乐！

难了之情也要了

《红楼梦》第十九回回目为“情切切良宵花解语　意绵绵静日玉生香”。一看这个回目，似乎就能闻到一股“脂粉气”，“情切切”“意绵绵”“花解语”“玉生香”——情意花香，眼前仿佛就是一幅花前月下甜蜜恋爱的浪漫之画。然而仔细读完这一回，你会觉得爱情没有那么甜蜜，围绕在贾宝玉身边的情和爱有那么一点“乱”，乱在宝玉的多情，袭人的痴情，黛玉的妒情。一句话：被爱所“乱”，为爱所困。

宝玉是个多情公子，他说：“女儿是水作的骨肉，男人是泥作的骨肉。我见了女儿，我便清爽，见了男子，便觉浊臭逼人。”（第二回）正是有这样的想法，贾宝玉自幼就游于温柔富贵乡，专爱作养脂粉，亲近家里姐妹和丫鬟。他与林黛玉青梅竹马，互为知己，发展成一段世间少有的纯洁感情。宝玉尽管嘴上说“见了男子，便觉浊臭逼人”，但与秦钟、蒋玉菡、柳湘莲、北静王等有情男子也结下了互相倾慕之情，尤其和秦钟之间好像有超过倾慕之情的说不清道不明的“友情”。

跟这个“见了女儿就清爽”的贾宝玉日常接触最多的，自然就是袭人了。两人之间的关系，早在《红楼梦》第五回中就点明了。宝玉神游太虚幻境一回，警幻仙子已秘授云雨之事，宝玉醒来之后的第一件事就是找袭人偷试了云雨情。而在本回书中，袭人又“欲擒故纵”地说自己要回家嫁人去。而宝玉则“泪痕满面”“情有不忍，气已馁堕”。袭人顺势约法三章，宝玉满口答应，总算留住袭人。

而宝玉跟黛玉，那是典型的一对恋人。宝玉更多地呈现出贴心的情郎的角色特征。他担心黛玉“睡出来的病大”，纵然黛玉撵他、拿话刺他，他也要替黛玉“解闷儿”，与黛玉面对面歪着，揩拭胭脂，拉扯衣袖，胳肢挠痒，笼袖闻香，斯文躺着说话、编典故，只怕黛玉“饭后贪眠，非保养身体之法”。凡此种种情形都表明宝黛之间的爱情已达于“同行同坐同止同息”的亲密友爱，于对方也尽表现为日常琐碎细微的贴心唠叨。细微的行动，情意绵绵，细水长流，给人一种“郎骑竹马来，绕床弄青梅”的感受。

然而，就是这个“情”字，何曾了得。爱情虽美，也有心碎；友情虽伴，也有离散；亲情虽暖，也有心寒。一个“情”字，一辈子也理不清，道不明！真正不被情所“困”，不被情所“扰”，不被情所“累”，不被情所“恼”，不被情所“乱”，不被情所“烦”的，人世间又会有多少？正是宝玉那有点“乱”了的多情，给痴情于他的人带来了烦恼，甚至伤害。黛玉为什么经常会吃醋，就是因为她爱宝玉，而宝玉的多情泛爱给黛玉带来了无尽的痛苦。最后终因他们的爱情未能圆满，成了难了之情。黛玉积郁成疾，撒手人寰，宝黛之恋就这样成了一场爱情悲剧。

看到宝黛这段悲剧式的不了情，俗人在思考一个问题：如何面对不完美甚至是失败的爱情？其实，爱情从来不是十全十美的，对于必然的错过，如果不能放开，就会失去更多。一个真正成熟的人要懂得如何快速脱离伤感，面对现实，去寻找另一片爱情的天空。

任何事都有两面性，爱情也不例外，有甜蜜的一面，也有痛苦的一面。只要是人类，都会被情所困。每个人的爱情都不可能一帆风顺，太顺利的爱情不深刻，太顺利的爱情没味道。当你选择爱的时候，就要做好受伤的准备，这样，你才能全身而退。面对任何一段感情都不要盲目付出，那样只会让自己伤痕累累。

俗话说得好“有得必有失”，爱情是自私，是容不得别人分享的。所以，在获得爱情时，比如亲情友情有时会受到一些影响。但只要有度有节，不要像黛玉那般妒情，也不要像宝玉那样泛情，让爱情、亲情、友情和谐共存，难了之情也能了了。

命运捏在自己手里

《红楼梦》第二十回回目是“王熙凤正言弹妒意　林黛玉俏语谑娇音”。王熙凤的正言弹的是赵姨娘的妒意，然而在这一回中，看似描写的都是一些闲杂的小事，但是其中充满了妒意：李嬷嬷对袭人的妒意，晴雯对麝月的妒意，贾环、赵姨娘对宝玉和正房的妒意，林黛玉对薛宝钗的妒意，薛宝钗对林黛玉的妒意，俗人不想一一引证了。

读着这回书，俗人想到一句俗话：“人比人，气死人。”没有对比也就没有伤害。人与人之间的比较，通常就是把他人的生活跟自己的生活作比较，比较不同的生活方式、生活水平、生活质量等。通过评价比较，觉得有人的生活比自己好，有人跟自己差不多，有人还不如自己。如果以积极的心态去评价他人的生活，你就会把比自己过得好的生活作为自己追求的目标，不卑不亢，并为之努力奋斗；与过得差不多的人们，互相鼓励，共同进取，过上更好的生活；对待过得不如自己的人们，不看低，不嘲笑，相信他们也在努力改变自己的生活，在他们需要帮助时，我们也尽自己所能给予帮助。

现如今常常会听到“羡慕嫉妒恨”这一词汇，俗人想把这个词汇拆开来，分析一下比较者的心态。羡慕者在与他人的生活作比较时，其主观心态是积极，或许他们会把“所羡慕的生活”作为自己追求的生活目标，向别人学习，积极努力去争取得到他们所羡慕的生活。嫉妒者在与他人的生活作比较时，其主观心态也许是消极，他们可能会觉得自己运气不佳、家庭背景不好等因素造成自己的生活不如他人的生活，由此产生嫉妒心态。恨者在与他人的生活作比较时，极可能是仇视的心态，他们总觉得世界对他们不公平，看不得别人的生活过得比他好，所谓的“仇富”说的大概就是这类人的心态。

而现实中，当人们在与他人的生活作比较时，往往会出现“羡慕嫉妒恨”集于一身的现象，也就是由羡慕变为嫉妒，而后又因嫉妒产生恨。“羡慕”“嫉妒”“恨”就成为一个“三位一体”的“羡慕嫉妒恨”的怪胎。当“羡慕嫉妒恨”成为一体时，积极的羡慕不再积极，羡慕者不再把所羡慕的生活作为自己追求和奋斗的目标，而是当作嫉妒的理由，仇恨的靶子。于是，其中一些人就会失去人生目标，因为他们已把本该努力奋斗去追求的目标当成嫉妒与恨的对象了，失去了追求美好生活的动力，哀叹时运不济，怨恨社会不公，责怪父母不富……哀叹者碌碌无为地等待着“时来运转”，烧香拜佛求上帝；怨恨者不择手段地想要“劫富济贫”，坑蒙拐骗偷无恶不作；责怪者毫无廉耻成为“啃老一族”，饭来张口衣来伸手。所有种种都给社会和他人带来了负面影响，阻碍社会的文明进步，扰乱社会的和谐平安。

“羡慕嫉妒恨”的人们能否再次唱起“……从来就没有什么救世主，也不靠神仙皇帝，要创造人类的幸福，全靠我们自己……”改变命运、改善生活要靠自己，要得到你所羡慕的生活，就要变“羡慕嫉妒恨”为“羡慕奋斗追”，如此你的人生目标一定会实现，你的生活一定会更美好！

心中有阳光世界就灿烂

《红楼梦》第二十七回中女主角林黛玉吟诵了一首古体诗，名为《葬花吟》：

花谢花飞花满天，红消香断有谁怜？
游丝软系飘春榭，落絮轻沾扑绣帘。
闺中女儿惜春暮，愁绪满怀无释处；
手把花锄出绣帘，忍踏落花来复去。
柳丝榆荚自芳菲，不管桃飘与李飞。
桃李明年能再发，明年闺中知有谁？
三月香巢已垒成，梁间燕子太无情！
明年花发虽可啄，却不道人去梁空巢也倾。
一年三百六十日，风刀霜剑严相逼；
明媚鲜妍能几时，一朝飘泊难寻觅。
花开易见落难寻，阶前闷杀葬花人；
独倚花锄泪暗洒，洒上空枝见血痕。
杜鹃无语正黄昏，荷锄归去掩重门；
青灯照壁人初睡，冷雨敲窗被未温。

怪奴底事倍伤神？半为怜春半恼春；
怜春忽至恼忽去，至又无言去不闻。
昨宵庭外悲歌发，知是花魂与鸟魂？
花魂鸟魂总难留，鸟自无言花自羞。
愿奴胁下生双翼，随花飞到天尽头。
天尽头，何处有香丘？
未若锦囊收艳骨，一抔净土掩风流。
质本洁来还洁去，强于污淖陷渠沟！
尔今死去侬收葬，未卜侬身何日丧？
侬今葬花人笑痴，他年葬侬知是谁？
试看春残花渐落，便是红颜老死时。
一朝春尽红颜老，花落人亡两不知！

俗人觉得就这诗而言，确实是在表现黛玉那种焦虑体验和迷茫情感。但是黛玉，你那么焦虑和迷茫，是谁欺负你啦？俗人的观点是：都是黛玉的性格所决定，都是自找的烦恼。

俗人以为现实对黛玉来说并不是那么冷酷无情。虽然父母早亡，但是外婆还是很爱黛玉的，把她接进贾府生活，该有的都有，而且和宝玉青梅竹马，两小无猜共长大，宝玉非常爱黛玉，可以说处处宠着她、让着她。而黛玉却多愁善感，常常醋意大发，自找无趣。敏感多疑的性格让黛玉变得忧郁，影响身体健康，也就变得更加体弱多病。这首《葬花吟》是黛玉这种性格的真实写照，花开花落总有时，她竟然由花及人，产生悲悯、伤感，甚至绝望的心绪。年轻轻的，何苦呢？

好了，不说这些了，不管你对俗人的想法是否认可，但是要用阳光的心态去面对现实生活，你总认可吧。生活哪是一帆风顺、一马平川的？生活总会遇上那么些许曲折和坎坷，或大或小。如何去面对，这是人生的学问，也是决定生活是否幸福的一个重要因素。

调整好自己的心态对于生活来说确实很重要，生活是否幸福很多时候取决于心态。不要再把自己每天的工作当成任务来对待，试着换一个更阳光的心态去对待。努力在自己的工作中发现趣味，积极去面对生活。当你学会调整自己心态的时候，也许你就会发现原来生活也是很美好的，没有那么多的痛苦。人的心就像镜子，你是一个悲观的人，你看到的整个世界都是悲观的，相反，如果你是一个乐观的人，你看到的整个世界都是乐观的。

就是黛玉，前后两次葬花的心情也是不一样的。前一次葬花只是她的闲情雅趣，让人感觉到的是风流诗意，是她对落花的怜惜。当时她遇到宝玉，两人还共读西厢。后一次葬花，黛玉吟唱了这首《葬花吟》，却显现出了极为悲苦的心态。对落花的怜惜，变成了一种同病相怜的情感。“一朝春尽红颜老，花落人亡两不知”，对她来说，自己的前途和落花已经合二为一了。

由此，俗人以为景随心变，不管周围是什么环境、什么人，重要的都是自己的心态。心中有阳光世界就灿烂！

爱情是相互信任

贾宝玉和林黛玉是《红楼梦》中的主角，戏份很重。然而，可能因为林黛玉有些小心眼，敏感多疑，而贾宝玉总是在女人堆里，人缘又好，难免会让林妹妹吃醋，因此，宝黛二人经常吵架。

《红楼梦》好几回都有宝黛吵架的情节。第十八回，元春赐物，宝玉和宝钗的相同，宝玉怕黛玉不自在，黛玉偏又说什么金啊玉的，引得宝玉动气。第二十回，湘云到贾府，黛玉得知宝玉是和宝钗一起，有点生气，偏宝玉又说什么“只许和你玩”的话，可不把黛玉给气着了。后来宝玉解释还是跟黛玉感情更深，才让黛玉释怀。第二十二回，湘云说龄官像黛玉，宝玉给湘云递眼色，黛玉不满宝玉的小动作，跟宝玉吵架。宝玉觉得无趣之后写一偈，又填一词，黛玉看后取笑了他一番，二人和好。第二十三回，宝黛共读西厢，宝玉说“你是那倾国倾城貌……”，黛玉以为他调戏自己，后宝玉说笑话哄她开心。第二十六回，宝玉对紫鹃说“若共你多情小姐共鸳帐……”这话很无礼，引得黛玉生气。第二十八回，黛玉挂念宝玉，夜探怡红院，被晴雯拒之门外，却看见宝钗从怡红院出来，错疑宝玉，后遇饯花之期，引起伤心，哭出《葬花吟》，宝玉听后大感悲恸，后来宝玉对黛玉剖诉了自己对她的心意。

宝黛之间经常这样假意、反复地试探，不断横生枝节，越吵误会越多，由此愈加不放心，愈加要假意试探。于是爱的过程也就成了一触即发、永无宁日的吵闹。到了第二十九回，他们口角之争达到了高潮。张道士给宝玉提亲，重提元春赐节礼“金玉”，暗示“金玉良缘”之事。贾宝玉偷藏史湘云的金麒麟等一系列因素触发这次最激烈的争吵，动静很大，甚至惊动了老祖宗贾母。

于是，俗人在思考一个问题，恋人间要不要试探？试探会有什么后果？

俗人以为适当的试探是一种促进感情的方式。但是，如果这种爱情的试探次数过多，被试探的一方会开始不耐烦，不想回应，进而可能感觉到束缚，觉得试探方烦人、无理取闹。最糟糕的结果，莫过于一拍两散。所以，过度的反复的爱情试探是对感情的一种伤害。爱情里面不应当反复过度试探，高压未必能够获得对方的忠诚。这种方式是在不断消磨两人之间的感情，是不可取的。给恋人足够的空间，也是维持感情的一种方式。

宝黛吵架就是因为相互假意和反复试探造成的。也许正是他们这样经常性的吵架，让贾府的人们觉得宝黛之恋不合适，从而扼杀他们的恋情。

由此可见，过度的试探是有代价的。俗人奉劝恋人们要审慎行之！

心存敬畏，行有所止

初见龄官是在《红楼梦》第十六回，因元妃省亲，贾府派贾蔷去姑苏采买了十二个女孩子回来学戏，龄官就是其中之一。龄官因而到贾府中，住在梨香院学戏，学的是小旦。第十八回中，龄官为元春省亲唱戏，元妃很喜欢她，便叫太监赏了她，说“龄官最好，再作两出”。贾蔷要龄官做《游园》《惊梦》二出，她因不是本角的戏，不肯做，定要做《相约》《相骂》。贾蔷拗不过，只好依了她，元妃看了“甚喜”，说“不可为难这女孩子，好生教习”，又赏她东西。第二十二回薛宝钗过生日，在贾府院中搭戏台看戏，有一个十一岁的小旦和一个九岁的小丑演得不错，贾母要看二人。见到后，王熙凤说那小旦“扮上活像一个人”，宝钗、宝玉都看出像黛玉，却一个不肯说，一个不敢说，史大姑娘口快，说“倒像林妹妹的模样儿”。此后在“画蔷”一回详写了龄官的长相，说她是“眉蹙春山，眼颦秋水，面薄腰纤，袅袅婷婷，大有林黛玉之态”，两厢一对照，便知这个长得像林妹妹的小旦就是龄官无疑。第三十回才是龄官的重头戏，五月初四，也就是端午的前一天，学戏的女孩子放了假来大观园里玩耍，宝玉看见一个女孩子在蔷薇花架下用金簪在地上痴画“蔷”字，被骤雨淋湿尚不知觉，把局外人宝玉都看痴了。第三十六回宝玉突然想要听梨香院小旦龄官的《牡丹亭》，当他在龄官身边坐下时，龄官却立即抬身躲避，又说嗓子哑了不肯唱。后贾蔷买来雀儿，想替龄官解闷，哪知龄官感怀身世，说贾蔷拿雀儿打趣她，又指责贾蔷不关心他，把贾蔷弄得左右不是，又是起誓，又是放雀，又是要去给她请大夫，龄官却又说：“站住，这会子大毒日头地下，你赌气请来了我也不瞧。”从此后，《红楼梦》里就再也看不到龄官的身影了。

龄官第一次亮相，就展现出倔强的个性，不论是贵妃还是领班，她都不给面子。俗人从她的倔强中感受到龄官对专业的敬畏之心，她宁可得罪主子，也不肯随便串行当，也许正是她的这种专业态度，赢得了主子们的赏识。

俗人以为龄官不畏权贵，断然拒演的专业精神值得现在的人们学习！纵观现在的演艺市场，人们对专业的敬畏之心，似乎有些松懈，甚至懈怠！不少演员随随便便就成了影、视（歌）两栖明星，甚至是影、视、歌三栖明星。他们是否真正具有两栖、三栖的能力和水平？除了极少数确有天赋的“天才”外，很多人未必具备这些能力。这种轻率的表演可以自娱自乐，但如果登堂入室，作为电视、电影作品和正规演出活动，就显得比较随意了。娱乐成分大大高于艺术成分，艺术的专业性被大大削弱，可以说是对艺术的一种亵渎。

曾经有一篇文章写道：“没有天赋真的不要随便跨界”，列举了一些大牌明星跨界不成功的案例。比如何炅执导的《栀子花开》虽然取得不错的票房，但口碑却令人不敢恭维，被列为“烂片”。邓超的演技实力是公认的，但他导演的《分手大师》《恶棍天使》等电影承包了年度最令人失望的影片。郭德纲出演过的电影都不如他在相声事业上的十分之一，他执导的喜剧电影《祖宗十九代》只得一亿票房，备受观众吐槽，或许他真的不适合拍戏。

说来道去，演员们随便跨界的原因之一就是对艺术缺乏敬畏之心。敬畏是人类对待世间万事万物应有的一种态度，是指人类在自然规律和社会规律面前所怀有的一种敬重与畏惧心理。敬为尊敬，畏为畏惧，合在一起是因尊敬而畏惧。一个人只有心存敬畏，才会走得远，走得稳。怀有这种态度，它能让人懂得自警与自省，促使人规范与约束自己的言行举止，促进人与人、人与社会、人与自然形成和谐关系。

影坛巨星章子怡曾经在《演员的诞生》上说："要对你的职业有敬畏之情。"其实不仅演员应如此，所有的人都该应有敬畏之情。真正的智者，知道什么该做，什么不该做，懂得适可而止，敬畏天地，敬畏生命，敬畏自然，敬畏规律，敬畏道德，敬畏一切应该敬畏的东西。南宋大学者朱熹在《中庸注》中说："君子之心，常存敬畏。"这也是告诫人们，人生在世，应当常存敬畏之心。

心存敬畏，行有所止，俗人得之，知之而将恒为之！

遇事不惊　谋事周全　处事不乱

《红楼梦》第六十八回"苦尤娘赚入大观园　酸凤姐大闹宁国府"的全场主角非王熙凤莫属。她乘贾琏出公差，到了尤二姐的住处，笑嘻嘻地硬把尤二姐接了回来，暂住在大观园李纨那里，暗里把丫环都换了，并且告诉这些丫环不得好好服侍尤二姐，同时又叫了人到处去打听尤二姐的身世。原来尤二姐曾许配给张家，后张家因吃官司败落，张家父子流落街头行乞。尤老娘花 10 两银子骗张家父亲写了解除婚约的帖子，张家儿子还不知道这件事。王熙凤包了 20 两银子差人找到了张家儿子，叫他告状：国孝家孝、背旨瞒亲、强逼退婚、停妻再娶。这个状一告事情闹大了。借此机会，王熙凤大闹了宁国府，因为她知道贾琏娶尤二姐这件事，肯定是贾珍、尤氏和贾蓉他们在背后做了手脚。而尤二姐一直被蒙在鼓里，还以为王熙凤"宽宏大量"，浑然不知自己已身陷圈套。

这一回，王熙凤为了保全自己的名声和地位，一改在第四十四回中那样"泼醋过度"的斗争方法，精心设计斗争策略与方案，诱敌深入步步为营。这环环相扣的系列化计谋，不仅让尤二姐入了套，还让贾珍、贾蓉和尤氏一家全部入了套。王熙凤的借刀杀人之恶让人感到可恨，俗人自然不会为她唱赞歌。但她遇事不惊、处事不乱、谋事周全的能力，值得学习。

现实生活比起贾府来要复杂多了，社会多变人心难测。相逢微笑、转身，捅刀者有之，当面吹捧、背后诅咒者有之，玩心眼、耍阴谋者亦有之。还有不少利欲熏心者，为利而来，为利而忙，为利而忘义断情。虽然不能说这是现实社会的主流，但是也绝非少数。面对这样丑恶的嘴脸、伪装的言行和各种各样的诱惑挑战，想要把握好自己，立于不败之地，真的需要王熙凤那样遇事不惊、处事不乱、谋事周全的能力。但这样的能力非一蹴而就的，而是在不断历练的过程中逐渐形成的。

首先，要有良好的心理素质。遇到意想不到的突发事件或者难以容忍的胸闷事件，我们都需要一颗淡定从容的心，有条不紊地策划安排对策，不要自乱阵脚，要有“泰山崩于前而色不变”的气概，去掌控局势。王熙凤面对丈夫偷娶的现实，不动声色地做到“明是一盆火暗是一把刀”，设计报复，不得不承认其心理素质极好。

其次，要有丰富的处事经验和能力。知识来自前人的经验，所以要加强学习。能力来自实践，所以要加强实践，在实践中完善自己的知识和经验，培养处世的能力。年纪轻轻的王熙凤之所以遇事不惊、处事不乱，就是因为她有着丰富的实践经验，贾府的吃喝拉撒都是她管，在实践中锻炼了她的能力，从“泼醋无度”到“借刀杀人”，“进步”不小。

最后，要有周全细致的方法。面对纷繁的社会，复杂的人心，一切都要细心缜密地思考，审时度势，做出正确的判断，找到合适的方法，兵来将挡水来土掩，才能克服困难，解决问题，赢得胜利。王熙凤设下“借刀杀人”计，虽然是毒辣的，但从她保全自身的角度来说是智慧的，对她来说这样谋事是周全的。

此为俗人读“凤姐设计”之感想，再次声明，如此俗读，与其目的无关，只是想劝诫大家在碰到困难和问题时，要有遇事不惊的心理素质，处事不乱的办事能力和谋事周全的解决办法，仅此而已！

红颜为何多薄命

《红楼梦》第六十九回“弄小巧用借剑杀人　觉大限吞生金自逝”，说的是：王熙凤设计借刀杀尤二姐，尤二姐自觉大限已到吞金自杀。在第六十五回时，说到过尤三姐自刎的故事。尤二姐和尤三姐都是贾珍之妻尤氏的异父异母妹，是尤老娘与前夫所生，后尤老娘改嫁尤家时随来。尤老娘及其二女因贾敬丧事进入宁府。尤二姐、尤三姐都有姿色，但由于在未嫁之前就与贾珍有染，所以名声不好。带着这一污点，尤二姐在被贾琏纳为妾后，一心一意恪守妇道，希求做一个改过从善的妇人。她也为性格与她不同的妹妹尤三姐的终身担忧，想把她从被贾珍玩弄的处境中解救出来，嫁一个好人家。可是尤三姐与柳湘莲亲事的破灭以及尤三姐自杀以后，她自己和贾琏的秘事也被凤姐发觉。尤二姐被凤姐骗入荣府后，就跌进了王熙凤早就设好的陷阱里。

第六十九回的故事情节大概如此：凤姐使人挑唆帮张华告状要原妻，张父人财两得，要去贾府领人。凤姐告知贾母，贾母要凤姐料理此事。凤姐通过贾珍、贾蓉父子叫张华不要领人，张家父子得了约百金，回原籍去了。贾琏出差回来，贾赦说他中用，赏银百两并赏丫头秋桐为妾。一日，贾母听秋桐挑唆说尤二姐是贱骨头。尤二姐受暗气而生病，夜里尤三姐托梦让尤二姐杀凤姐，尤二姐不为。之后胡君荣用药致尤二姐堕胎，凤姐挑唆秋桐气尤二姐，尤二姐吞金而逝。

读到此，不得不感叹“自古红颜多薄命”啊！一对姐妹，貌美若仙，都因情得祸，一个自刎，一个吞金。俗人以为尤三姐“有污难清”遭柳湘莲拒绝而自刎，而这尤二姐是为了“清污从良”偷嫁贾琏遭王熙凤设陷而亡。致命的原因是姐妹俩都是“有污在先”，是自己不自重招来的祸害，这恐怕也是“红颜薄命”的一个重要原因。

之所以“自古红颜多薄命”，一方面是“红颜”太过于依赖容貌，另一方面是男人的薄情。

“红颜”就是有着美丽容貌的年轻女子。因为她们年轻貌美，所以往往会自视不凡，高估“红颜”的价值。甚至还有不少人把“红颜”作为资本，总想一本万利，以“红颜”去“投资”那些权贵。人们总是说“投资有风险”，用“红颜”做资本去投资恐怕风险更大。一本万利的好事不是人人可以遇上的，其结果往往是“似这般良辰美景都付与了断井残垣”。另外，“红颜”是有时效性的，即使一时投资成功，“红颜”也会随着年龄的增长不断地贬值，等到人老珠黄时，可能会遭人唾弃。历史上四大美女都没有逃脱“红颜薄命”的命运，昭君抑郁毙命，西施沉江身亡，貂蝉不知所踪，贵妃自缢绝命，更何况是身份卑微的尤氏姐妹呢。

红颜薄命，男人也“功不可没”。男人对于“红颜”的抵抗力会下降。美女自然有许多追求者，追求不得，大打出手也是很常见的事情。而一有冲突，自然就会有各种事端和不幸，所以“红颜”自然命运多舛。女人过分的美丽，自然会激起男人的激情，然而激情过后，一切就变得波澜不惊，进入了“柴米油盐”的平常生活，痴迷“红颜”的薄情男人就有可能去寻觅新的“红颜”。“红颜多薄命”主要是因为男人薄情。杨玉环三千宠爱集一身，但是到最后舍命成全一个没能力保护他的男子。杜十娘曾为一代名妓，到最后为了一个懦弱又出卖他的男人，怒沉百宝箱、跳河自尽。与其说是命运，不如说是遇人不淑！尤氏姐妹所遇所托的贾府男人，有哪一个不是薄情“狼”啊！

曹公在书中也写道：“绝艳惊人出汉宫，红颜命薄古今同。”这也许就是《红楼梦》中为什么有那么多薄命红颜的重要原因吧！

唯天下之至诚能胜天下之至伪

《红楼梦》第七十一回的回目倒是让俗人费了不少心思，“嫌隙人有心生嫌隙　鸳鸯女无意遇鸳鸯”的“嫌隙人”是谁啊？又生了哪些嫌隙啊？读了好几遍，总觉得“周瑞家的”在这回书中是个“搅屎棍”，是她在制造这些“嫌隙”，不妨一起来读一下原文：

说话之间，袭人早又遣了一个丫头去到园门外找人。可巧遇见周瑞家的，这小丫头子就把这话告诉周瑞家的。周瑞家的虽不管事，因他素日仗着是王夫人的陪房，原有些体面，心性乖滑，专管各处献勤讨好，所以各处房里主人都喜欢他。他今日听了这话，忙的便跑入怡红院来，一面飞走，一面口内说：“气坏了奶奶了，可了不得！我们家里，如今惯的太不堪了。偏生我不在跟前，若在跟前，且打他们几个耳刮子，再等过了这几日算账！”尤氏见了他，也便笑道：“周姐姐你来，有个理你说说。这早晚园门还大开着，明灯蜡烛，出入的人又杂，倘有不防的事，如何使得？因此叫该班的人吹灯关门。谁知一个人芽儿也没有！”周瑞家的道：“这还了得！前儿二奶奶还吩咐了他们，说这几日事多人杂，一晚就关门吹灯，不是园里人不许放进去。今儿就没了人。这事过了这几日，必要打几个才好。”尤氏又说小丫头子的话。周瑞家的道：“奶奶不要生气。等过了事，我告诉管事的打他个臭死。只问他们，谁叫他们说这‘各家门各家户’的话。我已经叫他们吹了灯，关上正门和角门子。”正乱着，只见凤姐儿打发人来请吃饭。尤氏道：“我也不饿了，才吃了几个饽饽，请你奶奶自己吃罢。”

一时，周瑞家的得便出去，便把方才之事回了凤姐……凤姐道：“既这么着，记上两个人的名字，等过了这几日，捆了送到那府里凭大嫂子开发，或是打几下子，或是他开恩饶了他们，随他去就是了。什么大事！”周瑞家的听了，巴不得一声儿，素日因与这几个人不睦，出来了便命一个小厮到林之孝家传凤姐的话，立刻叫林之孝家的进来见大奶奶，一面又传人立刻捆起这两个婆子来，交到马圈里派人看守。

周瑞家的真“厉害”啊！挑拨离间、狐假虎威、假传圣旨，样样在行，她就是个十足的小人！仅为俗人之感觉，不必在意，不求苟同。但是，大家对身边那些“挑拨离间、狐假虎威、假传圣旨”的小人，一定要引起警惕，害人之心不可有，但防人之心真的不可无！现实中很多人都会遇到虚伪的小人，却不知道该怎么去面对才好。因为虚伪的小人在我们面前总是装大好人，但背后做的事，让人唾弃。很多时候，我们又怕得罪虚伪的小人，为了自己的利益，都选择违心地忍让。

人们经常说“宁得罪十个君子，也不要得罪一个小人”。这话的意思是较之君子，小人更难缠。因为难缠，所以不敢得罪。正是由于这种想法，小人就越发得意，越发猖狂。所以，俗人不认同这种说法。这是对好人的不公，对坏人的姑息，对公理的亵渎。打击小人，人人有责，不能用事不关己、高高挂起的心态来面对小人的搅局。只有让小人在生存环境中没有任何立足空间，被揭露、被曝光，让所有善良的人都看清他们的丑恶嘴脸，这才是遏制小人行之有效的处理方式。当然小人不会自绝于世的，而是会永远存在，故俗人借题发挥，提醒大家要警惕“周瑞家的”这样的小人。

俗人记起曾国藩的一句话：“唯天下之至诚能胜天下之至伪。”只有天下最正义的人，才能打败天下最无耻、最虚伪的小人。以此为勉，请诸位做个正义之人。

三分天注定七分靠打拼

彩霞第一次出场是在第二十五回：宝玉听说便下来，在王夫人身后倒下，又叫彩霞来替他拍着。宝玉便和彩霞说笑，只见彩霞淡淡的，不大搭理，两眼睛只向贾环处看。宝玉便拉他的手笑道："好姐姐，你也理我理儿呢。"一面说，一面拉他的手，彩霞夺手不肯，便说："再闹，我就嚷了。"

宝玉是和女孩子玩惯了的，他以为彩霞也和别的女孩子一样，谁知他打错了主意，人家彩霞是倾心贾府里谁也不待见的环三爷的！而此时她的心上人贾环就在旁边，她自然是不好跟宝玉亲近的。

不待见宝玉的彩霞却对贾环一往情深，痴心绝对。当书至第七十二回"来旺妇倚势霸成亲"时，来旺老婆想要彩霞嫁给自己的儿子，求王熙凤和贾琏做主。彩霞心里本来一直装着贾环，真心希望贾环能收其入房做个准姨娘，哪怕是通房丫鬟也好。赵姨娘素日和彩霞好，也巴不得彩霞能嫁给贾环，自己能有个臂膀。只是赵姨娘每每要贾环去讨，"一则贾环羞口难开，二则贾环也不大在意，不过是个丫头，他去了，将来自然还有，遂迁延住不说，意思便丢开"。彩霞的一片痴心换来贾环的毫不珍惜。

彩霞结局究竟如何，书中未有答案，俗人倒是"杞人忧天"起来了，猜测彩霞命运凶多吉少。来旺之子书中已有定论，一味酗酒赌博，容貌丑陋，一技不如，不是个好料子，而贾环看起来也不怎么样，彩霞无论嫁给其中的哪一个，好像都没有好果子吃。可怜的彩霞命运不济啊！

彩霞对宝玉都不待见，而一片痴情付予不受人待见的贾环，应该说她是有个性的，对自己的命运是有追求的，而命运对她却是如此无情。所以俗人想问一句：命运的凶吉，自己究竟能否主宰？俗人真不敢回答"能"。我身边的人能够摆脱命运摆布的人好像很少，而那些与命运抗争取得成功的人，比如贝多芬、海伦·凯勒、霍金、张海迪等，总是有点遥远，很多残障人士依旧生活在社会的底层。不能说他们不想摆脱命运的摆布，但是要挣脱命运的摆布绝非那么容易。一个人的成功不仅受到体力、智力、能力、毅力等自身因素限制，还受到生长环境、生存条件等客观因素的影响。

俗人这样说，并不是就这样被动地认命了。有歌唱道："三分天注定，七分靠打拼。"因此，人生还是需要奋斗目标的，没有目标就会失去方向。但是，也不要设置过高的人生目标，强迫自己做出无谓的努力或者牺牲，要实事求是地分析自己的主客观因素，确立积极合理的人生目标。对于大多数人来说，目标在"跳一跳"范围内够得着就可以了。把一年一个亿的收入设置为“小目标”，能做得到的也只有几个屈指可数的现世大佬们，对于绝大多数人来说，一个亿的目标是终生都无法实现的。所以，唯有“跳一跳”的目标是现实的，因为它是基于现实因素确定的，容易达成。不断地跳一跳，前一跳为后一跳奠定基础，螺旋上升，目标也会随之越来越高的，人生也会越来越精彩。就比如彩霞对婚姻的选择，她自己是明智的，不待见“无价”的宝玉，也不愿意嫁给“貌丑无技”的来旺之子，而是选择庶出之主贾环，这样的选择应该是在她“跳一跳”的范围内，也的确得到了贾环之母赵姨娘的支持，如若成功，丫鬟嫁给主子应该算是上了一个台阶。

可叹命运不济，彩霞没能获得理想的婚姻，呜呼哀哉：最终“七分打拼”还是斗不过“三分注定”。其实，这样的事在现实中常有，不必叹息。俗人以为，只要你努力过，奋斗过，拼搏过，人生就有价值了。

婚姻需不需要“门当户对”

尤氏在《红楼梦》中是贾珍的妻子，虽说是继室，但应该算是贾家的长孙媳，是宁国府的当家奶奶。而尤氏却总是唯唯诺诺、逆来顺受，素日只是顺从贾珍。在书中，尤氏虽然出场次数也不少，可怎么看都是一个群众演员，只有两三处比较有亮点的描写，一次是第四十三回她将王熙凤生日宴会办得体面周到，还特意将周、赵二位姨娘等的银子退还。一次是贾敬暴死，她独自处理丧事，得到贾珍大赞妥当。而这第三次，是第七十五回“开夜宴异兆发悲音　赏中秋新词得佳谶”，这一回加上前后各半回，大约整两回，写了中秋前后大概七八档子不同的事，全落在她身上，顿感尤氏的戏份加重了。

读到此时，俗人才来仔细品读尤氏，说说尤氏的生存之道。不少人都是像王熙凤那样认为，尤氏是“又没才干，又没口齿，锯了嘴的葫芦”。俗人倒不是这样认为的。尤氏之所以给人这样的印象，是她的出身和娘家的背景所致。对贾珍与秦可卿的暧昧，她不敢吱声，秦可卿死后只能装病不理事；贾珍、贾蓉父子染指尤氏的两个妹妹尤二姐和尤三姐，尤氏虽有劝说，但都无力阻止。尤三姐遭退婚自刎而死，贾琏偷娶尤二姐，尤二姐也被王熙凤害死。尤氏非但不能为自己的两个妹妹泄愤，反而招致王熙凤的一通大骂，还无丝毫还击之力。大观园被抄检时，尤氏被惜春骂成“不读书、不识字”的糊涂人，并带累坏了惜春，尤氏心中虽恼，也不好发作……如此种种，尤氏都能忍气吞声，而且对丈夫百依百顺。这一切都是缘于身后没有显赫势力，只能顺着自己的丈夫，才能得到自己丈夫的支持，也是一种后院生存之道。

由此，俗人想到一个话题，中国式的婚姻要不要讲究“门当户对”？尤氏的婚姻应该是一面镜子，她所遭受的一切，都是“门不当户不对”惹的祸。高攀的婚姻，总有“强弱”的感觉，高者强，低者弱，即使强者放下架子，弱者也会认为那是怜悯而感觉自己卑微。为什么男人不到迫不得已的时候都不愿意倒插门做上门女婿？恐怕也是因为“门不当户不对”。做上门女婿的，往往是因为家里兄弟姐妹多，家境贫寒，居住条件差，甚至连最起码的婚房也没有，这样怎么讨得起老婆呢？而能够招上门女婿的家庭往往各方面的条件相对要优越一些。面对这样的门户差距，男人总会有抬不起头的感觉。女人也一样，真的高攀嫁入豪门，“坐宝马”的日子不一定比“坐自行车”的日子幸福。

人们经常被“灰姑娘遇上王子”的童话故事和这种类型的小说、影视作品洗脑，总觉得嫁入豪门或者迎娶白富美是一件很平常的事。诚然，这种情况是存在的。但是我们绝大部分人都是普通老百姓，世俗的压力比我们想象的要大很多，而且在生活中，物质条件往往决定了一个人在家庭中的地位，双方差距太大往往会带来很多矛盾。而“门当户对”，就是婚配双方要有着类似的教育经历和人生体验，有着相同档次的生活水平和生活圈子，在对待事物的看法上也相对更容易达成一致。更为关键的是，双方结婚后都不需要承受来自对方家庭经济上的压迫感，双方父母在接触的过程中更不会产生尊卑感。“门当户对”的家庭产生矛盾的概率小很多，幸福长久的概率更大。所以，中国式婚姻要把“门当户对”当成一个重要考虑因素。当然，这不是唯一因素，还要看双方对另一半和爱情是不是有绝对的信心！

是为俗人读尤氏之见：“门当户对”是幸福婚姻的重要因素之一。

金钱不是幸福婚姻的唯一

《红楼梦》第七十九回的回目为“薛文龙悔娶河东狮　贾迎春误嫁中山

狼”。河东狮是悍妇、妒妇的代名词，这里的“河东狮”指的就是薛蟠（薛文龙）的妻子夏金桂。为何夏金桂被曹公称为“河东狮”呢?

夏金桂是前八十回中最晚出场的一个较重要人物，曹公用了一回半的篇幅，成功地塑造了一个悍妇、妒妇的形象。原著一开始通过香菱与宝玉的一段对话介绍了夏金桂。原文有说，夏家与薛家是同在户部挂名行商，也是数一数二的大门户。合长安城中，上至王侯，下至买卖人，都称她家是“桂花夏家”。夏金桂“从小时父亲去世的早，又无同胞弟兄，寡母独守此女，娇养溺爱，不啻珍宝，凡女儿一举一动，彼母皆百依百随，因此未免娇养太过，竟酿成个盗跖的性气。爱自己尊若菩萨，窥他人秽如粪土，外具花柳之姿，内秉风雷之性。在家中时常就和丫鬟们使性弄气，轻骂重打的”。

夏金桂嫁到薛家，使得薛家上下吃尽了苦头。因她小名叫金桂，就不许别人口中带出“金”“桂”二字来，凡有不小心误说出一字者，她便定要苦打重罚才罢。薛蟠被她压服后，她又开始百般折磨香菱，并蛮横地将香菱的名字改为秋菱。为了摆布香菱，她让薛蟠纳了自己的丫头宝蟾，再调唆薛蟠处治香菱，听到薛姨妈来解劝，她就隔窗叫喊拌嘴，将薛家搅得无一日安宁。她着实是一泼妇，就连薛蟠那“呆霸王”她都治得住。

续作者在八十回后继续写夏金桂的跋扈骄悍，薛蟠也被她逼得躲出家门。之后，她又百般勾引薛蝌，终被拒绝，遂迁怒于香菱，要将香菱毒死，不料鬼使神差，自己饮毒身亡。

俗人在想为什么夏金桂敢在“天字出头夫做主”的封建社会这样为所欲为?读来看去，一个俗不可耐的字眼又出现了，那就是令人欢喜令人忧的“钱”。夏金桂之所以敢这样做，除了本性骄横外，更重要的是因为她家有钱。薛蟠之所以娶夏金桂为妻，除了夏金桂有几分姿色外，更重要的是看中了“门当户对”的夏家有钱。薛家之所以迁就夏金桂而无一日安宁，也是因为他们看重的是夏金桂背后的钱，她是独女，今后夏家的钱就会变成薛家的钱。夏金桂这头“河东狮”就是这样被钱打造出来的，试想如果夏家没有钱，她敢吗?即使敢，也早就被薛蟠之类“拍死在沙滩上了”!

俗人这样读“河东狮”，旨在说明一点：婚姻不能没有钱，但也不能只有钱。没有钱的婚姻是不幸福的，即俗话说的“贫贱夫妻百事哀”。而只有钱的婚姻注定也是难以幸福的，从薛蟠和夏金桂的婚姻来说，钱对这两个“富二代”来说都不是问题，而问题是他俩都被钱惯坏了，薛蟠因为有钱，吃喝嫖赌无所不为；夏金桂因为有钱，骄横跋扈河东狮吼。这样的家庭哪有幸福可言！

所谓只有钱的婚姻，就是把钱看作是婚姻的唯一重要因素，而忽视感情、责任等其他因素。婚姻中的夫妻除了需要钱的物质基础，还需要感情的精神基础。正常的婚姻，应该由物质和感情两部分组成。所有幸福的婚姻，幸福的夫妻，都是物质和感情俱备的。反之，所有不幸福的婚姻，或者说是失败的婚姻，要么短了物质，要么少了感情，要么二者都不存在。

俗人劝那些像夏金桂一样有钱的“河东狮”们：要把钱当一回事，也不要太当一回事，凡事做过了头，其效果一定会适得其反。

旗帜鲜明反对包办婚姻

《红楼梦》第八十四回开始，宝玉的婚姻大事被贾府提上了议事日程。贾母对贾政说道：“提起宝玉，我还有一件事和你商量。如今他也大了，你们也该留神，看一个好孩子给他定下。这也是他终身的大事。”贾母还正式向贾政宣布了贾宝玉定亲的标准：“也别论远近亲戚，什么穷啊富的，只要深知那姑娘的脾性儿好，模样周正儿的就好。”贾政门下清客相公王尔调欲给宝玉与南韶道张老爷之小姐说亲。但因张家是独女，可能不愿出嫁，而要招赘，贾母对此事当然反对。由此开始，贾府的最高层紧锣密鼓地策划贾宝玉的亲事，一起来看看吧。

贾母当着薛姨妈的面夸薛宝钗：“我看宝丫头性格儿温厚和平，虽然年轻，比大人还强几倍。前日那小丫头子回来说，我们这边还都赞叹了他一会子。都像宝丫头那样心胸儿，脾气儿，真是百里挑一的。不是我说句冒失话，那给人家作了媳妇儿，怎么叫公婆不疼，家里上上下下的不宾服呢。”贾母将薛宝钗同林黛玉作了比较：“林丫头那孩子倒罢了，只是心重些，所以身子就不大很结实了。要赌灵性儿也和宝丫头不差什么，要赌宽厚待人里头却不济她宝姐姐有担待有尽让了。”贾母和王夫人、邢夫人谈论贾宝玉的亲事，王熙凤说：“不是我当着老祖宗、太太们跟前说句大胆的话，现放着天配的姻缘何用别处去找。”贾母问：“在那里？”王熙凤说：“一个宝玉，一个金锁，老太太怎么忘了?”贾母嘱即向薛姨妈提亲。王夫人回贾母，薛姨妈十分同意，待薛蟠回来商定。薛宝钗也已心知自己是贾府的人，羞于同贾宝玉见面，就连贾府唱戏庆贺贾政升官她也没有参加……

亲事的主角贾宝玉还不知道自己的婚姻已经在被秘密策划了，以贾母为首的家族高层在林黛玉和薛宝钗之间比较甄选，从上面的描写来看，几乎意见比较一致地选择薛宝钗作为贾宝玉的媳妇。宝玉的婚姻悲剧也就随之开演，“木石前盟”被拆散，宝玉被骗，黛玉病亡；“金玉良缘”虽然终成眷属，但最终宝玉出家，留下宝钗独守空房，同样也是一出悲剧。悲剧的背后，就是以贾母为首的封建家长造的孽啊！他们为的是自己的或者是家族的利益，而不顾及当事人的感情，随意拆散感情笃深的“木石前盟”，生拉硬拽拼成“金玉良缘”。

时至今日，很难说贾母这样的家长已经绝迹，因为类似宝黛钗的婚姻悲剧没有绝迹。利用联姻的方式攀附权势、贪图财富的“政治婚姻”“经济婚姻”并非个案。不管是政治婚姻还是经济婚姻，无论是父母家属所为，还是婚姻当事人所为，都是对婚姻的亵渎。婚姻的基础是情感。恋爱时的情感基础是一方对另一方的吸引力或好感，婚姻中的情感基础却是理解与包容。“始于颜值，敬于才华，合于性格，久于善良，忠于人品”，这句话很好地诠释了从恋爱到婚姻的情感发展线。这样结成的婚姻没有政治因素，也没有经济因素。

俗人必须要声明：不是不可以和官二代、富二代联姻，也不是说婚姻绝对不讲政治和经济，而是说婚姻首先要讲情感，以情感为基础的婚姻，才有可能幸福长久。官二代、富二代总是要结婚的，不见得因为是官二代或者是富二代，所以就不能结婚，或者说一定要“官对官”“富对富”这样一一对应结婚。俗人要反对的政治婚姻和经济婚姻是指没有感情（爱情）基础，因单方或双方在政治或者经济利益驱使下结成的婚姻。没有情感基础的婚姻，在“父母之命媒妁之言”的年代的“存活率”比较高，但幸福指数就不一定高了，这样凑合着过一辈子的夫妻不在少数。

而如今，已不再是“先结婚后恋爱”的年代了，除了少数“宁愿坐着宝马哭，也不愿意坐着自行车笑”的贪图享受之人外，没有情感基础的婚姻“存活率”几乎为零。现在有谁还会愿意接受“贾母”们秘策的亲事呢?

直面人生　拯救自我

《红楼梦》第八十七回“感秋声抚琴悲往事　坐禅寂走火入魔邪”中，妙玉再次登场，上演了一幕“走火入魔”的大戏。

那一日，宝玉到蓼风轩访惜春，正巧惜春与妙玉手谈（下围棋），宝玉早对妙玉有感觉：“妙公轻易不出禅关，今日缘何下凡一走？”妙玉听了，忽然把脸一红，也不答言。低了头自看那棋。宝玉自觉造次，连忙陪笑道：“出家人心静，静则灵，灵则慧。”妙玉微微抬眼看宝玉，复又低头，那脸上渐渐红晕起来，起身整理衣裳，半日语无伦次痴痴地问：“你从何处来？”宝玉无语也脸红。惜春插话：“从来处来，这也值得脸红，见了生人似的？”这下轮到妙玉不好意思，找个借口认不得回头路，暗示宝玉送她，宝玉知趣地跟上，两人并肩徐行漫步，交头接耳相谈甚欢。过潇湘馆闻黛玉抚琴，宝玉想去看黛玉，妙玉点拨他：“自古只有听琴而没有看琴。”两人便坐在潇湘馆外听琴。之后妙玉回到栊翠庵中，跏趺坐下，断除妄想，趋向真如。三更过后，一片瓦响，房上两猫一递一声厮叫，她想起日间宝玉之言，不觉一阵耳热心跳，连忙收摄心神。怎奈神不守舍，一时如万马奔驰，觉得禅床恍荡随波逐流，身子已不在庵中，梦到许多王孙公子要娶她。庵里其他姑子来看，只见妙玉两手撒开，口中流沫，眼睛直竖，两颧鲜红。小尼姑怀春，情景就这么恐怖。

俗人读过第四十一回便觉她是个“势利俗人”，今又见如此情形，更觉得妙玉是个俗人。她身虽出家心还俗，遇见爱慕的宝玉，芳心难耐，春潮涌动，走火入魔。正如惜春所想：“妙玉虽然洁净，毕竟尘缘未断。”“欲洁何曾洁，云空未必空”，妙玉的高洁、虚空，都是假的，她什么也放不下，自然也是一个薄命之人。由此看来，妙玉是在逃避现实，躲避自己的感情。

其实，现实和感情都是逃避不了的，逃避的结果，往往是对自己身心的伤害。妙玉之所以走火入魔，就是因为跃动的感情和残酷的现实产生了严重的冲突。而这样的冲突在现实社会生活中也经常发生，人们常说“人生不如意十有八九”，这八九的不如意就是人生中遇到的大大小小、各色各样的冲突。面对不如意的人生，逃避或者躲避是无用的，只有勇敢地直面人生，才有可能闯出人生另一番新天地。

直面人生，就不要妄自菲薄，而是要坚定自我，勇敢向前。通往成功的大道上必然满是荆棘，杂草遍布，但是只要直面人生，直面挫折，终会嗅到成功之花沁人心脾的芳香。直面人生，切莫吊死在一棵树上，要相信上帝在关上一扇门的时候，也一定会为你打开一扇窗。

生活总是波澜壮阔，起伏不定，但这能丰富你的人生；生活总是坎坷崎岖，荆棘遍布，但这能磨炼你的意志；生活总是节外生枝，不尽如人意，但这能提升你生存的本领。振奋精神，勇于面对，敢于拼搏，志在必胜，成功就在不远处向你微笑着招手！与其逃避现实，不如笑对人生。保持平和的心态，怀揣梦想，不畏惧风雨，不害怕失败，敢于行动，这是拯救自我的唯一办法。

俗人在这里也高雅一下，摘录六世达赖仓央嘉措的诗于此："曾虑多情损梵行，入山又恐别倾城。世间安得双全法，不负如来不负卿。"与君共勉，免得人生走火入魔，黯然失色！

若要爱，就要敞开心扉

《红楼梦》第八十九回下半段"蛇影杯弓颦卿绝粒"说的是林黛玉绝粒待毙的故事。黛玉为何要绝粒待毙，俗人还得一说，毕竟她是《红楼梦》的大主角。

话说宝玉刚刚在怡红院填词念完对晴雯的思念之情，一径来到潇湘馆探望黛玉。此时，黛玉正在抄写经书。宝玉看见墙上新挂的《斗寒图》，问黛玉是何出处，黛玉道："岂不闻'青女素娥俱耐冷，月中霜里斗婵娟'？"待黛玉写完字，宝玉又问道："妹妹这两日弹琴来着没有？"于是，宝黛两人就弹琴之事讨论一番，话语之中不温不火，最后还有点话不投机半句多的感觉。黛玉道："这是人心自然之音，做到那里就到那里，原没有一定的。"宝玉道："原来如此。可惜我不知音，枉听了一会子！"黛玉道："古来知音人能有几个？"黛玉送走宝玉后，闷闷地坐着，心里想道："宝玉近来说话，半吐半吞，忽冷忽热，也不知他是什么意思。"正想着，隐约听见紫鹃和雪雁在嘀咕宝玉的婚事。

黛玉本来一腔心事，又窃听了紫鹃与雪雁的话，虽不很明白，也听得了七八分，顿时如同将身撂在大海里一般。黛玉思前想后，竟应了前日梦中之谶，千愁万恨，堆上心来，又想到自己没了爹娘的苦，自今以后，把身子一天一天地糟踏起来，一年半载，少不得身登清净。于是她打定了主意，被也不盖，衣也不添，竟是合眼装睡，被窝都蹬在脚后。次日，黛玉清早起来，也不叫人，独自一人对着镜子呆呆地坐着。看了一会儿，黛玉的泪珠儿断断连连，早已湿透了罗帕，可那眼中泪渍终是不干。自此以后，她便有意糟踏身子，茶饭无心，最后恹恹一息，垂毙殆尽。

关于宝黛之间的爱情故事，是《红楼梦》的其中一条主线。宝黛吵架，紫鹃试玉，都是他们的爱情故事。宝黛吵架是因为两人才初长大，缺乏恋爱经验，吵吵闹闹也正常。紫鹃试玉是紫鹃自作主张探测宝玉对黛玉的感情，发现宝玉对黛玉是真心的。无论宝玉怎么“拈花惹草”，他对黛玉的爱情都是始终不渝的。但时至今日，黛玉还不是疑心重重，不与宝玉坦率交流。只因道听途说，就绝粒待毙，只落得“你被逼死我被骗”的悲惨结局，实在令俗人费解！

以俗人之见宝黛之间的误会，源于双方都过于含蓄谨慎，不能敞开心扉说亮话。就说这一次，本来宝玉“半吐半吞，忽冷忽热”的表现已经让黛玉起疑心了，再加上丫鬟们的“窃窃私语”让黛玉对宝玉要另娶他人变疑为信。其实，宝玉自己也被蒙在鼓里，如果黛玉早点把听到的告诉宝玉，按照宝玉在贾府的地位，也许结局不一定是这样的。当然，仅是俗人猜测而已。

俗人想借宝黛的恋爱故事说一句：若要爱，就要敞开心扉去相爱，爱要大声说出来。当然，这样的要求对于那个时代的宝玉和黛玉来说有点过分了，但是黛玉也不至于一定要绝粒待毙，放弃自己的爱和生命。两个人从相知到相爱，是很不容易的事情，所以双方要敞开心扉，多一点包容，多一点理解，有问题及时处理，而不是猜疑、妒忌、误会、误解。相爱的人如不能坦诚，会倍感困扰，甚至会有不信任之心，这样对双方的感情是非常不利的。如果想要有真爱，双方最好坦诚以对，毕竟爱情是心灵的契合，而坦诚是基本的条件。坦诚相对，让对方深入全面地了解自己，这样的爱情才能更真实、更长久。

劝君以宝黛为鉴，与恋人坦诚相对，且行且珍惜！

心病还需心药医

《红楼梦》第九十回的回目“失绵衣贫女耐嗷嘈　送果品小郎惊叵测”看起来似乎与黛玉无关，但是差不多半回书在描写黛玉之病。至于作者有何意图，俗人不去深究，这里只是想说说这回书中的黛玉。

黛玉在《红楼梦》中的基本形象之一就是病殃殃，所以说黛玉之病那是平常事。而这一回的病让人感到奇怪，“病也病的奇怪，好也好的奇怪”。究竟怎么回事呢？摘几段一起来看看吧：

却说黛玉自立意自戕之后，渐渐不支，一日竟至绝粒。从前十几天内，贾母等轮流看望，他有时还说几句话，这两日索性不大言语。心里虽有时昏晕，却也有时清楚……原来那黛玉虽则病势沉重，心里却还明白。起先侍书、雪雁说话时，他也模糊听见了一半句，却只作不知，也因实无精神答理。及听了雪雁、侍书的话，才明白过前头的事情原是议而未成的。又兼侍书说是凤姐说的，老太太的主意，亲上作亲，又是园中住着的，非自己而谁？因此一想，阴极阳生，心神顿觉清爽许多……黛玉心中疑团已破，自然不似先前寻死之意了。虽身体软弱，精神短少，却也勉强答应一两句了。凤姐因叫过紫鹃问道：“姑娘也不至这样。这是怎么说，你这样唬人！”紫鹃道：“实在头里看着不好，才敢去告诉的。回来见姑娘竟好了许多，也就怪了。”……不但紫鹃和雪雁在私下里讲究，就是众人也都知道黛玉的病也病的奇怪，好也好的奇怪，三三两两，唧唧哝哝议论着。不多几时，连凤姐儿也知道了，邢王二夫人也有些疑惑，倒是贾母略猜着了八九。

由此看来，黛玉得的是心病，一听说宝玉要娶张家女儿，她就生病了，并欲绝粒待毙。而听闻贾母等对此事议而未成，说宝玉的婚姻要亲上加亲，黛玉认为非己莫属，一下子就神清气爽。正是：“心病终须心药治，解铃还是系铃人。”

何为心病？通俗来讲指心中之病，乃心中之结无法释解，终成一疾，非心脏病也。俗人认为心病可以理解为心理疾病。其实，在快节奏的工作生活中，人们的压力越来越大，随之而来的心理疾病也越来越多。我国第一部心理健康蓝皮书《中国国民心理健康发展报告（2017~2018）》指出，我国不同人群心理健康问题均呈增长趋势。目前我国已进入信息化、网络化时代，人们不仅生活和工作的节奏加快，而且生理和心理上的压力也大大增加，国民的心理健康问题已呈现出比单纯的躯体健康问题更突出的态势。2011 年，《自然》杂志发布的心理疾患负担统计数据显示，心理疾患已经给包括中国在内的中低收入国家造成了沉重的经济负担。由此可见，人们的“心病”越来越严重了。

既然说“心病要用心药医”，那么何为心药呢？俗人认为心药是指能满足心愿，解除人思想苦闷的事物或方法。心理健康教育、心理咨询与辅导和心理治疗应该是预防、干预和医治心病的三剂核心“心药”。这三种“心药”针对“心病”的三个不同阶段。其中预防是首要任务。俗话说，防患于未然，首先要做好的就是加强心理健康教育，普及心理健康知识，预防或者减少心理疾病的发生。当然，一旦发生心理疾病，应当及时采取干预和治疗措施。人们由于缺乏对心理疾病的认识，经常简单地把心理疾病归为“精神病”，会有讳莫如深的心态，谈病色变，从而隐瞒病情，拒绝治疗，延误时机，使得病情加重。错误的认识是心理疾病干预和治疗的最大障碍，这同样需要心理健康教育来逐步消除。

因而，俗人呼吁全社会都要关注心理健康，加强心理健康教育，普及心理健康知识，预防心理疾病发生，让“黛玉之病”变少，或者能够得到及时的治疗。

痴情，不可绝对

《红楼梦》第九十七回“林黛玉焚稿断痴情”说的是黛玉得知宝玉和宝钗定婚的消息后，一病不起，日重一日。一天黛玉醒来，只有紫鹃一人，自料万无生理，陷入了彻底的绝望之中。黛玉一生以诗为侣，她用整个身心写成的那些诗篇，是她的生命、青春和爱情的象征。因此，在她生命终止的前夕，她自然首先想到她的诗稿。原文这样写道：

黛玉便拿那绢子指着箱子，又喘成一处，说不上来，闭了眼。紫鹃道：

“姑娘歪歪儿罢。”黛玉又摇摇头儿。紫鹃料是要绢子，便叫雪雁开箱，拿出一块白绫绢子来。黛玉瞧了，撂在一边，使劲说道：“有字的！”紫鹃这才明白过来要那块题诗的旧帕，只得叫雪雁拿出来递给黛玉……只见黛玉接到手里也不瞧诗，扎挣着伸出那只手来，狠命的撕那绢子，却是只有打颤的分儿，那里撕得动……黛玉瞧瞧，又闭了眼坐着，喘了一会子，又道：“笼上火盆。”……黛玉这才将方才的绢子拿在手中，瞅着那火，点点头儿，往上一撂……紫鹃劝道：“姑娘这是怎么说呢！”黛玉只作不闻，回手又把那诗稿拿起来，瞧了瞧，又撂下了。紫鹃怕他也要烧，连忙将身倚住黛玉，腾出手来拿时，黛玉又早拾起，撂在火上。此时紫鹃却够不着，干急。雪雁正拿进桌子来，看见黛玉一撂，不知何物，赶忙抢时，那纸沾火就着，如何能够少待，早已烘烘的着了。雪雁也顾不得烧手，从火里抓起来，撂在地下乱踩，却已烧得所余无几了。

读到此，俗人耳边马上回响起越剧名家王文娟那凄婉悲怨的唱腔：“我一生与诗书做了闺中伴，与笔墨结成骨肉亲。曾记得菊花赋诗夺魁首，海棠起社斗清新；怡红院中行新令，潇湘馆内论旧文。一生心血结成字，如今是记忆未死，墨迹犹新。这诗稿不想玉堂金马登高第，只望他高山流水遇知音。如今是知音已绝，诗稿怎存?！把断肠文章付火焚！这诗帕原是他随身带，曾为我揩过多少旧泪痕，谁知道诗帕未变人心变，可叹我真心人换了个假心人。早知人情比纸薄，我懊悔留存诗帕到如今。万般恩情从此绝，只落得一弯冷月照诗魂！”

这段“黛玉焚稿”的唱词表达了黛玉沉浸在对美好爱情诗意的回忆中，内心充满了痛楚和不舍，唱出了由衷的哀怨和无奈，也充满着怨恨与愤怒。诗帕是宝黛爱情的见证，如今“诗帕未变人心变”，伤心欲绝的黛玉只得将它付之一炬，了断痴情！

自古痴情终成空，从来厚意始为梦。多情余恨，好梦易醒，人生总有许多无奈的恨事。林黛玉痴情于宝玉，虽然宝玉也痴情，却因以贾母为首的贾家反对，并以极其卑劣的“调包计”而毁掉宝黛之恋。宝黛纯真的爱情就此戛然而止，后几回书作了交代：黛玉一命呜呼走阴曹，宝玉被骗成婚入空门，一对恋人从此阴阳两隔痴情断，木石前盟终成空！正如清代文学家魏子安在

《花月痕》中写道："多情自古空余恨，好梦由来最易醒。"

所以，人要学会回头，不要"一根筋"地痴情绝对。绝对的痴情就如宝黛之恋，不但伤心，而且伤人。人都没了，一切都枉然了！要知道生命就是一种缘分，你刻意追求的未必能得到。生命中的灿烂，人生中的辉煌，往往不期而遇，尽在偶遇。我们能做的就是尽心尽力，相信得到是一种幸运，得不到也是一种幸运。只要尽心，总会有收获，总会有进步。得失是一种心境，人生是一种缘分，无悔就行。

俗人说不要痴情绝对，当然不是鼓励大家在爱情中三心二意，爱情需要专情，甚至痴情，但不要绝对。像黛玉那样用生命去赌爱情，值不值？俗人也不敢随便下结论，相信看官自有判断。

让婚姻爱情更纯粹些吧

金玉良缘与木石前盟是《红楼梦》的两条爱情主线，在第九十七、九十八回书中也有了最后的结果。至于木石前盟，俗人在前一篇笔记"黛玉焚稿"中已经说过了，这回就来说说"金玉良缘"。

"金"指薛宝钗戴的金锁。金锁的来历出现在《红楼梦》第八回，"珠宝晶莹黄金灿烂的璎珞"，"一面有四个篆字，两面八个，共成两句吉谶，正面是'不离不弃'反面是'芳龄永继'"，"是个癞头和尚送的，他说必须錾在金器上"。

"玉"指贾宝玉戴的通灵宝玉。通灵宝玉的前身只是女娲补天余石，深以"无材可去补苍天"为憾，日夜"悲号惭愧"，恰逢茫茫大士、渺渺真人经过，将其幻化为一块"鲜明莹洁"的美玉，又"镌上数字"——"莫失莫忘，仙寿恒昌"。复由茫茫大士、渺渺真人携入红尘，为贾宝玉降生之时口中所含。

"金玉良缘"在《红楼梦》第二十八回有明确交代，是薛姨妈对王夫人说过"宝钗的金锁是个和尚给的，等日后有玉的方可结为婚姻"等语。因此贾宝玉和薛宝钗的联姻才堪称"金玉良缘"。

书至第九十七回"金玉良缘"在"调包"阴谋中尴尬地凑成。揭开新娘红盖头，宝玉睁眼一看，好像宝钗，心里不信，自己一手持灯，一手擦眼，一看，可不是宝钗么！宝玉仍旧坐下，两眼直视，半语全无。第二天贾政因公赴任，宝玉硬撑着送别父亲，回到家中，旧病陡发，更加昏愦，连饮食也不能进了。

第九十八回宝玉欲死，宝钗不得已说明黛玉已死。宝玉昏死中做了一个梦，与黛玉同赴阴司泉路。阴司“那人”一石击醒宝玉，醒来觉得金玉姻缘已定，自己也心宽了好些。宝玉渐将爱黛玉之心移至宝钗身上，金玉良缘总算落地。

木石前盟散弃，黛玉失爱而死，金玉良缘落地，宝钗得爱无欢。这是封建婚姻的悲哀！封建婚姻最典型的就是“父母之命，媒妁之言”的包办式婚姻。在中国漫长的封建制度下，包办式婚姻不知道害了多少年轻人，也不知道毁了多少家庭。“宝黛钗”的悲剧当然也不少见，其中最典型的故事莫过于“梁山伯与祝英台”。

到如今，已经进入了文明社会，包办婚姻的情况越来越少，在城市和发达的农村，“媒妁之言”基本失效。可是，有些地方“父母之命”的封建意识还未褪去，父母干涉子女婚姻的事情时常会发生。不过，干涉结果发生根本性的变化，“父母之命”很少奏效，像贾母那样的“骗婚”干涉基本不可能，而如果是强硬地直截了当干涉，受伤害的更多是父母，因为如今的年轻人已经不再是受人摆布的“宝黛钗”了，现代文明赋予他们强烈的自我意识，他们会选择“私奔”——离开父母，自立门户。当然，也有十分强势的父母，这类父母往往有权有势，他们会不顾子女的感受，甚至以牺牲子女的幸福为代价，搞“金玉良缘”式的“政治联姻”或者“经济联姻”。这样的婚姻很有可能是悲剧，一旦任何一方父母失去权或者钱的优势，其婚姻恐怕就很难维持下去，因为失去了原有的“政治”或者“经济”的基础。

回过头来，再说那以贾母为首的封建家庭一手操纵的“金玉良缘”，宝玉为了不伤宝钗的心，渐将爱黛玉之心移至宝钗身上。值得注意的是“爱黛之心”这四个字，折射出宝玉对“金玉良缘”的万般无奈。所以，金玉良缘注定也是一出悲剧，最后，只落得宝玉遁入空门出家太虚，宝钗独守空房孤寂煎熬。

所以俗人想说，对于子女的婚姻，父母不要想得太多，更不要横加干涉，让婚姻爱情更纯粹些吧，否则，结果很可能不是你想象的那样。记住一句老话：“儿孙自有儿孙福。”儿女的婚姻亦如此。

处世三绝：识人用人管人

《红楼梦》第九十九回“守官箴恶奴同破例”，书中的李十儿就是一个恶奴，摘两段原文读读，体会一下李十儿之恶，看看贾政的官箴是如何被破的。

内中有一个管门的叫李十儿，便说：“你们这些没能耐的东西，着什么忙！我见这‘长’字号儿的在这里，不犯给他出头。如今都饿跑了，瞧瞧你十太爷的本领，少不得本主儿依我。只是要你们齐心，打伙儿弄几个钱，回家受用；若不随我，我也不管了，横竖拼得过你们。”……李十儿道：“不要我出了头得了银钱，又说我得了大分儿了，窝儿里反起来，大家没意思。”

李十儿便自己做起威福，钩连内外一气的哄着贾政办事，反觉得事事周到，件件随心，所以贾政不但不疑，反多相信。便有几处揭报，上司见贾政古朴忠厚，也不查察。惟是幕友们耳目最长，见得如此，得便用言规谏，无奈贾政不信，也有辞去的，也有与贾政相好在内维持的。于是，漕务事毕，尚无陨越。

就是这个李十儿，他随贾政到江西督运漕粮事务时，哄着主子办事，自己作威作福，搜刮钱财。不多几时，他家里“老婆便金头银面的妆扮起来”，反使贾政得了一个“失察属员，重征粮米，苛虐百姓”的罪名。

按照当时社会的标准来看，贾政是个好人，很多人说他是封建社会的“卫道士”，但他也想做个清官、好官。他立下了官箴，作为对自己和下属的准则要求。然而，他的识人不明、御下不严把自己的官箴破了，数十年积攒的好名声也给败光了。所以，俗人想借着“李十儿”这个例子，说说识人、用人、管人之道。

无论是创业者，还是公司的老板，识人、用人和管人是很重要的能力。识人不准、用人不当、管人不精，必会功亏一篑。说到识人、用人、管人，就不得不提起曾国藩，识人、用人、管人正是他的处世三绝。他道破世间用人的各种禁忌及任用天下智才、天下偏才、天下奇才、天下权者、天下小人等的妙法。

曾国藩说："办事不外用人，用人必先知人。"识人、用人是指识别和发掘下属的优势与潜能，用人之长，使其最大限度地发挥作用，实现团队与成员共同成长。识人、用人，具有"风向标"和"指挥棒"的作用，关系人心向背，决定事业兴衰成败。识人一定要全面、辩证，不可因私废人，这是识人的共性准则。识人的核心要义是客观全面，切忌片面狭隘。盲人摸象的典故充分说明，了解事物不能只限局部，否则会产生认识上的片面性。所以，识人不能局限于一时一事、一隅一地，要历史地、全面地、整体地去观察，把功夫下在平时，并注意其在重大关头、关键时刻的表现，既在"大事"上看人，又在"小节"上察人；既要看当下表现，又要看长期表现。"操千曲而后晓声，观千剑而后识器"，全面识人，要"听其言观其行"，既看他怎么说，更看他怎么做，最终以能干事、干成事论英雄。

用人的过程其实也是管人的过程，千年前韩愈说过"千里马常有而伯乐不常有"，放在今天仍不失为至理名言。识人是为了用人，但如何用好人，真正做到物尽其用，人尽其才，说来容易做到难。作为管理者，不仅要识人，而且还要管好人，恰当用人。纵观历史，刘邦的能力一般，但他能礼贤下士笼络人才，最后成了汉高祖；项羽能力强，但是太自负，不会识人用人，把人才不当回事，故兵败垓下；刘备武功不会谋略不精，但是他能将诸葛亮、关羽、张飞、赵云等能人的能力物尽其用，最后成为一方霸主。回到现实，蒙牛集团创始人牛根生也说过："有德有才，破格重用；有德无才，培养使用；有才无德，限制使用；无德无才，坚决不用。"这番话道明了现代企业管理中识人用人管人之道。

成在识人，败也在识人；好在用人，坏也在用人。但好坏成败就看管人者的水平，若如贾政一般识人不明、御人不严，"李十儿"们就会有机可乘，事业则必败无疑。遂作此文，引以为鉴！

男人要有责任担当和定力

薛蝌被认为是《红楼梦》中"少有的正能量男子"，他曾登上了第九十回的回目"送果品小郎惊叵测"，小郎指的就是薛蝌，到第一百回，薛蝌再次出场，俗人就借机理一理薛蝌在书中的表现。

薛蝌第一次正式出场是在第四十九回。薛蝌因当年“父亲在京时已将胞妹薛宝琴许配都中梅翰林之子为婚，正欲进京发嫁，闻得王仁进京，他也带了妹子随后赶来”，投奔亲戚薛姨妈。第八十六回中因为薛蟠又犯杀人案，薛姨妈派薛蝌用银两四处打点疏通关系，是薛姨妈“千银保儿”的重要实施者。

只见宝蟾推门进来，拿着一个盒子，笑嘻嘻放在桌上：“这是四碟果子、一小壶儿酒，大奶奶（夏金桂）叫给二爷送来的。”薛蝌陪笑道：“大奶奶费心。但是叫小丫头们送来就完了，怎么又劳动姐姐呢？”……薛蝌没法，只得留下。宝蟾方才要走，又到门口往外看看，回过头来向着薛蝌一笑，又用手指着里面说道：“他还只怕要来亲自给你道乏呢。”……见了宝蟾这种鬼鬼祟祟不尴不尬的光景，也觉了几分。（第九十回）

（金桂）因带笑说道：“你看二爷（薛蝌）到底是怎么样的个人？”宝蟾道：“倒像是个糊涂人。……他辜负奶奶的心。”……金桂也觉得脸飞红了，因说道：“你这个丫头，就不是个好货。想来你心里看上了，却拿我作筏子，是不是呢？”（第九十一回）

到第一百回“破好事香菱结深恨”，说是香菱破了夏金桂的好事。所谓的好事就是夏金桂知道薛蟠被判死罪，妄想与薛蝌成就叔嫂配。于是，青天白日勾引薛蝌，正在强拉硬拽薛蝌入房时，恰巧被香菱看到，宝蟾一声嚷，吓着了夏金桂，薛蝌乘机逃了出去。

综上所述，薛蝌作为男人似乎还有点担当和定力，还有那么一点正能量。说薛蝌有点担当，一是因为作为兄长，时刻关心着妹妹薛宝琴，因妹妹要进京发嫁，才带着她来薛姨妈家投亲，且有妹妹不嫁，自己不婚的说法。二是因为薛蟠的烂事，他东奔西跑，通关系走路子。尽管他的所为以当下的观念来判断，走的是不齿的“歪门邪道”，但是对于薛家来说，他是在为薛家承担责任。说薛蝌有点定力，就是在面对夏金桂三番五次的挑逗引诱，最终还是克制住自己的行为。矮子里边拔将军，薛蝌还算是《红楼梦》中有点担当和定力的正能量男人。

正因为薛蝌是个正能量的男人，所以善意的作者也安排了他和邢岫烟成亲，成就了《红楼梦》中唯一一桩比较令人满意的婚姻。俗人也赞成作者这样的安排，有担当和定力的男人应该有个好的结果。

男人，必须要有责任和担当。责任和担当会让男人成长、强大，找到解决问题的办法，实现自己的人生价值。做任何事情，都会遇到各种各样的困难，出现各种各样的问题，如果没有一定的责任和担当，遇到困难就逃避，遇到问题就退缩，这样是做不成任何事情的。男人只有承担起自己的责任，担当起自己的使命，才能让自己快速成长起来，强大起来，让自己的事业发展越来越好，让自己的家庭更加温馨和谐，社会环境也会变得越来越好。

男人，必须要有定力。定力，首在定心。定力就是把握自我、规范行为的笃定刚毅的意志力量，也是人生的智慧和精神品质。定力，看起来简单的两个字，做起来却很难。在这个浮躁的社会中，定力尤为重要。一个人不管碰到什么事情都要定得下来，即使有天大的事情发生，也要有定力，先稳住自己，才会生出智慧。不为诱惑所动的定力，会唤醒内在的力量，让人活出幸福快乐的自己。人要追求内心的独醒，让自己胸襟开阔，从容淡定地走过漫漫人生。面对嫉妒怨怒，心宽似海；面对是非纷争，心静如水；面对功名利禄，心明如月；面对磨难打击，心坚如刚。定力可谓是一颗定心丸，让人在喧嚣嘈杂的环境中，保留一份心灵的宁静祥和。

做一个有责任、担当和定力的男人，应该成为男人的追求。虽为之不易，却不能弃之，男人切记！

多行不义必自毙

俗人在读《红楼梦》第七十九回时，以“河东狮”为题谈论过夏金桂，与薛蟠成婚后，她成了骄横跋扈、弄得薛家鸡犬难宁的悍妇“河东狮”。而到第一百零三回“施毒计金桂自焚身”，夏金桂彻底收场了，她设计欲毒死香菱，反而把自己毒死了。

这篇就说说为何夏金桂要设计毒死香菱。其实夏金桂和香菱一直以来就有冤仇。在第八十回“美香菱屈受贪夫棒”中，夏金桂诬陷香菱用镇魇法想害死她，“呆霸王”薛蟠不分青红皂白抓起门闩就劈头盖脸地暴打香菱，薛姨妈看不过去，出来劝说，金桂当面顶嘴，气得婆婆“身战气咽”，急得薛蟠只是跺脚。金桂与香菱是薛蟠的妻和妾，这两个人是互相对立的，金桂泼辣，香菱温柔。夏金桂的到来，使香菱最终逃不出命运的摆布。从初时的改名进行试探，到利用宝蟾离间与薛蟠的关系，到最后勾引薛蝌不成，迁怒于香菱，企图下毒害死香菱，夏金桂对香菱的逼迫是一步紧似一步，也是一步比一步更毒。最后她毒死香菱的奸计没有得逞，误打误撞把自己给毒死了。这也许是天意，老天会替人鸣不平，夏金桂弄巧成拙，自己落入自己设计的阴谋中。

夏金桂的确可恨，所以作者也顺了“多行不义必自毙”和“老天自有公道”的传统逻辑，让她跌入自设的“乌龙”死了。俗人也想借着这两句老话，说说感想。

“多行不义必自毙”这句话出自《左传·隐公元年》中的名篇《郑伯克段于鄢》。其意曰：干多了不道义的事，必定会自取灭亡。然而，我们身边经常有这样的人，他们游走在人类道德底线的边缘，或者借钱不还，或者不务正业，或者口出恶言，或者偷鸡摸狗，让人气愤却又无可奈何。对于这种人，我们还是应该相信这句古话，“多行不义必自毙”。虽然现在看上去他们还是风光的，但是大多数人不愿意与他们同流合污，“惹不起，躲得起”，慢慢他们就会成为被社会所唾弃的人。道德是我们共同遵从的规范，若有人一次次挑战道德的底线，必将会受到惩罚。

俗话说“小洞不补，大洞吃苦”，日积月累的“小恶”终将会铸成大错。坏事做多了，总会有败露的时候，天下没有不漏风的墙，无论你做事情多么天衣无缝，当事情败露的一天到来的时候，你所做的坏事就会让你尴尬得无地自容，甚至会受到道德的谴责和法律的制裁，说不定也会遭遇像夏金桂那样的“乌龙”。正所谓“老天自有公道”，人在做，天在看，举头三尺有神明。每个人要端正自己的生活态度，保持优秀的个人品质，有所为而有所不为。

夏金桂的“乌龙之死”让俗人更认同“多行不义必自毙”的道理，更相信“老天自有公道”的天意，遂以“洁身自好，好自为之”为诫勉己。

敢爱会爱才会获得真爱

潘又安在《红楼梦》中是贾府小厮，也是司棋的姑舅表弟，两人自幼青梅竹马。他与司棋在大观园幽会被鸳鸯撞见，畏罪远遁，之后发财回家，意欲迎娶司棋。无奈司母不许，司棋撞墙身亡，他也殉情自尽。

潘又安在《红楼梦》中正面出场仅仅两次。第一次是在《红楼梦》第七十一回，潘又安与司棋在花光柳影、诗意绵绵的大观园中约会，不巧被鸳鸯撞见，潘又安迅速藏在树后。司棋见到鸳鸯以后，便叫潘又安出来，潘又安只得从树后爬出来，如捣蒜似的向贾母大丫头鸳鸯姐姐磕头。这就是他的出场，只有一系列动作描写，没有外貌的刻画，没有声音的流露。潘又安的逃离，让司棋病倒。但他给司棋留下了私传的表记，在《红楼梦》第七十四回抄检大观园中，凤姐在司棋的住处抄到一封令读者难忘的白话情书："上月你来家后，父母已觉察你我之意。但姑娘（指迎春）未出阁，尚不能完你我心愿。若园内可以相见，你可托张妈给一信。若得在园内一见，倒比来家好说话。千万，千万！再，所赐香袋二个，今已查收外，特寄香珠一串，略表我心。千万收好！表弟潘又安拜具。"但是因为这封情书，司棋被赶出了大观园，只得流着泪回到自己的家中。

第九十二回潘又安带着财富来到了司棋家，准备迎娶司棋，但被司棋的母亲拒之门外。司棋得知消息，向母亲表明心意，不料被母亲一顿谩骂，谁知性格倔强的司棋，撞墙自毁。潘又安抬来了两口棺材，收拾司棋之身，也不啼哭，眼错不见，把带的小刀子往自己脖子一抹，也死了。这就是潘又安，不同寻常的红楼小厮。连凤姐也感叹："哪有这样的傻丫头，偏偏的就碰见了这个傻小子。"

不少红楼专家对潘又安的评价是：性格懦弱，胆小怕事，是个不负责任的男人。俗人却不敢轻易下这样的结论。不管续作者的想法是否符合原作者的想法，单从文本来看，怎么看都觉得潘又安还是很男人的。因为他敢爱，在那样的年代敢与心爱的人幽会，并送上信物以表忠心，应该说是勇敢的。因为他会爱，他的逃避，不是一走了之，而是养精蓄锐，面对强大的贾府，他求饶不得，只能选择躲避，谋求强大后再回来娶心爱之人，这是大丈夫能屈能伸之举。因为他真爱，发了财就回来了，他要娶心爱之人，而当心爱之人为爱殉情时，他也毫不犹豫地抛却所有的财富，义无反顾地自刎陪心爱之人殉情。

试问这样的好男人，天下能有几个？特别是在物欲横流的今天，这样的好男人能有几个？恐怕这样的男人就如孔乙己的茴香豆，"多乎者不多也！"因为现在人们把自己的利益看得高于一切，夫妻只可"同甘"不可"共苦"

者有之。徐志摩留下了《再别康桥》这样“诗中有画，画中有诗”的美丽诗篇，但在生活中他却是个不折不扣的负心汉。他对待自己的妻子张幼仪可谓是冷漠到了极点。张幼仪怀上了他的孩子之后，他因爱上了年轻貌美的林徽因，居然可以把一纸离婚协议摆在大着肚子的张幼仪面前。请问这大才子的所作所为能和潘又安比吗？后来，追林徽因没得手，再去追求陆小曼，真的难说徐志摩的情有多真爱有多深。

有一句老话说的是“夫妻本是同林鸟，大难临头各自飞”。俗人以为，在大难临头时，如果条件不允许“一起飞”，可以“各自飞”，但要像潘又安那样“飞回来”，与共患难的亲人、恋人再聚首，重新开始新生活。这才是真情，这才是真爱！

教育篇

生有涯　学无涯

北静王第一次出场是在《红楼梦》第十四回的结尾部分，因他祖上与贾府交好，所以在秦可卿的葬礼中，他特设路祭，在路旁高搭彩棚，设席张筵，和音奏乐，哀悼吊唁。北静王小名为水溶，当时他还未及弱冠，因容颜秀美，为人又谦和有礼，从不以王自居，再加上他和贾宝玉年龄相仿，所以二人便成了惺惺相惜的知己。在第十五回中，他甚至还将皇上亲赐予他的鹡鸰念珠转赠与宝玉，可见北静王对贾宝玉的赞赏之情。

宝玉路谒北静王的时候，北静王对贾政说："只是一件，令郎如是资质，想老太夫人夫人辈自然钟爱极矣。但吾辈后生甚不宜钟溺，钟溺则未免荒失学业。昔小王曾蹈此辙，想令郎亦未必不如是也。若令郎在家难以用功，不妨常到寒第。小王虽不才，却多蒙海上众名士，凡至都者未有不另垂青目，是以寒第高人颇聚。令郎常去谈会谈会，则学问可以日进矣。"

北静王虽贵为王爷，且对宝玉赞赏有加，但还是用亲身经历来劝导贾政不要溺爱宝玉。在俗人看来，北静王是个平和而纯良、积极又上进的王爷，是值得吾等俗辈学习之榜样。

贵为王爷却不以此自居，这样的行为值得学习。书中这样写道："北静王轿内欠身，含笑答礼，仍以世交称呼接待，并不自大。"不以官高自居，待人处世宽容平和，这是难能可贵的品质。平和，是大化于无形的暗香，虽无色，却沁人心脾。平和虽无形，却包纳大千，它厚德载物，雅量容人；它不饰虚华，务实求真；它玉韫珠藏，内蕴丰富；它外柔内刚，自信从容；它淡泊名利，志在高远。事实上，官大不招摇，功高不自傲，高调做事，低调做人，需要有较高的修为，这是一门精深的学问，也是一门高深的艺术。真正的智者，总是在声名显赫时藏锋敛迹，持盈若亏，从而在不显山不露水中成就一番大事业。明代著名的思想家、文学家、哲学家和军事家王阳明也曾这么说过，做人要“位高不自居，功高不自傲”，平则和，和则顺，顺则兴，兴则旺，旺则成。

贵为王爷却能自省，这样的行为值得学习。“吾辈后生甚不宜钟溺，钟溺则未免荒失学业。昔小王曾蹈此辙，想令郎亦未必不如是也。”北静王把自己作为反面教材来劝导下属，这种无情剖析自己的勇气和态度，真的值得学习。当今的人们，恐怕缺的就是这种勇气，少的就是这种态度。一个善于自我反省的人，往往能够发现自己的优点和缺点，扬长避短，发挥自己的最大潜能；而一个不善于自我反省的人，则会一次又一次地犯同样的错误，不能很好地发挥自己的能力。鲁迅先生有一句名言：“我的确时时解剖别人，然而更多的是更无情面地解剖我自己。”人之所以要反省，是因为人都不是完美无缺的，总存在着个性上的缺陷、智慧的不足，而年轻人更缺乏社会阅历，常会说错话、做错事、得罪人。在现实生活中，很多人是只说好话，看到你做错事、说错话、得罪人也故意不说，因此，这就更需要你自己通过反省来了解自己的所作所为。

贵为王爷却又好学，这样的行为值得学习。北静王自己蒙海上众名士的教诲，也要宝玉去自己府上，“常去（与高人们）谈会谈会”，让宝玉的学问日渐长进。这种谦虚好学的精神，难道不值得学习吗？有人曾说“生有涯，知无涯”，而我想说“生有涯，学无涯”，人的一生就是不断学习的一生。每个人小时候在学校学习书本知识，长大后于社会学习实践知识，不管是书本知识还是实践知识，都要学习，无论是工作还是生活，都离不开学习。主动好学者，知识的积累越来越丰厚，实践的经验越来越丰富，能够接触到的新鲜事物也就越来越多，实现人生价值的机会也就越来越多。相反，如果贪图安逸，不勤学习，不思进取，那么人的一生就将变得庸庸碌碌，浑浑噩噩。贵至王爷的北静王都那么谦虚好学，我们这些凡夫俗子，哪有不学之理？

俗人可能把北静王说得过分高大了，但我想表达的真正意思是，当今的人们无论职位多高，地位多显，财富多丰，都要学会平和与自省，更要与时俱进地不断学习。

让孩子感受到父爱

俗人所读版本的《红楼梦》第十七回回目虽然是“大观园试才题对额荣国府归省庆元宵”，实则除了第一段写了宝玉痛悼秦钟外，基本上都在写贾政在大观园探试宝玉之才，好像没有读到“归省”的情节。

话说大观园造成，因闻塾师赞宝玉对对联有“歪才情”，贾政带门下清客参观大观园时，正巧遇上在游园玩耍的宝玉，便带上宝玉，命他为大观园各处景观拟匾额和对联。因众人知道贾政有意要借此机会试宝玉，便故意用一些俗套来敷衍。在这次的游园中，贾政对宝玉题的匾额和对联虽加指责，但心中还是比较满意的。

由此，俗人想说说父爱。父爱同母爱一样伟大，父亲能从男人的角度，给予孩子坚强、自立、自强、自信，使孩子感觉到与母爱不同的爱。

然而，很多父亲表达父爱的方式，往往让孩子接受不了。贾政对宝玉的父爱，宝玉就受不了。在本回书中有这样一个情节：“宝玉在游园玩耍时，忽见贾珍走来，向他笑道：‘你还不出去，老爷就来了。’宝玉听了，带着奶娘小厮们，一溜烟就出园来，方转过弯，顶头贾政引众客来了，躲之不及，只得一边站了。”这情节说明宝玉害怕父亲贾政，因为贾政对宝玉一向严厉有加，经常怒骂责备，甚至动手责打。就像这次测试宝玉的才情，贾政尽管对宝玉的表现还是比较满意的，但说出来的话听起来仍然是那么的刺耳，让人难以接受，不妨一起来看看：

宝玉题完“曲径通幽处”，贾政笑道：“不可谬奖，他年小，不过以一知充十用，取笑罢了，再俟选拟。”贾政还批评宝玉说：“他（宝玉）未曾作，先要议论人家的好歹，可见就是个轻薄人。”宝玉题了“有凤来仪”，贾政点头道：“畜生，畜生，可谓‘管窥蠡测’矣。”因命：“再题一联来。”宝玉便念道：“宝鼎茶闲烟尚绿，幽窗棋罢指犹凉。”贾政摇头说道：“也未见长。”而当宝玉题“稻香村”时，贾政一声断喝：“无知的业障，你能知道几个古人，能记得几首熟诗，也敢在老先生前卖弄！你方才那些胡说的，不过是试你的清浊，取笑而已，你就认真了！”宝玉不听人言，应声道：“不及‘有凤来仪’多矣。”贾政听了道：“无知的蠢物！你只知朱楼画栋！恶赖富丽为佳，那里知道这清幽气象，终是不读书之过！”宝玉正在解释之时，未及说完，贾政气得喝命：“叉出去。”刚出去，又喝命：“回来！”命再题一联：“若不通，一并打嘴！”之后宝玉题了“蓼汀花溆”四字，贾政听了，更批胡说。

贾政对宝玉说的话听起来几乎没有一句顺耳的，这就是他父爱的表现。即使满心喜欢，也总要表达得那么深沉，对孩子的夸奖总是那么吝啬，而总是用责备的口吻去鞭策激励孩子。

俗人也回想起小时候，父亲也是那么的严厉而不讲理，让人感到害怕和痛苦。但当我成人之后，回望从童年到少年，从少年到青年，最后成家立业，一路走来似乎总是有一股力量在支撑着我，那就是“严厉而不讲理”的父爱。他默默无语，但他时刻关注着你的每个脚印；他呵斥责骂，因为他想炼铁成钢；他甚至举手打你，而最痛的是在他的心里。父爱，并不如母爱般温柔。如果说，母爱是那一泓清澈的泉水，而父爱，则深沉如磐石，于无言中坚定，执着地守望着我，给予我前行的力量。父亲的爱同样伟大，只是他的爱是深沉的，需要用心去体会，即使在生活中点点滴滴的小事里，也可以感受到父爱的深度。

不过，已是爷爷辈的俗人真想对父亲们说一句：爱要深沉，但爱更需要让孩子们感受到，如果爱过于深沉以至难以被人感受，很有可能会变成“恨”的开始。也想对孩子们说一句：父爱是深沉的，即使父亲对你有些“不公平”，使你感到委屈，你也要理解，随着你慢慢长大，你就能感受到父爱的真味，那是坚强，那是责任！

要用积极的话语鼓励孩子

俗人在读《红楼梦》第二十二回时与陌生词“谶语”相遇，因不知“谶”之读音，想用拼音查找又无法着手，只得改用笔画依样画葫芦般描下这个“谶”字，原来它读“chèn”。所谓“谶语”，即迷信称将来会应验的话，说白了就是“预言”“征兆”。

但是，在《红楼梦》中，“谶语”可就不再是“迷信”了，它委实已成为对吾等俗人的一种暗示！用谶语暗示未来，这似乎是曹雪芹的一贯表现手法。第五回是作者大量运用谶语的一回，他让宝玉梦中游历太虚幻境，并以判词及歌词的形式将书中主要人物的命运一一作了交代。而第二十二回“制灯谜贾政悲谶语”，作者就更明确地点出了各人做的这些灯谜实际上就是各人以后的命运。

曹雪芹是《红楼梦》的创作者，自然知道书中人物的命运和结局，因而书中那些透露人物最后结局的判词、诗歌、谜语等，我们就可以称为谶语了。这些谶语是作者有意安排的并且是在后文必然要实现的，自然就显得十分灵验了。

那么现实中的“谶语”究竟灵验不灵验呢？古代一直有不少谶语，且大部分以童谣为形式，其准确度简直令人诧异。周宣王在位时，街上就有童谣曰：“月将升，日将没，檿弧箕服，几亡周国。”这句话的大致意思就是周将亡于女人。等到周幽王即位后，宠爱褒姒，而引出烽火戏诸侯的故事，导致周朝灭亡，再一次验证了谶语的魔力。秦始皇时，曾有童谣流传说：“亡秦者胡也。”秦始皇还以为“胡”是指匈奴，就下令大举征讨匈奴。却没想到，这个“胡”是指他的儿子胡亥。结果，胡亥继位后，横征暴敛，激起民愤，真的亡国了。汉献帝时期，有童谣唱道：“千里草，何青青？十日卜，犹不生。”“千里草”和“十日卜”，组合起来就是董卓二字，“犹不生”便是“死”。果然，董卓最后被吕布等人引入圈套诛杀，正应谶语。

童谣谶语真的有那么灵验吗？俗人认为非也。如果在事发之前，就流行上述提到的那几首童谣的，那说明童谣确实奇准无比。但俗人不信只有那几首童谣，可能是“占卜者”在几十首、几百首，甚至上千首童谣中找到了这么几首与事件相“匹配”的童谣作为谶语，因此显得十分“灵验”，也就不足为奇啦。

在心理学和教育学中都会提到的“皮格马利翁效应”，倒真的是具有科学性的“谶语”。皮格马利翁效应就是指期望效应，说得通俗一点，就是“说你行，你就行；说你不行，你就不行”。要想使一个人发展更好，就应该给他传递积极的期望，给予他积极的“谶语”。期望对于人有巨大的影响，就如同一把双刃剑，积极的期望促使人们向好的方向发展，消极的期望则使人向坏的方向发展。只有当人们正确地确立积极的目标，才能有积极的效应。美国哈佛大学的著名心理学家罗森塔尔曾经做过一个实验，他把一个班级的学生随意分成AB两组，而告诉老师A组是未来发展更“优秀”的学生。其实，罗森塔尔就是用期望（谶语）来暗示老师，而老师又用积极的期望暗示着那些“优秀”的学生，一段时间后，果然A组学生比B组学生优秀，他的“谶语”得到了验证。

所以俗人提倡大家，给孩子以积极的“谶语”，引导孩子拥有一个积极的未来。

引导孩子读好书

俗人喜欢听越剧，越剧红楼梦中“宝玉哭灵”是一段经典的唱段，其中“到后来我和妹妹都长大，共读西厢在花前，宝玉是剖腹掏心真情待，妹妹你心里早有口不言，到如今无人共把西厢读……”的唱词早已熟烂于心，宝黛共读西厢之事也深深地印刻在脑子里。当读到《红楼梦》第二十三回“西厢记妙词通戏语　牡丹亭艳曲警芳心”时，因为对“宝玉哭灵”的深刻印象，更因为红学专家说宝黛读西厢是《红楼梦》的一个重要情节，所以想看看原著究竟是如何描写宝黛共读西厢的。

话说元妃回宫以后，把那天省亲时的题咏编录成册，命贾政等在园中磨石镌刻。贾妃因怕大观园寥落，命宝玉与诸姐妹搬进去居住。宝玉从此每天与姐妹们一起读书写字、下棋吟诗，心满而意足。三月桃花开时，宝玉在大观园里偷偷阅读《西厢记》，黛玉来后发现宝玉读的是《西厢记》，于是也认真阅读记诵起来。两人“从头看去，越看越爱，不到一顿饭工夫，将十六出俱已看完，但觉词句警人，余香满口”。事后二人还各借《西厢记》词句表白、打趣。宝玉自比张生（我就是个“多愁多病的身”），比黛玉为莺莺（你就是那“倾国倾城的貌”），黛玉含羞嗔怒之极，说宝玉是“银样蜡枪头”。

《西厢记》在《红楼梦》所处封建礼教十分浓重的年代里被列为“禁书”，因此宝玉只能偷偷读。黛玉发现宝玉在读西厢，也要求拿来看看，竟然一口气读完，还觉得“词句警人，余香满口”。看来此书魅力十足，深深吸引着宝黛。宝玉和黛玉冒着“被发现而受责罚”的风险在读，这说明禁读是没用的。

俗人认为导读才是上策，而不是禁读！对孩子的教育应是导，而不是简单的禁和堵。像宝黛那样正处于萌动的青春期，对《西厢记》描写的情爱自然没有任何的抗拒力。所以，如何引导青少年读好书是十分必要的。在由少年到青年的成长时期，他们的心智、世界观尚处于形成阶段，对任何事情都有好奇心。反映到读书倾向上，有时青少年会对文化糟粕与文化精品良莠不分，全盘接受。一本好书可以使人发奋，一本坏书却可以使人陷入泥潭。因此，我们要通过导读的方式，引导他们在阅读过程中去粗求精、去伪存真，真正从书中求得知识，汲取提升素质的养分。

此乃俗人读“读西厢”的一点感悟。

养不教　父之过

宝玉受笞是《红楼梦》第三十三回的核心情节，也是整部《红楼梦》的重要情节之一。此回说的是贾环在贾政面前诬告宝玉“强奸（母婢）未遂，（金钏）赌气投井”。贾政闻而暴怒，回书房关门将宝玉一顿毒打，总共打了大约五十板子。贾母赶来时已迟，严斥贾政后，命人将奄奄一息的宝玉从书房带回自己屋里。贾政三番落泪，事后也颇悔下手太重，后脚跟进贾母屋里欲看宝玉，又被贾母斥出。

宝玉受笞既是《红楼梦》的重要情节之一，自然前辈们、红学专家们早就对此研究得炉火纯青了。有人是这样评说宝玉受笞的：贾宝玉在贾政的淫威如此紧逼之下，始终没有求饶，也没有“悔改”的表示，这表现出他不屈服于封建势力。但是，他也没有作出正面的反抗，在贾政的喝禁之下，既不敢轻动一步，连趁隙溜到后面去利用贾母来作抵抗也不敢。这种软弱的表现，在贾宝玉初期反抗封建势力的斗争中尤其明显。

这样的评说已经上升到社会背景之中了，贾政是封建势力的形象代表，而贾宝玉是反抗封建势力的形象代表，他们父子的行为映射出封建与反封建的社会现实。但俗人在此只想在家庭层面问一个问题，如果宝玉是你的儿子，你将如何对待他的所作所为？

先来看看宝玉的所作所为，宝玉为何与琪官换汗巾？第二十八回的回目就回答这个问题“蒋玉菡情赠茜香罗”，是因情而赠茜香罗，那么宝玉和琪官究竟有什么情？读过红楼梦的人都知道那是“说不清道不明”的男男之情，即使在今天，恐怕能接受的父母也寥寥无几，更何况在《红楼梦》那个年代。

而宝玉可谓是个“滥情”的纨绔子弟，男女通吃的“情种”，他拥有或者曾经拥有过秦钟、琪官等男友，还有袭人、晴雯、林黛玉等众女友，即使那时允许三房四妾，但是也得明媒正娶啊，岂可如此乱情，你说这样的儿子不该教训一下吗？

再来说说宝玉受询琪官下落时的表现。明明知道琪官的下落，却说不知道。当忠顺王府长官说出换汗巾之事实，宝玉无可抵赖，才不得不承认知道琪官的下落，坦白事实。这样的尴尬不要说“正人君子”贾政受不了，即使是你我等俗人也接受不了啊！

最后说金钏儿投井自尽的事，尽管是贾环在父亲面前嘀咕“告密”的，说是因为宝玉“强奸”金钏儿，其实是宝玉与金钏儿互相调戏，被王夫人发现。金钏被王夫人责骂而打发出门，金钏儿不忍重辱投井自尽。不管贾环的动机如何，虽然他说的是过了些，但金钏儿确实是因与宝玉那点“私情”遭王夫人辱骂而自杀的。任何一个父亲听到这样的情况，都会生气，甚至发怒，总得要对儿子教训一番的。如果不是那样做，就是“养不教，父之过”了！

到此，俗人要问，如果你是宝玉的父亲，面对宝玉这样的所作所为，管还是不管？俗人觉得宝玉以上这些行为跟什么社会体制没关系，在任何社会都应该受到鞭笞。在后面的三十四回中，连袭人都跟宝玉的母亲王夫人这样说了：“论理，我们二爷也须得老爷教训两顿；若老爷再不管，将来不知做出什么事来呢。”所以，俗人还是要借圣人的话告诫所有的为父之人，千万要牢记：养不教，父之过！

“好孩子”是夸出来的

薛蟠被认为是个“坏孩子”，有时说话粗俗不堪，办事颠三倒四，连贾琏都说他是个大傻子。但是他也有真性情的时候，对妹妹薛宝钗始终是情真意切，不仅给配了冷香丸，而且还在说话办事时，千方百计地讨好她。可是薛宝钗对他却并不怎么关心，贾宝玉挨打，袭人风言风语说了几句话后，她就怀疑埋怨薛蟠。《红楼梦》第三十四回回目后半部分“错里错以错劝哥哥”说的就是宝钗错劝薛蟠这件事。

宝钗错劝哥哥是有她自己的目的的，不少红学研究者认为她其实是借个由头教育哥哥薛蟠一番。俗人不想细究宝钗为何要错劝哥哥，倒想说句心里话，在现实生活中，对于薛蟠这样的“坏孩子”，被误解、被错怪、被冤枉的“机会”很多。因为在大家的心目中薛蟠就是个吃喝玩乐、横行霸道的纨绔子弟，所以一旦发生什么不好的事情，只要和薛蟠沾一点边，就可以说是由他引起的。这回书中，宝钗可能是借机行事，但是其他人，包括茗烟、袭人，甚至薛姨妈等，恐怕是真的认为宝玉受笞是薛蟠的不当行为所致。看看薛姨妈是怎么说的就知道了：薛蟠一回家就问宝玉的事情，他还是很关心的。宝钗没说话，薛姨妈先张嘴了：“不知好歹的东西，都是你闹的，你还有脸来问！”薛蟠见说，便怔了，忙问道：“我何尝闹什么？”薛姨妈道：“你还装憨呢！人人都知道是你说的，还赖呢。”

薛姨妈就是这样一口咬定薛蟠有错，这样的例子在现实生活中，真的不少见啊！顽皮或者经常会犯点小错误的孩子的家长，只要遇到有人告状，往往会像薛姨妈一样不分青红皂白地批评孩子；一帮孩子出去玩耍闯了祸，如果其中有平时表现比较差的孩子，人们往往会把“祸首”冠其头上；邻居孩子曾经偷摸过别人的东西，以后只要发现家里少了什么，总是要怀疑又是这孩子干的，甚至有时直截了当断定是这孩子干的；只要“好孩子”和“坏孩子”发生矛盾、争吵，受批评的往往是“坏孩子”……这就是人们的思维定式造成了对“坏孩子”的误判，进而乱批，以致这些孩子被冤枉，有口难辩，为了发泄心中怨气，只得像薛蟠那样要拿起门闩去报复。

“好孩子”是被夸出来的，“坏孩子”不少时候真的是被“逼”出来的。大部分的家长觉得“优点不说少不了，缺点不说可不得了”，一个个都练就了火眼金睛，整天盯着孩子的缺点、短处、不足，唠唠叨叨，小题大做，上纲上线，把自己的孩子搞得精神崩溃。父母整天去挑孩子的毛病，从此孩子只能生活在失望中，久而久之失望就变成绝望，没有一个“坏孩子”不是在绝望中被逼上梁山的！

心理学中有个暗示理论，暗示分为积极的暗示和消极的暗示两类，不同的暗示会给孩子带来截然不同的教育效果。父母表扬、老师称赞、客人夸奖，对孩子全方位的积极暗示无形中会激发孩子的求知欲、上进心，增强孩子战胜一切困难的勇气和力量。相反，一个人如果长期遭受消极和不良的心理暗示，会对周围的一切产生厌恶。而且这些给孩子施加不良心理暗示的人往往是他们最信任和最依赖的人，如父母或老师。长此以往，不仅会给孩子成长造成巨大的心理障碍，更有甚者会葬送孩子一生的幸福。

可能扯远了，俗人如此读《红楼梦》，只是想提醒家长们如何正确对待和教育薛蟠这样的“坏孩子”们！

乐学、善学、苦学

在《红楼梦》中，香菱（甄英莲）是第一个出场的女子。她原籍姑苏，出身乡宦家庭，三岁被拐，长大后被“呆霸王”薛蟠买去做妾，后随薛家进京，一直住在荣府的梨香院。平日她要伺候薛蟠，难得有空。到第四十八回，因薛蟠被打，外出经商躲羞，宝钗便把她带进了大观园给自己做伴。

香菱到大观园，顺便学习写诗。教授者为黛玉。黛玉先略说律诗的章法、对仗和平仄，并强调“有了奇句，连平仄虚实不对都使得的”，使香菱深受启发。循此继进，黛玉又指出“立意”是诗的头等大事，“若意趣真了，连词句不用修饰，自是好的”，同时告诫香菱切不可爱那些浅近的诗，并给她开了一个书目，让她先看熟王维、杜甫、李白等人的诗。香菱借了王维的书，在蘅芜苑中读了起来，次日又换书，并有了心得。黛玉让她作一首有关月亮的诗，香菱的诗一共写了三稿。第一稿是在“茶饭无心，坐卧不定”的情况下经过苦思写成的。宝钗先看，说“这个不好，不是这个作法”；黛玉则认为“意思却有，只是措词不雅”，指示她“丢开”这首，“放开胆子”另作一首。香菱得了这个指示，“连房也不入，只在池边树下，或坐在山石上出神，或蹲在地下抠土”，“皱一回眉”，又“含笑一回”，简直到了如痴如醉的地步。可这样写出来的第二稿依旧不行，黛玉说“过于穿凿，还得另作”，宝钗则认为它离了题，不是写“月”，而是写“月色”了。尽管又一次失败，香菱毫不气馁，独自走到阶前竹下去构思她的第三稿。她“挖心搜胆”，心无旁骛，以至将探春说的“你闲闲罢”听成“十五删的‘闲’字”，反过来说探春“错了韵了”。这一天，香菱满心想的都是诗，到晚间还是对灯出神，三更上床，到五更才朦胧睡去。最后，她居然在梦中把这首诗作成了，而且笑道：“可是有了，难道这一首还不好？”待到宝钗将她唤醒，她立即将诗抄写下来，这就是她的第三稿。这一稿后来博得了众姐妹的一致称赞："不但好，而且新巧有意趣。"

从香菱悬想到苦索到顿悟的学诗过程中，俗人不仅仅看到她的聪敏和悟性，更看到了她的刻苦与勤奋。第三次的诗作看似梦中偶得，实是多次锤炼的结晶。曹雪芹为我们提供的不仅仅是学诗的借鉴，也是所有艺术创造的借鉴，这也正是典型性人物形象价值之所在。香菱乐学、善学、苦学的学诗经历，直到今天都值得文学爱好者学习借鉴。

乐学是基础。乐学就是凭着自己的兴趣爱好开开心心地学习。有学者说：知识不只是安身立命的谋生手段，也不只是探究规律的职业行为，而是精神旅行的自由方式。人生追求主要有三个层次：功利、求道、审美，其中审美最高。功利是学有所用，求道乃学有所悟，审美则为学有所乐。王安石说："贫者因书而富，富者因书而贵。"这个"贵"，是指气质的高贵，人品的高贵。香菱学诗既不为谋生，也不为求职，为的是追求有审美情趣的、有品位的高贵生活。她"乐在其中"地学习作诗，非常投入地学习，如痴如醉，甚至梦中也在作诗，这是"乐之者"的最高境界了。正是因为香菱乐学，才能创作出众口褒赞的好诗！

善学是方法。善学就是善于学习，学会学习。《礼记·学记》说："善学者师逸而功倍，又从而庸之；不善学者师勤而功半，又从而怨之。"意为对擅长学习的人来说，即使老师轻松教学也能事半功倍，并且还把功劳归在老师身上；对不擅长学习的人来说，即使老师勤勉教学也会事倍功半，并且还抱怨老师。由此可见，善学对学习来说十分重要。善学的过程是"活到老学到老"，学习应该是一个不断进取、孜孜不倦的过程。只有善于学习、勤于思考，才能更快地获得更多有益的知识。善学的方法是实践，学而思之，学而知之，学而用之。香菱就是通过作诗的实践学习作诗，一首诗不过关，再来第二首，第二首还不满意，再来第三首，通过如此反复的实践，逐渐掌握诗的章法、对仗和平仄，最后创作出了"新巧有意趣"的佳作。

苦学是精神。苦学就是刻苦学习，克服一切困难坚持学习，直至成功。巴金在《沉落》一文中写道："苦学能够战胜一切，学问的宫殿不分贫富都可以进去。"学习是一项艰苦而复杂的脑力劳动。古训云："书山有路勤为径，学海无涯苦作舟。"无论你是天才还是普通人，要想获得成功，都离不开长期的勤奋学习和刻苦努力。学习并不是一件舒服的事情，"头悬梁，锥刺股"为苦学之极致，一般读书人也不必仿而效之。但是，学习总要经历冬寒暑热，耗精费神，一分耕耘才会有一分收获，只有付出辛勤的汗水，才能浇灌出成功之花。再看香菱，“苦志学诗，精血诚聚”，一稿不过，“连房也不入”，二稿不行，毫不气馁，阶前竹下，“挖心搜胆”，日间作不出，忽于梦中得了八句，成就了这首众口褒赞的“新巧有意趣”的咏月诗：

精华欲掩料应难，影自娟娟魄自寒。
一片砧敲千里白，半轮鸡唱五更残。
绿蓑江上秋闻笛，红袖楼头夜倚栏。
博得嫦娥应借问，缘何不使永团圆。

读万卷书　行万里路

在《红楼梦》第五十回的制谜猜谜中，刚来大观园不久的薛宝钗堂妹薛宝琴的才华初露锋芒，在结尾处，李纨道：“昨儿姨妈说，琴妹见的世面多，走的道路也多，你正该编谜儿，正用着了。你的诗又好，何不编几个我们猜一猜?”宝琴听了，点头含笑，自去寻思。……宝琴走过来笑道：“我从小儿所走的地方古迹不少，我如今拣了十个地方的古迹，作了十首怀古的诗。诗虽粗鄙，却怀往事，又暗隐俗物十件。姐姐们请猜一猜。”众人听了，都说：“这倒巧。何不写出来大家一看。”到此转入第五十一回，开头这样写道：“众人闻得宝琴将素昔所经过各省内的古迹为题，作了十首怀古绝句，内隐十物，皆说这自然新巧，都争着看。”这十首怀古绝句分别为赤壁怀古、交趾怀古、钟山怀古、淮阴怀古、广陵怀古、桃叶渡怀古、青冢怀古、马嵬怀古、蒲东寺怀古、梅花观怀古，这里涉及十个景点，其中前面八个应该是宝琴足迹所至，后面两个分别出自《西厢记》和《牡丹亭》。看过这十首怀古绝句，众口“称奇道妙”。

这十首怀古绝句就不摘录于此了，因为俗人不是要研究这十首绝句的内容，而是想说，宝琴之所以能够在较短的时间内吟就十首奇妙绝句，是因为她除了天资聪颖、才思敏捷之外，还游历四方、见多识广。这正应了“读万卷书，行万里路”那句话。

“读万卷书，行万里路”是国人求学的优良传统。读万卷书所获得的知识，是要通过行万里路的亲身实践来加以检验和应用的；而行万里路的实践和体验，则是要在读万卷书的知识指导下进行的。由此，俗人联想到自己正在从事的，也是国家正在倡导和推行的“研学旅行”工作，借机说说“读书”与“行路”。

行万里路跟读万卷书是互补的，读书是静态的，行路是动态的，书中知识有限，只有行路眼观耳识才能补其不足。

古人有云：“书中自有黄金屋，书中自有颜如玉。”这句话说得有理，但我认为这只是指“认识”，除此之外，我们仍需实践，把所学的知识融会贯通、学以致用，不然终究只是纸上谈兵。楚人赵括就是一个典型的例子，他熟读各类兵书典籍，在兵事上可谓“夸夸其谈”，可当他第一次主持作战，却以大败告终，为楚国灭亡埋下祸根。而《孙子兵法》的作者孙武则把读书与行路贯穿一起，他在写《孙子兵法》时，四处游历，博览群书，了解山川地貌，积累军事知识和经验，所以《孙子兵法》能成为古代兵法的标竿之作。《孙子兵法》本身也十分重视实战训练，在实战时要求军纪严明，操练时有条不紊，当他用兵法把后宫的宫女操练成纪律严明的军队时，实践的成功使他得到了别人的信服。时至今日《孙子兵法》的战术理念不论在军事上还是在商战上都有很好的应用。

由此可见，读万卷书固然重要，但行万里路也一样重要啊！唯有通过实践才能把知识融会贯通，化为己用！学和行要结合在一起才能发挥巨大的作用。我们读书不是死读书，要学会灵活应用，从书本中来，到实践中去，再回到书本中，周而复始。书带给我们的是心灵之旅，而行路则能带给我们人生的教益。只读书不行路是迂腐，只行路不读书是盲目。只有将这两者结合，才能拥有一个丰富多彩的人生。带上你的书，准备好你的行囊，一边行路，一边阅读，让阅读丰富你的思想，让行路打开你的眼界。

读书不止，行路不停，若你要问，路在何方？答曰：路在你我脚下。

用心做学问

《红楼梦》第五十六回“敏探春兴利除宿弊　识宝钗小惠全大体”，有一段探春与宝钗“对讲学问”的故事。探春道：“谁知（赖家）那么个园子，除他们戴的花儿，吃的笋菜鱼虾之外，一年还有人包了去，年终足有二百两银子剩。从那日我才知道，一个破荷叶，一根枯草根子都是值钱的。”宝钗笑道：“真真膏粱纨绔之谈。虽是千金小姐，原不知这事，但你们都念过书识字的，竟没看见朱夫子有一篇《不自弃文》不成?”探春笑道：“虽也看过，不过是勉人自励。虚比浮词，那里都真有的?”宝钗道：“朱子都有虚比浮词?那句句都是有的。你才办了两天的事，就利欲熏心，把朱子都看虚浮了。你再出去见了那些利弊大事，越发把孔子也看虚了!”探春笑道：“你这样一个通人，竟没看见子书。当日《姬子》有云：‘登利禄之场，处运筹之界者，窃尧舜之词，背孔孟之道。’”宝钗笑道：“底下一句呢?”探春笑道：“如今只断章取义；念出底下一句，我自己骂我自己不成!”宝钗道：“天下没有不可用的东西，既可用，便值钱。难为你是个聪敏人，这些正事大节目事竟没经历，也可惜迟了。”李纨笑道：“叫了人家来，不说正事，你们且对讲学问。”宝钗道：“学问中便是正事。此刻于小事上用学问一提，那小事越发作高一层了。不拿学问提着，便都流入市俗去了。”

俗人读着这一段对讲学问，感受到其中有个深刻道理：不论做什么事情，都需要学问的支持，也就是都要有正确的思想和理论作指导。只有这样，事情才能够“作高一层”，否则就会“流入市俗”。宝钗对学问的认识是到位的，并且能够将学问应用到贾府管理实践的“正事”上，真正体现了理论联系实际的基本原则和工作作风。正是在宝钗和探春对讲学问的指导下，李纨才说得出“使之以权，动之以利，再无不尽职的了”管理想法。一句话，做任何事情都需要学问。

何为学问？学，是指掌握已知的；问，是指探索未知的。这句话的意思是，做学问，就是既要掌握已知的知识，又要探索未知的。

学问是非常重要的，它是一种无价之宝。当今时代是知识爆炸的时代，科技日新月异。学习知识，做一个有学问的人是成就事业、成就人生的头等大事。没有学问，在社会上是寸步难行，很难立足于这个社会，更不要说服务于社会，对社会有所作为了。学问学问，就是又学又问。学与问是相辅相成的，只有在学中问，在问中学，才能求得真知。我们要养成勤学好问的习惯，处处留心，时时留意，做到多思考，多总结悟道，要善学、善问、善思考，这样才能增长自己的知识和学问。

总之，若要事业“作高一层”，就要用学问武装自己，用学问指导实践，用学问习得更多学问。是为俗人“对讲学问”的所悟所记。

教育孩子要讲究方法

“柳叶渚边嗔莺咤燕”的故事发生在《红楼梦》第五十九回。那一日，湘云两腮作痒，向宝钗要蔷薇硝擦，宝钗手头没有，遂命莺儿去找黛玉要一些。蕊官因想去瞧藕官，就同莺儿一同出了蘅芜苑。两人走到柳叶渚柳堤上时，莺儿折了些嫩柳枝编了一个花篮，又采了些鲜花送给了黛玉。黛玉很是喜欢，说：“却也别致。”因黛玉要到宝钗处一同吃饭，紫鹃让藕官拿上吃早餐的匙箸先过去。因此，藕官、蕊官跟着莺儿走了，到柳叶渚时，莺儿让她俩先回一趟蘅芜苑，自己又编起了花篮子。这时，春燕来了，蕊官、藕官也回来了。春燕谈起藕官烧纸，同她姨妈吵架，又说起芳官因洗头同他妈妈吵架，说：“只我们一家子吵，什么意思呢？”紧接着，春燕姨妈夏婆子恰好走来，“柳叶渚”正是她承包着，见折了那些柳条，气不打一处来，因听莺儿说是春燕折的，拿起柱杖向春燕身上击了几下，骂道：“小蹄子，你妈恨得你牙根痒，要撕你的肉吃呢。”春燕哭道：“我妈为什么恨我，我又没烧糊了洗脸水，有什么不是？”正闹得不可开交，春燕的母亲恰好赶到，这婆子把春燕告了一状。她娘上来就打了春燕一个耳刮子，骂道：“小娼妇，你能上去了几年？……怎么就管不得你了？你是我屄里掉出来的，难道也不敢管你不成！既是你们蹄子们到的去的地方我到不去，你就该死在那里侍候，又跑出来浪汉。”又抓起柳条子，直送到她脸上，问道：“这叫做什么？这编的是你娘的屄！”后来，春燕逃到宝玉那里求助，宝玉吓住了春燕娘。后麝月又“召将飞符”，平儿传话要责打春燕娘四十大板并将她撵出去，这时，春燕娘才善罢甘休，下跪求饶。

这就是“嗔莺咤燕”的主要故事情节。夏婆子和春燕娘对春燕又是追打又是骂，而且骂得如此恶毒，骂得如此粗俗不堪，连俗人都看不下去，如此教育女儿的方法真的值得批判和反思！

错怪孩子是十分糟糕的一件事情。家长不问青红皂白，胡批乱骂，甚至像春燕娘那样动粗，对孩子来说伤害十分巨大。现在生活节奏不断加快，因为焦虑和烦躁，我们是否也曾一次又一次地错怪孩子？我们自以为作为母亲，忍受住了十月怀胎的艰辛，忍受住了哺乳期的种种不易，忍受住了带娃的种种牺牲，我们就是最爱孩子的。看看春燕娘就是这样的教育逻辑，你是我生养的，我就得管你，不管怎么样管教，你必须得服从。的确管教子女是父母的责任，也是天经地义的事情。但是，当你要批评或者责怪孩子时，一定要搞清楚事情的原委和来龙去脉，千万别让孩子受冤枉。折柳编花篮是莺儿所为，春燕却遭到姨妈和母亲的责骂追打，心里有多大的委屈啊！被冤枉的孩子起先只是感到委屈，当这委屈积累到一定程度的时候，就会忍无可忍地埋怨父母，认为父母不爱自己，甚至怀疑自己是不是父母亲生的，接着就采取软报复，疏远父母，导致亲子关系恶化。长此以往，孩子很有可能出现自暴自弃的情况，走极端，会按照父母所责怪的“错误路线”走，最后，真的变成“坏孩子”。错怪的成本和代价是极其高昂的，像春燕娘经常责怪孩子危害是巨大的，如果一味地数落孩子，责怪孩子这也不是那也不对，只会让孩子产生自卑心理和逆反心理。最直接就是精神上的刺激，孩子性格会变得阴沉、暴躁、孤僻、抑郁等，所以教育孩子时，一定要搞清楚青红皂白，千万不要用父母的权威错怪孩子！

此为俗人对春燕娘嗔莺咤燕的反思。对孩子的教育，“嗔咤”是没用的，需要讲究方法，要晓之以理，动之以情，导之以行。未知可否为人父母者戒？

爱要有度不溺宠

《红楼梦》第六十一回为“投鼠忌器宝玉瞒赃　判冤决狱平儿行权”。说到“投鼠忌器宝玉瞒赃”，书中是这样写的，王夫人的大丫头彩云，禁不住赵姨娘的再三央求，从王夫人柜子里偷了玫瑰露给贾环，被玉钏儿发觉。赵姨娘是探春的生母，为了不使探春难堪，宝玉应下拿东西的名儿。赵姨娘经常生事，不招人待见，但她亲生的女儿探春却是才貌双全，识大体，懂规矩。众人都为她是庶出且生母如此“倒三不着两”而可惜，所以赵姨娘做了什么错事，大家都看探春的面子不计较甚至帮她遮掩。如果偷用玫瑰露这事闹了出来，要是如实发落，“难免倒腾出赵姨奶奶”，探春必会生气，伤了体面，所以宝玉说是他拿的，把这事遮掩过去，就是所谓的“投鼠忌器”。“鼠”指赵姨娘，“器”指探春，即平儿说的“不肯为打老鼠伤了玉屏”。

俗人在想，为什么要让宝玉瞒赃？宝玉为什么瞒得了赃？细细读来，这两个问题倒是不难回答。因为宝玉是贾府的“心肝宝玉”，是贾府的“命根子”，他拥有别人所没有的特权，只要他承应下来的事情，就不会再有人追究，所以他敢瞒赃。可赞的是宝玉是为下人瞒赃，是个有担当的男子汉。但是，从贾府的角度来说，这是一个很大的管理纰漏，对贾宝玉的过于宠爱，甚至到了放纵的程度。这样的宠爱和放纵，终究会将家族带向毁灭，这恐怕也是贾府最终衰败的原因之一。

说到底，宝玉瞒赃在贾府内部来说，是家里的事，如果放至社会，那就是犯罪啊！明代陈继儒的《读书镜》中有一段故事：宣和年间，芒山有一个小偷要行刑，母亲和他永别。小偷对他的母亲说：“我希望像儿时一样再次吸吮母亲的乳汁，死了也没有遗憾了。”母亲答应了，小偷却咬断了母亲的乳头，血流了满地，母亲死了。众人不解，于是小偷说：“我小时候，偷来一棵菜一根柴，我的母亲看见了，却很喜欢我的这种不良行为，导致后来不能约束自己，才有今天的下场。因为怀恨，所以我杀了她。”大家都说什么事都要从娃娃抓起，教育孩子更要从娃娃抓起啊！

这血的教训告诉我们：毫无原则的过度宠溺，对孩子有百害无一利。被过度宠溺的孩子性格会变得骄横乖张。由于父母一味让步，满足其一切要求，其骨子里就养成他是老大的思想，不懂得让步，不懂得宽容，更受不了委屈，性格骄横，行为乖张。被过度宠溺的孩子不懂礼节，目无长辈。父母由于过度宠溺，对于孩子的一些不良行为和不礼貌行为也不加阻止，孩子根本不知道什么是礼貌，口无遮拦，更没有基本的做人礼节。被过度宠溺的孩子懦弱不能经受困难。长期生活在父母的呵护宠溺下，这些孩子从小不知道什么是困难，因为一切有父母代为解决，一旦遇到困难就会手足无措，性格变得懦弱，根本无法成就大事业。被过度宠溺的孩子人际关系会产生障碍。由于自私自利，一切以自我为中心，不肯委屈自己，不肯为人着想，行事专横无纪律，自然无法与人和谐相处，其人际关系必然一塌糊涂，最终成为孤家寡人。

作为父母，理应对孩子给予特别的爱护、关心。但是，爱子要有度，如果将孩子“捧在手上怕掉下，含在嘴里怕融化”，娇生惯养，一味迁就，过度宠爱，看似爱子，实为害子。望子成龙，望女成凤是天下父母的心愿！只有适度而正确的关爱，才能换来孩子的美好一生和家庭的幸福美满！

父母应为孩子树立好榜样

贾珍和贾蓉在《红楼梦》里是一对父子，他们却有聚麀之诮。书中第一个冤死鬼秦可卿是贾蓉的妻子，贾珍的儿媳妇。但是，贾珍和秦可卿的公媳关系却非同一般，贾珍肆无忌惮地“关心”着秦可卿，而贾蓉却视而不见，不管不顾。书至第六十三回，贾珍之父、贾蓉之祖父贾敬“吞金服砂，烧胀而殁”。贾珍与贾蓉父子得知消息，蒙恩回家料理丧事。贾蓉听见两个姨娘尤二姐和尤三姐来了，便和贾珍一笑，贾珍忙说了几声“妥当”。会心一笑，表明贾蓉对父亲与两位姨娘的暧昧关系是知情的，而贾珍也知道儿子对这些是知情的。接下来的描述，说明贾蓉不仅是围观者，还是参与者。回到宁府，见了尤老娘和尤二姐、尤三姐，贾蓉直接对尤二姐说：“二姨娘，你又来了，我们父亲正想你呢。”尤二姐红了脸骂他，顺手拿起一个熨斗来，搂头就打，吓得贾蓉抱着头滚到怀里告饶。尤三姐便上来撕嘴。贾珍共享了儿子贾蓉的妻子，没有证据表明贾蓉已经共享了贾珍的情人，但贾蓉是分得了一杯羹的，都已经滚到怀里去了，而且贾蓉同样垂涎这两个女人。他撮合贾琏娶了尤二姐，其意即在趁贾琏不在时与这两个女人厮混。此时贾珍仍不肯放手，直至一天夜里，他也去了贾琏与尤二姐的外舍，发觉贾琏正在二姐房中，他便直接进了三姐房中。琏二爷想索性挑明了，与珍大爷共享尤氏二姐、三姐。聚麀之诮，终于坐实，父子、叔伯、叔侄之间，已全无廉耻。而贾蓉还振振有词：“各门另户，谁管谁的事。都够使的了。从古至今，连汉朝和唐朝，人还说脏唐臭汉，何况咱们这宗人家。谁家没风流事，别讨我说出来。连那边大老爷这么利害，琏叔还和那小姨娘不干净呢。凤姑娘那样刚强，瑞叔还想他的帐。那一件瞒了我！”可见，贾蓉也如他父亲，是个荒淫无耻的好色之徒。

贾珍和儿子贾蓉之妻关系暧昧，和小姨子尤二姐暧昧，贾蓉也和尤二姐关系暧昧，父子俩还一起去找尤二姐。这哪像父子啊！这对父子不但荒淫无度，而且荒唐至极，父子共“淫”啊！

面对“父子淫”，俗人想到了《三字经》中“养不教，父之过”的圣训。

欲借圣训，警醒为人父母的人们，父母是孩子的第一任老师，是孩子学习的榜样，父母的一言一行潜移默化地影响着孩子的成长。

模仿是孩子的天性。从说话到走路，孩子的一言一行，都是从父母那里模仿来的。随着孩子年龄的增长，影响孩子的不只是言行，还有思想，以及孩子的人生观、价值观。这些影响都是潜移默化的。不论父母的言行正确与否，父母的言传身教都在为孩子做着或好或坏的“榜样”。孩子从出生到上中学，大部分时间是与父母生活在一起的。所以，孩子受父母的影响是最大的。俞敏洪说：家庭是复印机，父母是原件，孩子是复印件。如果复印件出了问题，那么我们一定要回溯到原件上去找问题。所以说，父母就是孩子的“榜样”，父母必须做孩子的好“榜样”！

孩子的成长是一个不可逆的过程。作为孩子的养育者，父母应该重视自己的榜样作用，对自己严格要求，懂得学习与反思，改正坏习惯，以身作则。教育孩子的方法多种多样，但说到底，你想要孩子成为什么样的人，最好的办法是自己先成为那样的人。在孩子身上留下不可磨灭印记的不是老师，不是学校教育，而是父母和家庭，所以父母必须发挥榜样的示范作用。例如要遵守社会秩序，要保持良好品格，要养成良好生活习惯，要营造良好的家庭阅读氛围等，父母要用积极的行为习惯去影响孩子的成长。这些榜样的力量，并不像书本里那么复杂，而是藏在生活的点点滴滴里，不用花费什么金钱，但对孩子而言，却是一笔巨大的财富。

父母一定要为孩子树立良好的榜样，记住身教重于言教，父母的言行深刻地影响着孩子的成长。养不教，父之过；养歪教，父之罪！这绝不是俗人危言耸听。

孩子的不良行为要及时干预

《红楼梦》第七十三回一开场贾政和赵姨娘在一起嘀咕，丫头小鹊听到他们说到“宝玉”二字，尽管没听清楚什么事，她还是去怡红院通风报信。宝玉闻信也担心起来，因为“赵姨娘心术不端，合自己仇人似的，又不知他说些什么，便如孙大圣听见了紧箍儿咒的一般，登时四肢五内，一齐皆不自在起来”，所以接下来宝玉“临时抱佛脚”开始准备功课。然而，功课缺的实在太多，一个晚上哪来得及补上啊。正当宝玉和一班丫头六神无主的时候，只听春燕、秋纹从后房门跑进来，口内喊说：“不好了！一个人打墙上跳下来了！”众人听说，忙问：“在那里？”即喝起人来，各处寻找。就这么一咋呼，给宝玉带来“生路”了，一出“骗剧”开演了，书中是这样写的：

晴雯因见宝玉读书苦恼，劳费一夜神思，明日也未必妥当，心下正要替宝玉想个主意来脱此难。正好忽然逢此一惊，即便生计，向宝玉道：“趁这个机会快妆病，只说唬着了。”这话正中宝玉心怀，因而遂传起上夜人等来，打着灯笼，各处搜寻，并无踪迹，都说：“小姑娘们想是睡花了眼出去，风摇的树枝儿，错认作人了。”晴雯便道：“别放诌屁！你们查的不严，怕得不是，还拿这话来支吾！才刚并不是一个人见的，宝玉和我们出去有事，大家亲见的。如今宝玉唬的颜色都变了，满身发热，我如今还要上房里取安魂丸药去。太太问起来，是要回明白的，难道依你说就罢了不成”众人听了，吓得不敢则声，只得又各处去找。晴雯和玻璃二人果出去要药，故意闹的众人皆知宝玉吓着了。王夫人听了，忙命人来看视给药，又吩咐各上夜人仔细搜查，又一面叫查二门外邻园墙上夜的小厮们。于是园内灯笼火把，直闹了一夜。至五更天，就传管家男女，命仔细查一查。

关于宝玉读书之事，曹公着实花了些笔墨，俗人前面也曾提过“宝玉作弊”的故事，今天又要说宝玉为了逃避贾政的检查，装着受惊吓而病。想来“装病逃学”是古来有之，所以曹公能替宝玉想出此招来对付贾政的检查。

宝玉如此，现在的孩子怎样呢？“装病逃学”的事情还有没有呢？若是问问身边的朋友“小时候有没有过装病不上学的情况发生”，相信很多人都会相互理解地蓦然一笑。尤其是每当开学季来临的时候，“装病”的学生不少，原因很简单，假期作业还没完成，没法到学校向老师交差，只得装病，在家补写作业后，敷衍完事。那么到底为什么孩子要学故事《狼来了》当中的那个孩子撒谎呢？有青少年心理咨询专家分析指出，孩子装病无非是想达到以下两点目的：一是想获得父母的注意力；二是把生病作为可以不做某些不喜欢事情的借口。

那么，如何来应对“装病逃课”的孩子呢？你可千万不要置之不理，一定要进行干预，否则就会产生严重后果。暂且不从思想道德的高度去评析这种行为，从心理学的角度来说，长期装病、经常装病，会真的“生病”。这种持续强化的行为会形成某种不正常的条件反射，比如，孩子因为害怕考试，就装难受呕吐，久而久之会造成，一听到考试，就会真的呕吐，这已经不是装出来的啦，而是真的成病了，是由心理问题导致的生理反应。因此，对孩子“装病逃学”的现象一定要及时采取干预措施。

究竟如何干预，专家给了我们这样的建议：家长要耐心询问及倾听孩子诉说痛苦和困难，要寻找不肯上学的真正原因及曾经发生过的不愉快，对孩子表达出真诚的关心和理解，并反复地疏导及鼓励，与孩子协商解决问题。同时父母可与学校沟通，详细了解孩子在校情况，取得老师的配合，让孩子回校后能有较好的适应条件，帮助他们建立自信心。必要时，可找专业的心理医师进行心理辅导，甚至心理治疗。

“装病逃学”行为在孩子，病根恐怕大多在其外，父母、老师和其他相关人员都值得深思检讨，是为俗人之愚见。

美好的青春萌动需要呵护

《红楼梦》第七十四回“惑奸谗抄检大观园　矢孤介杜绝宁国府”主要情节接着第七十三回绣春囊事发以后，王夫人在邢夫人处的婆子王善保家的蛊惑之下，以查赌为名抄检大观园，也间接使得惜春与自己的本家宁国府决裂。该回目中，原本绣春囊事为小事，但在王善保家的调唆下，引发了查抄大观园的大风波，并导致了晴雯被撵的后果。然而，最后却推测绣春囊可能为迎春的大丫头司棋所有，导致其被撵，也让王善保家的作茧自缚。

这就是所谓的“抄检大观园”事件。抄检的最大“收获”是从二小姐迎春的丫环司棋的箱子里搜出了爱情证据——小厮潘又安写给她的情书。再联系第七十一回“鸳鸯女无意遇鸳鸯”中，贾母的丫环鸳鸯夜里在山石背后无意间遇到司棋和潘又安约会的情节，当情书被发现后，司棋显得异常冷静，“低头不语，也并无畏惧惭愧之意”，光明磊落，早已做好用生命捍卫爱情和尊严的思想准备。

俗人读着读着有点懵，贾府的主子们三妻四妾，偷鸡摸狗，淫乱无度，都被视为不是“什么要紧的事”。但就为一个失落在假山间的带点“淫色”

的绣春囊，值得这么大动干戈去抄检大观园吗？

以俗人的看法，要为司棋点个赞，为她的“并无畏惧惭愧之意”点个赞。原来贞烈的恋爱并不仅限于“才子佳人”，奴仆、奴婢群中也不乏真挚可贵的情操。他们正当纯洁的爱情，却被视为“有伤风化”，大逆不道，遭到严加阻禁，司棋与潘又安还因此双双殉情。俗人不禁又要问：难道奴仆奴婢之间就不该有正常的爱情吗？公理何在？贾府的主子剥夺了身为奴仆、奴婢的青年男女受教育的权利，造成他们没有文化教养，不会像“才子佳人”那样“吟风弄月，托咏传情”，只能私赠低级象征物“绣春囊”。他们也有恋爱的要求和权利，何错之有！就这么个绣春囊，值得兴师动众去抄检大观园吗？

如今看来，人们合理的需求被打压之事，并无绝迹。尤其是在青春期教育方面，现在的父母老师，也是“谈性色变”。男孩女孩之间的情感一有风吹草动，家长、老师就以高压态势给予打压。他们虽然不会像贾府大动干戈、兴师动众地去抄检，但是他们的态度是十分严肃的，心情是十分焦虑的，处理的方法往往也是粗暴和简单的，比如偷看孩子的日记、微信来查找早恋的证据，阻止孩子正常的交往，甚至限制其自由空间和时间。把正常的青春萌动粗暴地视为“龌龊”的非分之想，把孩子之间纯真的感情简单地扣上“早恋”的帽子。这样看起来似乎是很负责任地在教育孩子，实则是一棍子把孩子给打懵了，会让“乖孩子”不知所措，更会让“熊孩子”破罐子破摔。其实，为人父母、为人老师的大人们也是从青春期走过来的，回过头去看一看，自己的青春期是怎么过来的？有没有遇到过这样的烦恼？你当时想得到什么样的帮助，就给予你的孩子、你的学生以什么样的帮助吧。这样的帮助可能会更贴心，更有效。不要一直是一代代“前赴后继”走老路，“好了伤疤忘了疼”地教育“过去的自己”，而是应该以积极的心态去引导孩子们健康地度过花季，让他们真正感受到青春的美妙，获得身心愉悦而健康的人生体验。

美好的青春萌动需要呵护，呵者，教育引导；护者，爱护保护。奉劝父母师长切莫粗暴地干涉这一份纯洁美丽的感情。

教育不相信“偏袒”

《红楼梦》第七十五回从回目来看，主要描写了中秋节“开夜宴”和

"赏中秋"两个场景，这回俗人想说说赏中秋过程中的俗事。贾母提议以击鼓传花饮酒说笑话为形式来赏中秋，可谓"别开生面"，尤其是贾政和贾赦兄弟俩的笑话更值得玩味一番。不妨先来读一读原文：

贾母便命折一枝桂花来，命一媳妇在屏后击鼓传花，若花在谁手中，饮酒一杯，罚说笑话一个。于是先从贾母起，次贾赦，一一接过。鼓声两转，恰恰在贾政手中住了，只得饮了酒。

……贾政见贾母欢喜，只得承欢。……贾政因说道："一家子一个人，最怕老婆。"只说了这一句，大家都笑了。……贾政又说道："这个怕老婆的人，从不敢多走一步。偏偏那日是八月十五，到街上买东西，便见了几个朋友，死活拉到家里去吃酒。不想吃醉了，便在朋友家里睡着了。第二日才醒，后悔不及，只得来家赔罪。他老婆正洗脚，说：'既是这样，你替我舔舔就饶你。'这男人只得给他舔，未免恶心要吐。他老婆便恼了，要打，说：'你这样轻狂！'吓得他男人忙跪下求说：'并不是奶奶的脚脏，只因昨儿喝多了黄酒，又吃了月饼馅子，所以今日有些作酸呢。'"说得贾母和众人都笑了。

这次在贾赦手内住了，只得吃了酒，说笑话，因说道："一家子一个儿子最孝顺，偏生母亲病了，各处求医不得，便请了一个针灸的婆子来。这婆子原不知道脉理，只说是心火，一针就好了。这儿子慌了，便问：'心见铁就死，如何针得？'婆子道：'不用针心，只针肋条就是了。'儿子道：'肋条离心远着呢，怎么就好了呢？'婆子道：'不妨事。你不知天下作父母的，偏心的多着呢！'"众人听说，也都笑了。贾母也只得吃半杯酒，半日笑道："我也得这婆子针一针就好了。"

诸公觉得这两个笑话好笑吗？俗人觉得不那么好笑，尤其是贾政那无聊至极的"笑话"毫无笑点可言，恶俗难耐，却引得贾母大笑，贾赦的笑话还是有那么一点幽默的，贾母觉得贾赦借笑话说自己偏心，"半日"后才"笑道"。

其实，父母偏心是一个千古难题，不要简单地批评贾母偏心，生活中很多父母，只要家里不止一个孩子，多少都有一点偏心。别急着否认这一事实，因为一碗水长时间端在手里，总是很难端平的。父母偏心，也许是因为其中的一个孩子更有本事，以后要靠他所以偏心他；也许是父母认为其中一个孩子更弱小，更需要关爱和保护；再则是受到重男轻女思想的影响，更加偏心儿子；还有可能是其中的一个孩子更会讨父母欢心等。说穿了，父母也是普通人，就是偏心也是可以理解的。

但是，话又要说回来，父母对于孩子的成长确实是非常重要的，父母的偏心不利于亲子以及兄弟姐妹之间的感情，也不利于孩子们的性格发展。所以父母应该多反思自己是否偏心，尽量做到公平地对待孩子。如今，二孩政策在中国开放之后，很多家庭都想再生一个，但是曾经独占父母宠爱的老大，现如今要和一个弟弟或妹妹一同分享父母的爱。父母想一碗水端平，那也需要讲究一点策略的。

父母要做到不偏心，就必须要进入孩子的内心，放弃“应该怎样”“不应该怎样”等评判性的准则，多关注孩子的情绪与感受，才能与孩子达到同频沟通。当孩子们发生争执与冲突，父母不要判定谁是“受害者”谁是“恃强凌弱者”，而是引导他们冷静分析争执的原因，让孩子自己去判断自己的对错，让他们自己去解决，相信孩子会有更多的智慧！在家里要强调合作，而不是过度的竞争，倡导兄弟姐妹之间、父母子女之间互帮互助的家庭氛围，大孩子带小孩子，让大孩子增强“我能行”的自信与价值感，让小孩子感到哥哥姐姐给予的温暖。当孩子之间发生矛盾，找父母来告状时，父母可以用言语或者拥抱等肢体语言表示“我理解你的感受”，让孩子调整自己的情绪，独自去解决自己的问题。父母要确保与每个孩子都有单独的相处时光，让孩子感受到父母充足的爱，让孩子不会觉得父母的爱被人夺走了。父母要关注每一个孩子的优点，不比较不评判，因为每个孩子都是独一无二的，让孩子集中精力去发展他的优势。

师者，教书育人也

贾代儒，是《红楼梦》中贾府家学的校长兼老师，也是贾瑞的祖父。他在前八十回中也出场过几次，俗人也在《教育的兴衰关乎家国的兴衰》一文中提到过他。而第八十二回书中，贾代儒上了次回目“老学究讲义警玩心”，这“老学究”说的就是贾代儒。俗人把贾代儒在这回书中对宝玉所说的话辑录于下：

代儒已经变着脸，说："怪不得你老爷生气，说你没出息。第二天你就懒惰。这是什么时候才来？"

代儒道："宝玉，有一章书你来讲讲。"

代儒道："你把节旨句子细细儿讲来。"

代儒觉得了，笑了一笑道："你只管说，讲书是没有什么避忌的。《礼记》上说'临文不讳'。只管说，不要弄到什么？"

代儒道："也还罢了。串讲呢？"

代儒笑道："你方才节旨讲的倒清楚，只是句子里有些孩子气。'无闻'二字，不是不能发达做官的话。'闻'是实在自己能够明理见道，就不做官也是'有闻'了。不然，古圣贤有'遁世不见知'的，岂不是不做官的人，难道也是'无闻'么？'不足畏'是使人料得定，方与'焉知'的'知'字对针，不是怕的字眼。要从这里看出，方能入细。你懂得不懂得？"

代儒往前揭了一篇，指给宝玉。宝玉看是"吾未见好德如好色者也"。

代儒道："胡说！譬如场中出了这个题目，也说没有做头么？"

代儒道："这也讲的罢了。我有句话问你：你既懂得圣人的话，为什么正犯着这两件病？我虽不在家中，你们老爷也不曾告诉我，其实你的毛病我却尽知的。做一个人，怎么不望长进？你这会儿正是'后生可畏'的时候。'有闻''不足畏'，全在你自己做去了。我如今限你一个月，把念过的旧书全要理清。再念一个月文章，以后我要出题目叫你作文章了。如若懈怠，我是断乎不依的。自古道：'成人不自在，自在不成人。'你好生记着我的话。"

以上就是"老学究讲义警玩心"所说的话，红学专家和爱好者说，高鹗这样写贾代儒与曹雪芹的思路不对头，说贾代儒应该是个古板腐朽、教子无方的"老学究"，所以造成"家学乱糟糟，孙子无出息"的结果。而这回书把他写得有点"太正"了。"正"什么意思？"正"就是说作为校长、作为老师应该这样"正确"教育学生。俗人可不管曹公与高鹗前后是不是一致，倒是觉得贾校长、贾老师这次的教育过程和方法是得当的，是"正"的。代儒先生以文载道，说文讲义，利用文中的道义去触动宝玉的思想灵魂，采用启发式教育的方法引导宝玉讲明文中道义。他还以道育人，要求宝玉理论联系实际地去规范自己读书行事的行为，让他明白"成人不自在，自在不成人"

的道理。用现在的话来说，这正切中了教育的要义：立德树人。

当然，贾代儒的教育目的是要培养封建统治阶级的接班人，他立的是封建主义的德，树的是封建统治阶级的人。俗人这样评价贾代儒，并不是要宣扬他的教育目的，而是说要借鉴他的教育方法，应用到现在的“立德树人”的教育实践中去。科学的方法是没有阶级性的，它是中性的，而把科学的方法运用到不同的实践中，去实现不同的目的，则意义发生变化。

俗人觉得，代儒先生此番的教育方法在当今提倡“立德树人”的教育实践中值得学习借鉴，主要有两点，一是启发式教育应用得当，二是联系实际恰到时机。从书中可以看出，开始代儒说的都是短句和问句，这样可以启发引导宝玉读懂书中的道理，然后再针对宝玉实际进行分析，恰到好处地指出宝玉身上存在的问题，同时也指明了“成人”的方向，指出了具体的实践措施，这既是读书作文的要求，也是为人处世的要求。贾代儒“以文载道，以道育人”的方法是值得学习的。

唯有怀着“立德树人”的教育目的投身教育的人，才能真正承担起教书育人的责任。此乃俗人之陋见。

爱严有度，防微杜渐

《红楼梦》第八十六回为“受私贿老官翻案牍”，这里的“案牍”说的是薛蟠杀人案。薛姨妈闻得儿子薛蟠又因杀人被羁押，就千方百计筹集银子疏通关系，贿赂审判官和证人，意欲保释儿子。俗人概之为“千银保儿”。

话说那日薛姨妈正在贾府陪贾母看戏，见薛家的家人急匆匆来报。原来那大公子薛蟠往南行，原是想置些货物，结果在半道上就打死了人，人证物证俱在，如今关在衙门里。斗殴打死了人总要偿命，这还有什么可商议的？家人就出了个主意，让二爷薛蝌连夜带着些银两前去发案地。到那里访一个先生，许他些银子，讨了个主意先把死罪撕掳开，回来再求贾府去上司衙门说情。薛蝌带着银两连夜赶奔城南二百多里的一个小县，薛蟠就在那里关押着。过了两日，薛蝌传来书信，说是薛蟠前头已经供认，现在补了一张呈纸，能够翻供就可得生了。薛蝌另外要了五百两银子，以便打点那边的关系。这个时候，薛姨妈才知道事情原委，原来这薛蟠有个相好的蒋玉菡，在喝酒的时候被店里的帮工多瞟了几眼，这薛蟠就出手报复，两人打骂起来，薛蟠拿酒碗砸死了这姓张的帮工。可见这是斗殴杀人无疑。但就在这时峰回路转，薛蝌派来传信的小厮告诉薛姨妈，原来那知县早知道薛家是大户，意思是送点银两，案子可以重审。然后薛姨妈赶紧带上几千两银子，通过关系将那知县买通。这样，薛蝌也把那边的一干证人买通了，只等翻案。薛蟠打死人的命案，就这样经过知县与薛家的一番讨价还价，再加上薛家用银两买通了证人，本来是板上钉钉的事，最终变得面目全非，斗杀变成了误杀，案牍终于被翻了过来。

正义虽有迟到，但从不缺席。薛蟠最终还是逃不过正义的制裁。故而，俗人想说，保护自己的孩子是父母的责任，但是，如何保护孩子需要家长审慎为之，切记“小洞不补，大洞吃苦”的老话，教育孩子一定要从大处着眼，小处着手。对孩子要爱，但决不能缺严，不放过任何一个小小的缺点，要用爱的方式去引导孩子认识缺点，分析缺点，改正缺点。纵容孩子的缺点，缺点慢慢就会变成坏习惯，包容孩子的坏习惯，坏习惯就会演变成错误，包庇孩子的错误，错误就会害人害己，导致犯罪，最后再多的钱也保不住孩子正常的人生。

所以，教育孩子要做到：爱严相济，宽严有度，防微杜渐。否则，即使千银万金也救不了！

单亲家庭更要重视家庭教育

贾兰在《红楼梦》中是荣国府第五代唯一的男丁，照理说应该也是“掌中宝”。但是，纵览全书，特别是前八十回书中贾兰出场较少，甚至连元宵节宴会这样的大场面都没有参加。后四十回相对比较重视贾兰，说贾兰成年后考中第一百三十七名举人。而第八十八回也让贾兰上了一次回目，“博庭欢宝玉赞孤儿”中的“孤儿”指的就是贾兰。

贾兰，贾母之曾孙，贾政之孙子，贾珠之儿子。贾兰出生时，贾珠已经去世，是他的母亲李纨一手带大的。李纨可能就是为了培养贾兰而终身守寡。贾兰在母亲的言传身教下，性格也有着母亲的影子，行为方式与其年龄有点不符，沉稳有余而锋芒不足，显得少年老成，甚至老气横秋。

且看贾兰在第九回大闹家学中的表现，就可略知一二了：金荣和秦钟闹矛盾打架，课堂里一片混乱，连宝玉也混在其中。当那个飞起的砚台和墨水撒到了贾菌和贾兰的书上时，贾菌发怒拿起砚台想扔回去，贾兰忙去劝阻道："好兄弟，不与咱们相干。"只有六七岁的孩子，就那么沉得住气，面对如此混乱的场面，清醒得惊人，理智得过人。

再看第二十二回，贾府众人制灯谜，贾政举目看到所有人都在，就是不见贾兰，便问："怎么不见兰哥？"李纨答道："他说方才老爷并没有叫他，他不肯来。"有人评论说贾兰这是"天生的牛心古怪"，这其实并不奇怪，贾兰继承了父亲贾珠好学上进的精神和母亲李纨自知守礼的品格。

到了这第八十八回，宝玉在贾母面前夸奖侄儿贾兰对对子对得好。贾母见了贾兰道："我刚才听见你叔叔说你对的好对子，师父夸你来着。"贾兰也不言语，只管抿着嘴儿笑，还是那样心如止水，平静得体。

读到此，俗人不得不感叹：贾兰的母亲李纨的确了不起，在这"只有门口两头石狮子是干净"的环境里，把孩子培养得如此规规矩矩，出色成人，这对于一个单身母亲来说实属不易！不要说在那样的年代，就是今天，单亲家庭的子女教育仍然是一个令人头痛的问题，也是一个社会问题，特别是离异后的单亲家庭的子女教育问题十分突出。单亲妈妈是现实社会中一个特殊的群体，她们除了面对来自物质上和精神上的双重压力外，还需承担教育子女的义务，责任重大。

以俗人以往的工作经验来看，单亲妈妈在教育孩子的问题上很容易走入两个极端，要么溺爱，要么放任不管。单亲妈妈对待孩子往往有种补偿心理，因为孩子失去了父爱，母亲就会特别地宠爱孩子，甚至是溺爱。这样的母亲什么都依孩子，尽量满足孩子的一切要求，生活上的每件事都为孩子做得妥妥当当，有时甚至因为担心出什么意外，而限制孩子的活动。长此以往，就会导致孩子处处以自我为中心，变成自私、专横和任性的"小霸王"，缺乏同情心和责任感，不懂得尊重他人，甚至瞧不起含辛茹苦养育他们的妈妈。溺爱还会导致孩子缺乏独立意识，当他们面对生活中的困难和挫折时，会显得束手无策。所以单亲妈妈需要放开手，让孩子独立承担一些事情，培养他们的独立意识。

与溺爱相反的是简单粗暴，甚至放任不管。有的单亲妈妈由于工作和生活的双重压力，本来就感觉身心疲惫，受精力体力和情绪的影响，在教育孩子的时候，就会缺乏耐心，教育方法简单粗暴，动不动就又打又骂，使孩子整日生活在惊恐不安之中。而当打骂不再奏效的时候，妈妈们就会感到束手无策，对孩子放任自流。这样的教育会严重影响孩子的个性发展。长大后，孩子的人格会变得不健全，要么胆小忧郁、孤僻自卑，要么我行我素、倔强暴力。因而，妈妈们一定要注意教育的方式方法，切忌简单粗暴，要多和孩子进行交流和沟通，重视孩子情感方面的需要，多给孩子提供解释分析和帮助，才能培养其健全的人格。

单亲家庭更应该给予孩子全面的教育，要像李纨教育培养贾兰那样，按照时代的要求和人才标准去培养孩子，使其成为适应社会、适应时代的健全之人。

聪明+读书+实践=人才

《红楼梦》第一百一十回“史太君寿终归地府　王凤姐力诎失人心”，一看回目就知道，这回书写了一件大事——贾母寿终，两个主角——贾母史太君和其孙媳妇王熙凤。俗人在此聊聊王熙凤，且看主要情节：

凤姐先前仗着自己的才干，原打量老太太死了他大有一番作用。……邢王二夫人等仍叫凤姐总理里头的事。凤姐本不应辞，自然应了……便叫周瑞家的传出话去，将花名册取上来。凤姐一一的瞧了，统共男仆只有二十一人，女仆只有十九人，余者俱是些丫头，连各房算上，也不过三十多人，难以点派差使。然而贾母的“一等高级丫鬟”鸳鸯请求体面地大办丧事，凤姐道：“我知道了。你只管放心，有我呢。”于是凤姐找来丈夫贾琏商量，才知道贾政等人的想法和安排，凤姐听了，呆了半天，说道：“这还办什么！”正说着，见来了一个丫头，说：“大太太的话，问二奶奶：今儿第三天了，里头还很乱，供了饭，还叫亲戚们等着吗？叫了半天，来了菜，短了饭这是什么办事的道理？”凤姐急忙进去吆喝人来伺候，胡弄着将早饭打发了。偏偏那日人来的多，里头的人都死眉瞪眼的。凤姐只得在那里照料了一会子，又惦记着派人，赶着出来，叫了旺儿家的传齐了家下女人们，一一分派了。众人都答应着不动。……鸳鸯见凤姐这样慌张，又不好叫他回来心想：“他头里作事，何等爽利周到！如今怎么掣肘的这个样儿？我看这两三天连一点头脑都没有，不是老太太白疼了他了吗？”……凤姐不敢再言，只得含悲忍泣的出来，又叫人传齐了众人，又吩咐了一会，说：“大娘婶子们可怜我罢！我上头捱了好些话，为的是你们不齐截，叫人笑话，明儿你们豁出些辛苦来罢！”……虽说僧经道忏，吊祭供饭，络绎不绝，终是银钱吝啬，谁肯踊跃，不过草草了事。连日王妃诰命也来的不少，凤姐也不能上去照应，只好在底下张罗。叫了那个，走了这个；发一回急，央及一回；胡弄过了一起，又打发一起。别说鸳鸯等看去不象样，连凤姐自己心里也过不去了。

李纨说，“可怜凤丫头闹了几年，不想在老太太的事上，只怕保不住脸了！”到最后，凤姐一口气撞上来，往下一咽，眼泪直流，只觉得眼前一黑，嗓子里一甜，便喷出鲜红的血来，身子站不住，就蹲倒在地。只见凤姐的血吐个不住。

李纨的话点中了王熙凤的要害，这回她的脸真的没有保住，因力绌而失去了人心，“爽利周到”的凤姐一点头脑都没有了。俗人只觉得这回的王熙凤多么可怜啊！其实，力绌又不是她的错，她之所以力绌，是由贾府被抄而衰败所致，然而却让她顶了这个“罪名”。可怜的王熙凤，聪明的脑袋缺了点知识和文化，少了些分析和判断，凭着过往办“秦可卿丧事”的经验来办贾母的丧事，高估了自己的办事能力和水平，终究脸面丢尽。这回里凤姐竟然是因为银子掣肘，勉为其难地对老婆子下人们低声下气起来，不顾面子，发出“大娘婶子们可怜我罢”的哀音，凤姐够可怜的！

王熙凤不但可怜，而且可悲。王熙凤的可悲之处在于她有小聪明，却无大智慧。读书识字不多的局限大大限制了王熙凤为人处世的格局和境界，注定了她“很不该略见些风波就改了样子，他若这样没见识，也就是小器了”。读书不多导致了她见识短浅。王熙凤对贾府必然的命运和盛极必衰的宿命毫无预见，年轻气盛，掐尖要强，囿于学识和修养的欠缺，一路张扬跋扈，只知道登高望远，率性而为，处处树敌，却不曾为自己真正想过未来，最后机关算尽，结局凄凉。

正是因为王熙凤文化底子浅薄，就算她再怎么人情练达，又怎会明白“天之机缄不测，抑而伸，伸而抑，皆是播弄英雄，颠倒豪杰处”呢？她不知道“攻人之恶毋太严，要思其堪受；教人以善毋过高，当使其可从”的管理之道和“凡盛则必有衰，不可不预为之计”的客观规律，更不会懂得“得意时须早回头，拂心处莫便放手”的处世禅机。一切皆因书读得太少，文化底子太薄！

当然，即使王熙凤再聪明，再有知识，再有文化，再有本事，也救不了贾府的衰落。但是，她至少可以救自己，或者不至于到如此脸面全丢的尴尬地步。俗人以为聪明是基础，读书是积累，实践是根本，三者合力，就不那么容易力诎了。

父母是孩子的第一任老师

贾环是贾政之子，宝玉之弟，但他与宝玉同父异母，是贾政之妾赵姨娘所生，属于庶出，在《红楼梦》里算是个“不怎么受人待见”的反面形象。第一百一十七回“欣聚党恶子独承家”中的“恶子”恐怕指的就是贾环。

书中直接描写贾环的情节不怎么多，但是言语多为贬义：“更加宿娼滥赌，无所不为。”作者还通过描写贾环等人一起喝酒行令，聚众赌博的场面，衬托出贾环的“恶”。本回书后一部分主要写贾府陷入无人管理的状况，贾环、贾蓉、贾蔷、邢大舅、王仁等一起喝酒作乐，还行起酒令来。他们就这样一起喝酒赌博，“把个荣国府闹得没上没下，没里没外”。

除了本回书中所述贾环的表现外，整部书对贾环的描写一直不太正面，他给人的印象是颇为顽劣。正月里赶围棋玩耍时，他对薛宝钗的丫头莺儿撒泼耍赖，进而在母亲面前撒谎污蔑宝玉、莺儿。贾环因忌恨其嫡兄贾宝玉，多次陷害宝玉，故意拨翻烛台，烫伤宝玉，金钏跳井事件后，诬陷宝玉，使得宝玉遭受贾政毒打。他还和王熙凤的哥哥王仁乘贾琏外出之际，一起策划要把巧姐儿卖了换银子。可以说得上是劣迹斑斑了。

俗人不禁要问：贾环为什么这么“恶”？《三字经》曰“人之初，性本善”，也就是说“人之恶”是后天因素造成的。那么贾环之“恶”究竟是由哪些因素造成的呢？这个倒不太要俗人费心，前人已经有了比较全面的分析。因为他是庶出，不受家庭重视，贾母偏心，王夫人看不起，王熙凤欺负，这是其一；由于贾环之母赵姨娘不择手段地争取家庭地位，她的“言传身教”带坏了贾环，这是其二；还有父亲贾政也没有对贾环寄予什么希望，对他也没有什么要求，而是把所有的希望都寄托在哥哥宝玉身上，“养不教，父之过”，这是其三；贾府主要成员对贾环的轻视甚至是蔑视导致下人对贾环的态度也是爱理不理，甚至恶语相向、恶意埋汰，这是其四。总而言之一句话：严重错误的家教和庶出的身份，导致了贾环在贾府中不受众人待见的现实，这种自卑中带着敌意的“恶”就自然而然萌生了。

贾环之恶让俗人再一次感到：家庭教育是多么重要啊！都说“父母是孩子的第一任老师”，这里的“父母”除了狭义的生养父母外，从广义的角度来说应该包括整个家庭成员。按照现代教育理论来说，家庭教育、学校教育和社会环境是影响孩子成长的三大核心因素。家庭教育无论是从时间顺序来说，还是从重要性来说，都是处于首位的。

“家庭是社会的基本细胞，是人生的第一所学校。不论时代发生多大变化，不论生活格局发生多大变化，我们都要重视家庭建设，注重家庭、注重家教、注重家风，紧密结合培育和弘扬社会主义核心价值观，发扬光大中华民族传统家庭美德，促进家庭和睦，促进亲人相亲相爱，促进下一代健康成长，促进老年人老有所养，使千千万万个家庭成为国家发展、民族进步、社会和谐的重要基点。”这可是习近平在 2015 年春节团拜会上的讲话，由此可见，家庭教育是多么重要！

父母是孩子的第一任老师，在家庭教育中父母的作用尤为重要，父母不教育孩子，孩子会变坏；父母用错误的方式去教育孩子，孩子会变得更坏。贾环变坏就是因为父亲贾政几乎不管不问，母亲赵姨娘的教育又是错误的。父母本身就是儿童最初的世界，他们不仅是第一任老师，也是儿童终身的老师、最长久的老师。我们要深刻地意识到父母的价值、意义和他对孩子的影响。事实上，孩子在一定程度上就是父母造就出来的。孩子身上可以看到父亲和母亲的影子，有什么样的父母，往往就有什么样的孩子。

贾环的教训是惨痛的，俗人这样读贾环，不是简单地批评他的“恶”，更多是对他的怜悯，因为这是家庭教育缺失所致！俗人这样读是想唤起更多的人对家庭教育的重视和责任，仅此而已。

全社会要关心留守儿童

《红楼梦》第一百一十八回“记微嫌舅兄欺弱女”，此中“弱女”是指贾琏和王熙凤的女儿巧姐。巧姐生日是七月初七，王熙凤觉得日子不好，所以怕自己起的名字犯冲，让刘姥姥代为起名。刘姥姥给她取名“巧姐”。王熙凤死后，贾琏又因父亲贾赦病危赴海疆探望，留下女儿巧姐在府中。王熙凤的哥哥王仁、贾环等人乘机要将巧姐卖给一个外藩王爷做粗使丫鬟。第一百一十八回中是这样描写的：

贾环道：“不是前儿有人说是外藩要买个偏房，你们何不和王大舅商量，把巧姐说给他呢？”贾芸道：“叔叔，我说句招你生气的话，外藩花了钱买人，还想能和咱们走动么？”……恰好王仁走来说道：“你们两个人商量些什么，瞒着我吗？”贾芸便将贾环的话附耳低言的说了。王仁拍手道：“这倒是一宗好事！又有银子！只怕你们不能。若是你们敢办，我是亲舅舅，做得主的。只要环老三在大太太跟前那么一说，我找邢大舅再一说，太太们问起来，你们大伙儿说好就是了。”

贾环等商议定了，王仁便去找邢大舅，贾芸便去回邢、王二夫人，说得锦上添花。王夫人听了，虽然入耳，只是不信。邢夫人听得邢大舅知道，心里愿意，便打发人找了邢大舅来问他。那邢大舅已经听了王仁的话，又可分肥，便在邢夫人跟前说道：“若说这位郡王，是极有体面的。若应了这门亲事，虽说不是正配，保管一过了门，姐夫的官早复了，这里的声势又好了。”邢夫人本是没主意的人，被傻大舅一番假话哄得心动，请了王仁来一问，更说得热闹。于是邢夫人倒叫人出去追着贾芸去说。王仁即刻找了人去到外藩公馆说了。

舅舅、奶奶、叔叔等就这样为非作歹地打算把巧姐给卖了。照理说这些人都应该是巧姐的“代理监护人”，怎么会如此丧尽天良地把自己的亲外甥、亲孙女、侄女卖了换银子呢？说到底，巧姐那时是无依无靠的弱女一个，母已亡，父远离，用现在的话来说，她属于弱势群体，所以才会被如此欺负。

俗人由弱女巧姐想到了当今那千千万万的留守儿童，他们也是现今社会的弱势群体。留守儿童问题一直受到社会的广泛关注和重视。中国在经历城市化，农民进城务工是大势所趋。不去打工，可能连家都养不活，所以扔下孩子，背井离乡去打工，这是千万农民无奈的选择。而对于留守儿童来说，不至于像巧姐那样被亲人卖了，但其生活质量是难以保障的，留守儿童的教育问题更是堪忧。

留守儿童多由祖辈照顾，隔代教育的问题在留守儿童群体中尤为突出。照顾这些留守儿童的爷爷奶奶或外公外婆大多年龄大，文化层次低，且文盲居多，能照顾孙辈的日常起居已经不错了，对于学习上的事情根本是心有余而力不足，甚至部分祖辈对孩子在校读几年级几班、班主任是谁都不知道。当然，现代的祖辈不会像邢夫人那样欺负自己的孙辈，但是，对孙辈的溺爱也是问题。他们更加放任孩子，即便是管教，也存在交流、沟通上的“代沟”。因此，不仅隔代监护人大多缺少监督孩子学习的意识，而且孩子也往往不服其管束。这样一来，相当一部分留守儿童变得任性妄为，在家中不听从老人们的话，在学校经常不遵守校纪班规，甚至与社会上的一些不良青少年混迹在一起，近墨者就这样慢慢地变黑了。

留守儿童在家中得不到本该有的关爱和温暖，如果在学校也得不到鼓励和帮助，反而经常受到批评、讽刺和怀疑，长此以往，孩子就会没有安全感，缺乏生活的乐趣，必然会出现心理缺陷或行为异常，产生厌学甚至厌世心理。

俗话说，父母是孩子最好的老师。在孩子的成长过程中，父母的作用是其他人无法替代的。留守的少年儿童正处于成长发育的关键时期，却长期得不到父母的关心和爱护，在面临问题的时候也很难得到正确的指引和帮助。因此，他在成长的过程中，容易走向两个极端，有的孩子产生认识、价值上的偏离和个性、心理发展的异常，也有的孩子会变得异常坚强和勇敢，所谓“穷人的孩子早当家”说的就是后者。

俗人读巧姐被欺，只是想呼吁全社会都来关心留守儿童的成长。也想默默地祈祷：留守的孩子要自强不息，“早当家”的孩子多些，多些，再多些！

要让孩子学会感恩

《红楼梦》第一百一十九回“中乡魁宝玉却尘缘”，说的是宝玉与贾兰一起参加“会魁”考试，得中第七名。但是宝玉却在考试之后的回家途中突然失踪了，家人四处寻找无果，后在第一百二十回中有了回应，且看故事摘录：

看看到了出场日期，王夫人只盼着宝玉、贾兰回来。等到晌午，不见回来，王夫人、李纨、宝钗着忙，打发人去到下处打听。去了一起，又无消息，连去的人也不来了。回来又打发一起人去，又不见回来。三个人心里如热油熬煎。等到傍晚，有人进来，见是贾兰。众人喜欢，问道："宝二叔呢？"贾兰也不及请安，便哭道："二叔丢了！"

书至第一百二十回，有这样一段描写：

且说贾政扶着贾母灵柩，贾蓉送了秦氏、凤姐、鸳鸯的棺木到了金陵，先安了葬。贾蓉自送黛玉的灵，也去安葬。贾政料理坟墓的事。一日，接到家书，一行一行的看到宝玉、贾兰得中，心里自是喜欢；后来看到宝玉走失，复又烦恼。只得赶忙回来。在道儿上又闻得有恩赦的旨意，又接家书，果然赦罪复职，更是喜欢，便日夜趱行。

一日，行到毗陵驿地方，那天乍寒，下雪，泊在一个清静去处。贾政打发众人上岸投贴，辞谢朋友……船中只留一个小厮伺候，自己留在船里写家书……写到宝玉之事，便停笔。抬头忽见船头上微微的雪影里一个人，光着头，赤着脚，身披一领大红猩猩毡的斗篷，向着贾政倒身下拜。贾政尚未认清，急忙出船，欲待扶住问他是谁。那人已拜了四拜，站起来打个问讯。贾政才要还揖，迎面一看，不是别人，却是宝玉。贾政吃一大惊，忙问道："可是宝玉么？"那人只不言语，似喜似悲。贾政又问道："你若是宝玉，如何这样打扮，跑到这里？"宝玉未及回答，只见船头边上来了两人，一僧一道，夹着宝玉便说："俗缘已毕，还不快走！"说着，三人飘然登岸而去。贾政不顾地滑，疾忙赶来，见那三人在前，哪里追赶得上？只听得他们三人中不知哪个作歌曰：

我所居兮，青埂之峰；我所游兮，鸿蒙太空。谁与我逝兮，吾谁与从？渺渺茫茫兮，归彼大荒。

贾政一面听着，一面赶去，转过一小坡，倏然不见。贾政已赶得心虚气喘，惊疑不定……贾政还欲前走，只见白茫茫一片旷野，并无一人。

一部《红楼梦》终以"宝玉出家"为结局，俗人不禁要问：宝玉为何要出家？这个问题似乎早有定论：看破红尘是宝玉出家的直接原因，也是宝玉冲破社会制度束缚最简单的方法。封建的社会制度阻碍了自由和爱情，宝玉等被困在封建社会的高墙里无法自拔，宝玉出家是对旧制度的挣扎和回避，也是作者对现实社会的一种批判。这也许是很多人都认可的《红楼梦》的主题思想，俗人自然不敢否认。

但是，终究俗人的思想没有如此高度，只是从家庭的角度来说，贾府很失败，辛辛苦苦培养了一个不负责任的“逃兵”。整部《红楼梦》贾宝玉含玉出生成为贾府掌中宝，受贾母偏爱变得至高无上，被贾政严教期盼出人头地，合家上下悉心关照不敢怠慢。这一切都是为了贾家后继有人，以期维护这个封建大家庭的繁荣富贵。然而，一切事与愿违，宝玉虽然得中乡魁，却远离尘缘遁入空门。俗人以为，贾宝玉是在逃避，逃避自己应该承担的责任。父母已暮年，妻子尚新婚，儿子遗腹中，家门正不堪，贾府正需宝玉的继承和担当，可是他却选择了逃避，这是贾府的最大悲哀啊！

由此，俗人想对现在正含辛茹苦培养子女的父母说一句，要以“宝玉出家”为鉴，培养有责任心的下一代。其实，对任何人而言，责任心都比能力重要。能力可以外求，但没有责任心，事情往往还没开始就黄了。对孩子的教育是引导，而不是大包大揽，也不是一切都要听从父母的安排。父母过分仔细规划孩子的未来，要学什么最有利，做什么最值得，实则是剥夺了孩子选择的权利以及独立思考的能力。孩子看似处在家庭的中心，却又身不由己，这是孩子最大的委屈。父母美其名曰：“你不懂，我所做的一切都是为你好。”这样的孩子，由于父母“包办”的事情太多，没有自己的责任心，家庭一旦遭遇变故，或是未来遇到什么挫折，往往不战而退，成为人生的逃兵。宝玉就是个很好的例证。

父母的爱，并非无穷无尽，适当放手，让孩子学会自我承担责任，他们才会懂得父母的良苦用心，进而滋养出一颗感恩之心。是为“宝玉出家”之鉴。

社交篇

感恩　容忍　修身

贾雨村是在《红楼梦》的第一回中就登场的人物，也是一个提纲挈领式的人物，以“假语村言”“假语存焉”提醒读者，统率全文。贾雨村，名化，字时飞，别号雨村。第一回中，甄士隐赠他银两进都考官。到了第二回，贾雨村十分幸运地中了进士，被选入外班，升为知府。为了感谢甄士隐的帮衬，找到甄士隐之岳丈封肃，探听甄士隐的消息，并赠银两、锦缎等给甄家及封肃。虽他因贪酷之弊，且恃才侮上，被借隙革职，到后来傍靠贾政谋得新职，乱判葫芦案等不嗤之行，但至少贾雨村对甄士隐还有知恩图报的善心和行动，值得当今之人学而效之。

再说贾雨村由善至恶，有主观因素，也有客观因素，这从第四回的葫芦案中可以略窥一斑，他本要秉公办案，由于屈于薛家权势，只得乱判葫芦案。我们可以循着作者描写的贾雨村的人生轨迹来评析一下。

当贾雨村在葫芦庙卖字为生穷困潦倒的时候，他还应该算是一个有义有才之人。在甄士隐家里，他偶遇丫鬟娇杏，在自己升官之后，也不忘甄士隐曾给过的资助，除了给封夫人银两之外，还讨了娇杏当妾。嫡妻死后，贾雨村还把娇杏扶正，这可谓有义。贾雨村的确也是有才的，连贾政在大观园建成时，也曾想让贾雨村来题匾额，可见贾雨村的才华。在仕途上，他没有战功、没有家族关系，但从中了进士到选了外班，再到升知府，只用了不长的时间，这充分显示出贾雨村的才华。

可惜，为官不久，他就因“贪酷之弊”和“恃才侮上”等罪名而被革职。但贾雨村却“全无怨色，仍是嬉笑自若”，倒也坦然处之，受聘至林如海家任林黛玉启蒙老师，以教书谋生，真有“大丈夫能屈能伸”之气概。

但之后，贾雨村借在林家教书之际，通过林如海的关系攀附上了贾政。在贾政的帮助下，他又官复原职，但为官不正，乱判了一起“葫芦案”。由此贾雨村走上了自己人生的不归路，书中再也看不到他吟诗作赋的那种场景了，就只看见他在官场浮沉，为了几把扇子草菅人命的故事。“因嫌纱帽小，致使锁枷扛”的贾雨村，人性发生蜕变，这里面有无奈，同时也有悲叹！

从贾雨村的人生经历中，我们可以获得些许为人处世的道理。

要学会感恩，知恩图报。当你走在人生的坦途时，一定别忘了在泥泞之路中曾拉过你一把的人，要心怀感恩、知恩图报，万不可身在坦途时，就变得唯利是图，做过河拆桥之事。感恩是一种处世哲学，是一种生活态度，是一种优秀品质，是一种道德情操。知恩图报是一份纯粹美好的感情，是一颗健康淳朴的良心，是一股催人奋发的动力。感恩是生活中的大智慧，知恩图报的人，才是天底下最富有的人。如此看来，贾雨村得道了！

要经得起挫折，能屈能伸。人生总有不如意，会有荆棘和坎坷，会有打击和挫折。面对人生道路上的不如意，甚至挫折，我们应该欣然接受，能屈能伸，才是一种洒脱的处世方法。不如意和挫折会促进你成长，会让你的心志变得更坚韧。越王勾践受牵马、跪伏侍奉之辱，从此卧薪尝胆，终灭吴国；司马迁受宫刑，为人所嘲笑，却终于著成巨著《史记》；左丘失明，厥有《国语》；孙膑被别人诬陷，致成残废，却写出流传至今的兵书《孙膑兵法》。正因为他们能屈能伸，方能成就历史上的辉煌。如此看来，贾雨村得法了！

要不媚权贵，洁身自好。面对社会的浮躁和喧嚣，面对权贵的压力，面对各色各样的诱惑，我们要守住心灵的一片净土，怀着一颗平和的心，“不以物喜，不以己悲”，踏实地走好每一步路。当人处于权欲横流的现实中，就需要不断修炼自身，要专心致志，洁身自好，才不会被外物所左右，才有可能做到“不为五斗米折腰”。但是，要真正做到不媚权贵、洁身自好也不是那么容易的，需要我们有独善其身的定力，有明辨是非的洞察力，更要有不畏权贵的战斗力。如此看来，贾雨村乏术了！

让心归零，重上征程

在《红楼梦》中，李嬷嬷和焦大是差不多的小人物，焦大救了主人成了有功之臣，而李嬷嬷奶了宝玉也成了有功之臣。但是他们犯了同样的错误，那就是居功自傲，倚老卖老。一个骂东骂西骂主子，一个啰哩啰嗦管宝玉，他们却浑然不知自己已是“过气”之人。

且看小说第八回中的几个情节：当李嬷嬷想阻拦宝玉喝酒时，薛姨妈笑道：“老货，你只放心吃你的去。我也不许他吃多了。便是老太太问，有我呢。”当宝玉已是三杯过去时，李嬷嬷又上来拦阻，并用宝玉的父亲来威胁宝玉，林黛玉就一面悄悄地推宝玉，使他赌气，一面咕哝说：“别理那老货，咱们只管乐咱们的。”当宝玉喝完酒回到贾母处，贾母令人招呼他回房歇息，并问起李嬷嬷时，宝玉踉跄回头道：“他比老太太还受用呢，问他作什么！没有他只怕我还多活两日。”后宝玉又得知李嬷嬷把自己本留给晴雯吃的豆腐皮包子拿走给她孙子吃了，还喝了自己的枫露茶时，宝玉将手中的茶杯只顺手往地下一掷，豁啷一声，打了个粉碎，又跳起来问着茜雪道：“他是你那一门子的奶奶，你们这么孝敬他？不过是仗着我小时候吃过他几日奶罢了。如今逞的他比祖宗还大了。如今我又吃不着奶了，白白的养着祖宗作什么！撵了出去，大家干净！”说着便要去立刻回贾母，撵了李嬷嬷。

从这些情节中可以看到，薛姨妈、林黛玉、贾宝玉都不把李嬷嬷当回事，连晴雯、茜雪等丫鬟们也在不动声色地离间李嬷嬷和宝玉。实质上李嬷嬷和焦大一样，已经是“过气”之人了。“过气”之人就应该摆正心态，说得俗一点，就是要学会识相。如若心态不好，不识相地居功自傲、倚老卖老，其下场注定是可悲的，焦大被捆起来往嘴里塞马粪，李嬷嬷就要被撵走。

三国时的许攸比他们更悲剧。在关键的官渡之战中，许攸献袭乌巢粮仓之计，帮曹操以少胜多打败袁绍。但是，许攸有个致命的毛病就是居功自傲，看不起别人，摆不正自己的位置，太把自己当回事。他老是在曹操面前夸耀自己的战功，并且不知深浅地直呼曹操小名。曹操虽然嘴上附和许攸，实则心存芥蒂。许攸不断自我膨胀，还对别人说“此家非得我，则不得出入此门也”。曹操得知后，便将许攸杀了。用现在的话说，许攸就是智商高、情商低。

由此可见，所谓的有功之人，不能居功自傲，倚老卖老，一定要摆正心态，正确看待自己，要学会归零，不要躺在功劳簿上自以为是。

要摆正心态，就要有一颗平常的心。有功之人不要把自己看得太重，要善于把自己看轻，把自己看成普通的人，处处尊重别人，也要善于把别人看作老师。即使自己贡献最大，也不居功自傲，处处为别人着想，为人谦虚平和。当然，把自己看轻，不是去鄙视自己、压抑自己、埋没自己，也不是要你去说违心的话、做违心的事、理不愿理的烦恼。相反，平常心能使你更加清醒地认识自己，正确对待自己以及他人，妥善处理人与事物之间的关系。

纵然繁华三千，看淡即是云烟。如果你还年轻，那就放下过往的辉煌与成绩，一切从头开始。如果你已不再年轻，那就洁身自好，保持晚节。“不以物喜，不以己悲”，幸福在于好心态，与君共勉。

礼尚往来　知恩图报

在《红楼梦》第六回中，刘姥姥第一次进大观园。刘姥姥年纪虽然大了，头脑却十分清醒，一切从实际出发，懂得生活的根本需求是什么，且不单纯拘泥于世俗礼法，因此为自己和家人的生活带来转机。俗人以为刘姥姥是一个具有一定“营销素养”的老太太，她有一种不达目的不罢休的眼力、韧劲和智慧。到了第三十九回，刘姥姥二进荣国府，尽管她的动机可能不是那么单纯，但主要还是为了报恩。第一次进荣国府，王熙凤送给刘姥姥二十两银子。第二年夏秋季节，刘姥姥就把头一茬摘下的瓜菜送来，二进荣国府，以感谢贾家的关照。可见刘姥姥是个知恩图报的人，有良心，懂得投桃报李。后来，刘姥姥在荣国府衰败之时，三进荣国府救巧姐，这是刘姥姥知恩图报最有力的例证。

大家都觉得知恩图报是天经地义之举，是每个受恩的人该有的基本人格修养。我们所受的教育也一直强调“知恩图报”的观念。但是，到了现实生活中，很多人却会忽略这一点，受人恩惠之后，仅仅出于礼貌对对方说声“谢谢”，但是事后却把别人的恩情忘记了，等到别人需要帮助的时候，却选择袖手旁观、置之不理。这还算好，更令人不解的是，“要不要扶起摔倒在马路上的老人”竟然成为一个公众无力解答的社会难题。不少新闻报道披露，许多搀扶老人的助人行善者事后非但得不到感恩，反而遭到讹诈，好人得不到好报。当然，俗人并不认为这是社会主流，讹诈毕竟是少数，但是这样的讹诈却狠狠地击碎了大多数善良人的心，正因为如此，现在这个社会知恩图报却成了稀有的美德，可悲啊！

不管社会现状如何，俗人还是呼吁要创造知恩图报的良好氛围，社会的文明进步决不能把这种优良传统遗失。在人生旅途中，我们总会遇到受恩于人的事情，这些事情有大有小，有些甚至是关乎性命的大恩德。不管恩大恩小，知恩图报之心不可缺。父母的养育之恩是最不能忘的，我们要努力工作成就事业，好好经营幸福小家庭，让他们不再操心。老师的栽培之恩也不能忘，我们要用优异的成绩来报答老师。做人不能忘本，不能忘记一路上帮助过你的人。当然，别人施恩于我们的时候，也许并不是为了得到我们的回报。但是，在我们批评别人，说别人不知道感恩、忘恩负义时，一定要静下来想想自己是否也和他们一样，忘记了感恩、忘记了回报呢？如果真是这样，从现在做起还来得及。让自己做一个知恩图报的人，因为只有这样为人，别人才会欣赏，社会才会认同。

其实，知恩图报的人会得到更大更多的回报。你的知恩图报，会让得到报答的人感受到你还回的升华了的“恩”，他也将会知恩图报，如此循环往复，不断升华，人生就会变得更美好。刘姥姥在第二次进荣国府时，不但送来头茬果蔬表达物质化的感恩，她还编故事逗乐贾母，看似疯癫，却用诙谐的方式逗乐荣国府的人们，这是一个农村老婆子最朴素的精神感恩。其实刘姥姥的果蔬，以金钱论，在荣国府简直不值一提，而刘姥姥“自黑式”的精神感恩，却让贾母等人感到身心愉悦，于是又赏了她一百多两银子和很多东西。然而，刘姥姥并没有结束她的知恩图报，即使后期荣国府彻底衰败，她还是救出王熙凤的女儿巧姐，不带功利之心。

刘姥姥的“眼力、韧劲、智慧”让俗人折服，刘姥姥的知恩图报更令俗人钦佩！

平和相处要有豁达的胸襟

《红楼梦》第二十一回回目提到了“俏平儿软语救贾琏”。俗人对能上回目的“小人物”特别感兴趣，所以想借平儿说说自己的想法。平儿是王熙凤的陪嫁丫头，贾琏的通房大丫头（妾）。她是个极聪明、极清俊的女孩儿。虽是王熙凤的心腹，要帮着料理事务，但她为人很好、心地善良，常背着王熙凤做些好事。

大家都知道曹雪芹为人物取名字都是有寓意的，像“甄士隐”（真事隐）、“贾雨村”（假语存；假语村言）等。有研究者认为，他之所以把这个人物取名为平儿，是因为她是一个能处处掌握平衡的人。平儿每天要和一个比较狠毒又非常熟悉的人——王熙凤在一起生活，长期生活在王熙凤和贾琏的夹缝里，但始终能与他们和平相处。她是一个能摆平乱事的人，在处理丫鬟司棋幽会、坠儿偷摸等乱事的过程中，她用的方法都巧妙至极，不仅摆平这些乱七八糟的事情，还表现出一种高超的做人做事水平。她是个处事公平的人，有人赖柳五儿偷了玫瑰露，平儿知道柳五儿是被冤枉的，所以最后做主放了柳五儿，为好人主持了公道。她也是个守口如瓶（平）的人，知道的很多说得很少。

而第二十一回“俏平儿软语救贾琏”说的是，贾琏在女儿巧姐出疹生病期间，趁着与王熙凤隔房而寝的机会，出去与厨子多官媳妇鬼混。巧姐病愈后，贾琏搬回与王熙凤共住一房，“平儿收拾贾琏在外的衣服铺盖，不承望枕套中抖出一绺青丝来”。但她没有宣扬，用软语搪塞王熙凤，救下了贾琏。平儿用智慧和机灵又摆平了一件事。

俗人由衷感叹平儿的的确确是个“平儿”，但是能做到这样的“平”有多么不容易啊！

世人一直在说要公平，那么世界上究竟有没有公平？能不能做到公平？俗人认为世界是公平的，也是不公平的。公平是社会追求的目标，然而，每个人、每个家庭、每个地方、每个国家的历史文化等背景差异导致了各种各样的“不公平”出现。所以，公平只是相对的，不公平才是绝对的。因此，我等俗人能做的就是相对的公平，就像平儿那样，在自己力所能及的范围内，公平处理某些具体事情。我们要在不公平的世界里，努力去做公平的事情。

不知从何时起，经常有人说“摆平就是水平”，摆平成了一个热词。然而，这句话也受到了很多的质疑，可能“摆平”这个词过于直白，略带“匪气”，亦可能在“摆平”过程中的方法手段有缺陷，所以受到质疑。而俗人认为，只要“摆平”的手段是合法的，摆得平就是有水平。“摆平”注重的是一个“平”字，所追求的是一个“和”字，它的出发点和落脚点是完全一致的，那就是以“平”促“和”，以“和”化“结”。摆平不是掩盖矛盾、转嫁矛盾、积累矛盾，更不是“花钱买平安”“以恶制恶”，而是敢于直面问题和矛盾，不把矛盾上交，是“敢于担当，勇于负责”。当然，平儿的“摆平”恐怕没有如此高大，其中也有不上台面的小计谋。

前面说过，公平是相对的，不公平是绝对的。那么在不公平中，特别是面对地位高低的不公平时，如何和平相处很重要。就像平儿与“五辣俱全”（香辣、麻辣、泼辣、酸辣、毒辣）的王熙凤“和平相处”的确是需要点能耐的。俗人以为她们能和平相处，是因为平儿为人豁达。在现实中与人相处，豁达很重要，它意味着风度、胸怀和气质，遇事存一分豁达，可以使人彼此认同和理解。豁达是斤斤计较、心胸狭窄的天敌，对无意的伤害给予宽容，对窃窃私语给予鄙视，对敌意的攻击给予忍让，对相左的意见给予理解。

做人要讲义气

读到《红楼梦》第二十四回，又有一个小人物登场了。回目“醉金刚轻财尚侠义”中的“醉金刚”是贾芸的街坊，大名叫倪二，是个泼皮无赖，“却因人而使，颇颇的有义侠之名”。可能就是因他的“侠义”，曹雪芹让“醉金刚”倪二上了回目。

倪二出场时，俗人以为他不是个什么好汉，“贾芸赌气离了母舅家门，……不想一头就碰在一个醉汉身上……听那醉汉骂道：‘臊你娘的！瞎了眼睛，碰起我来了。’……（倪二）是个泼皮，专放重利债，在赌博场吃闲钱，专管打降吃酒。如今正从欠钱人家索了利钱，吃醉回来，不想被贾芸碰了一头，正没好气，抡拳就要打。”读到此，俗人觉得倪二是个十足的地痞流氓。

然而，再往下读，却觉得倪二是一个重义轻财的人。“（贾芸）便把卜世仁一段事告诉了倪二。倪二听了大怒，‘要不是令舅，我便骂不出好话来，真真气死我倪二。也罢，你也不用愁烦，我这里现有几两银子，你若用什么，只管拿去买办……这银子我是不要利钱的，也不用写文约……’一面说，一面果然从搭包里掏出一卷银子来。”贾芸和倪二，一不是亲戚，二没有恩德。他们仅仅是街坊邻居，但在知道贾芸有困难之后，倪二马上伸出了援助之手。而且他在听贾芸讲了找舅舅借钱被拒的事后，尽管愤怒，但也没有破口大骂，只是说：“要不是令舅，我便骂不出好话来。”在酒醉且愤怒的情况下，他还能管住自己的嘴，知道尽管别人的亲戚再不好，也不能当着别人的面骂。真的是人不可貌相，倪二既是个慷慨解囊、极重义气的人，也是个极有原则、会尊重人的人！

读到此，俗人又要感慨一番啦。人真如“风月宝鉴”那般具有两面性，有骷髅般丑陋的一面，也有天仙般美丽的一面。“醉金刚”倪二就是这样的人，虽是地痞流氓，但也很讲义气。说到讲义气，现在的君子们似乎总不敢大声地说出来，因为义气往往来自像“醉金刚”那样的人，这样的义气好像不再高尚，不再值得赞赏了。但是俗人以为，义气是不分类群的，做人就是要讲义气！当朋友的尊严受到侵犯，我们作为朋友必须要为他挺身而出，而不是畏缩在某个角落。当朋友有困难时，无论如何也要帮朋友走出困难。义气并不只是对兄弟亲人的，也是对朋友的，甚至是对素不相识的路人的。义气就是最纯洁最美好的正气！“醉金刚”那句“也不知你厌恶我是个泼皮，怕低了你的身分”真值得君子们学习一番！

另外，之所以现在有人不敢或者不想讲“讲义气”，是因为很多人一说到“讲义气”，一定要带上讲原则，好像“讲义气”就是不讲原则。何为义气？义气，刚正之气，节烈、正义之气概；义气，为情谊而甘愿替别人承担风险或作自我牺牲之气度。至于义气讲不讲原则与“讲义气”本身没关系。当然，俗人这么说，并非指“讲义气”不需要讲原则，既为人，凡事都要讲原则，如若不讲原则，任何美好的事情也会变得糟糕透顶，如若不讲原则，任何高尚的行为也会变得粗俗不堪。但不要误导人们“讲义气”就是不讲原则的，否则大家都不敢光明正大地“讲义气”。

做人要“讲义气”，这是“醉金刚”倪二的行动告诉我的，俗人将铭记！

现代文明需要高雅的酒文化

《红楼梦》第四十回“史太君两宴大观园　金鸳鸯三选牙牌令”中所提到的“牙牌令”，是酒令的一种。酒令，是中国民间饮酒时一种助兴取乐的游戏。牙牌，又称骨牌、牌九，是旧时游戏用具，亦作赌具，共三十二张，刻有等于两粒骰子的点色（十二点），即上下的点数都是少则一，多至六。一、四点色红，二、三、五、六点色绿。三张牌点色成套的就成了有一定名称的

“一副儿”。行令时，宣令者说一张，受令者答一句，说完三张，合成这一副儿的名字，无论诗词歌赋、成语俗话，比上一句，都要押韵。

贾母两宴席上行的酒令就是这牙牌令。由贾母身边的大丫鬟鸳鸯宣令，鸳鸯道：“如今我说骨牌副儿，从老太太起，顺领下去，至刘姥姥止。比如我说一副儿，将这三张牌拆开，先说头一张，次说第二张，说完了，合成这一副儿的名字。无论诗词歌赋，成语俗话，比上一句，都要押韵。错了的罚一杯。”令中一、三、五、七单句都是宣令者鸳鸯所说，贾母、薛姨妈、史湘云、薛宝钗、林黛玉、贾迎春等都参与行令欢饮，就连刘姥姥也行了牙牌酒令。鸳鸯道：“中间三四绿配红。”刘姥姥道：“大火烧了毛毛虫。”众人笑道：“这是有的。还说你的本色。”鸳鸯道：“右边幺四真好看。”刘姥姥道：“一个萝卜一头蒜。”众人又笑了。鸳鸯笑道：“凑成便是一枝花。”刘姥姥两只手比着说道：“花儿落了结个大倭瓜。”众人大笑起来。

对这一回书中的行酒令，红学专家们早就研究透了，通过酒令看到了人物的性格，看到了荣国府的兴衰趋势，看到社会关系的变化等。俗人也不鹦鹉学舌般赘述了，只是感叹酒桌文化在文明的当代，却不如红楼时代那样高雅，那样有文化！

行令或者行酒令，是汉族民间风俗之一，是酒席上的一种助兴游戏，一般是指席间推举一人为令官，余者听令轮流说诗词、联语或其他类似游戏，违令者或负者罚饮，所以又称“行令饮酒”。酒令由来已久，最早诞生于西周，完备于隋唐。酒令对酒礼的变革、丰富和发展有着重要意义，它不仅是佐酒助兴、活跃宴席的重要手段，甚至被称为“酒中的文化”。古人的“流觞曲水”成了文人墨客诗酒唱酬的雅事，成就了名传千古的《兰亭集序》。《红楼梦》中的酒令也是那么有文化，那么的高雅，太太小姐们的酒令不说，即使刘姥姥的酒令，虽有点粗糙，但很朴实，带着泥土的芬芳。

然而，时至今日，行酒令好像有点变味了，甚至成了劝酒、赌酒、逼酒的手段。这种“中国式劝酒”最近被声讨的声音越来越大，甚至有人形容是“土匪文化”。因为被劝酒而猝死的新闻消息在网上也屡见不鲜，这种两败俱伤的喝酒方式确实落后了。当初人们发明酒令的初衷是为了节制饮酒，古人饮酒设有酒官，行监督之责，不准饮酒过度，不准有失礼仪，违者将被施以重罚。但是现在，似乎行酒令与这种初衷背道而驰，越走越远了。

不妨让大家来听听酒局上的常用语：“迟到了，来来来，自罚三杯”“今天老王有喜事儿，高兴得自干一杯”“老王请客，我们轮流敬他一杯”“你这酒不干了，就是不给我面子”，还有句话叫“感情深一口闷”，似乎人与人的感情交流都在劝酒时得到了升华。中国人的好客在酒席上发挥得淋漓尽致，光用语言劝酒有时候略显苍白无力，于是酒桌游戏应运而生。运用游戏的机制，产生被惩罚的人，惩罚的方式就是喝酒，干杯甚至一瓶一口干的都有。原本是活跃气氛而进行的游戏，玩到最后大家却都喝多了不能自持，耳畔就只充斥着低声怒吼的“喝！喝！喝！”了。

于是，在今天的行酒令中，再也听不到风情雅致的吟诵，充耳都是吆五喝六的劝酒，甚至是灌酒；再也看不到律动韵致的诗文，满眼都是步履踉跄的醉态，甚至是不省人事的惨状。在文明的时代，“行酒令”等酒桌文化却越来越不文明了，酒风日下，酒令日俗，这种“落后”的酒桌文化与现代文明格格不入，实在令人担忧啊！

份子钱要量力而行

《红楼梦》第四十三回里有段情节，说的是贾母为王熙凤过生日凑份子钱的故事。话说贾母吃了野鸡崽子汤，又要吃生炸咸野鸡崽子肉就粥，凤姐立即照办，王夫人称赞凤姐“孝心虔”。于是，贾母提议凑份子为凤姐过生日，王夫人随声附和。这么做一是弥补上两年未给凤姐做生日的遗憾，二是给凤姐一个敛钱的机会。当尤氏询问凤姐怎么办生日时，凤姐让她“看老太太眼色行事就完了”。周、赵姨娘这些吃喝玩乐场合连露面的机会都没有的倒霉鬼也被拉来凑份子了，其余妯娌管家女仆丫环都在劫难逃，每人或多或少都凑了份子钱。这次王熙凤过生日共凑份子一百五十两有余。

俗人读着这回书，轻而易举地读出问题来了，虽然每个人都凑了份子钱，但是各人的想法都是不一样的。有的是拍贾母和王熙凤的马屁，愿意出份子；而有的是碍于情面，不好意思不出；也有的是惧怕权势，不得不出。贾府如此，现实社会何尝不是如此啊！

份子钱一直是人际交往中的一个难以回避的话题。中国是一个人情社会，无论是逢年过节，还是婚丧嫁娶、生日、孩子满月、乔迁等，不少人恐怕都要“随份子”热闹一下。亲朋好友送上祝福，你来我往，其乐融融，这本就是件开心事。但是，份子钱动辄好几百甚至数千，令人感到“压力山大”，就使得人际关系被异化甚至沾满“铜臭”，无论如何都不是好事。当份子钱到了“不好意思出”也得出，“不得不出”的时候，就变了味，变成了负担，成为人际交往的一种压力。2018 年《中国青年报》的一个调查显示，84.8%的受访者坦言份子钱让自己有压力。

压力来自哪里？压力来自人们违背了份子钱的初衷。“随份子”或“凑份子”是中国人的传统习俗，它是社会交往中的一种人情活动，代表着对对方的祝福。而传统风俗历来是有钱出钱，没钱送点东西或出力，以减轻操办方的经济压力，只要心意到了就好，不勉强，更不强求。这就是份子钱的初衷。而现在份子钱变成了关系远近亲疏的“标尺”，份子钱给得多，关系亲近，给的少，关系就疏远。用金钱来测量人际关系亲疏远近，这显然违背了份子钱的初衷，这样的份子钱就会给人带来压力。

压力来自哪里？压力来自人们的攀比心理。从俗人的经验来看，份子钱多少不仅仅对送份子钱的人有压力，对收份子钱的人也是有压力的，除了像王熙凤那样通过过生日敛财的少数人外，大多数人并不都是希望别人给的份子钱越多越好的。份子钱是人情往来的一种形式，今天你有事，大家凑个份子，明天别人有事，你也得凑个份子作为“回礼”啊。因此，收份子钱的“东家”也不希望份子钱太多。而送份子钱的人，往往不是这样想的，他们常常会有种攀比心理，怕自己送少了，被人看不起，尤其是给位尊权重的主送份子钱的时候，这样的心理焦虑更显突出，于是就尽自己最大的努力，出最多的份子钱，甚至负债出份子钱。这样的份子钱必定会影响到其正常生活，没有压力才怪呢！

压力来自哪里？压力来自“喜事”多。随着人们生活水平的提高，喜事也多起来了，婚丧嫁娶不说，就说过生日，小孩子的生日宴特别多，从满月酒开始，周岁酒、十岁酒、二十岁成人酒，二孩开放后“喜事”更多。再说老人的寿酒，健康的生活带来了长寿，寿宴比过去多得多，六十大寿要过，七十、八十大寿也得过，九十大寿更得过，更喜还有百岁宴！还有升学酒，每年总有不少亲朋好友的子女金榜题名设宴庆贺。家有喜事设宴请客，乃是常理之事，你随份子表示祝贺，也是情分所示。但是，这么多的“喜事”有时真的让人难以招架，令人头晕，压力山大，人们之所以把请柬称为“红色炸弹”，恐怕就是这个意思吧。

份子钱啊，你真的让人高兴让人愁！

泼醋有度　幸福生活无度

《红楼梦》第四十四回“变生不测凤姐泼醋，喜出望外平儿理妆”中，凤姐过生日，被众姐妹一顿“狂轰滥炸”，“自觉酒沉了”，与平儿一起离席回家，不料却撞见贾琏与鲍二家的偷情。凤姐醋意汹涌，“气得浑身乱战。又听他俩都赞平儿，便疑平儿素日背地里自然也有愤怨的语了”，“回身把平儿先打两下”。然后，“一脚踢开门进去，也不容分说，抓住鲍二家的撕打了一顿”，“又把平儿打几下，打得平儿有冤无处诉，只气得干哭”。贾琏见了恼羞成怒，从墙上拔出剑来，说道：“不用寻死，我也急了，一齐杀了，我偿了命，大家干净。”凤姐赶忙丢了众人，一溜烟跑去贾母怀中哭诉。最后贾母息事宁人，让贾琏给凤姐和平儿道歉，凤姐也知道自己错怪了平儿。鲍二家的羞愧难当，上吊自尽了。

俗人初读“凤姐泼醋”，总觉得王熙凤有点欺弱怕强，她责怪鲍二家的和平儿，但对自己丈夫贾琏这个醋源头没有什么责怪，不敢泼一滴醋，反而被贾琏追杀而落逃。后来读到贾琏偷娶尤二姐那段时，看到王熙凤再次醋意大发，恣意折磨尤二姐，尤二姐在被迫打胎后，吞金含恨而终。回过头再去读“凤姐泼醋”，俗人以为王熙凤就是个欺弱怕强、以强凌弱、泼醋无度的货色。

而有红学家把“凤姐泼醋”说成是反封建的行动。但是王熙凤敢对鲍二家的、平儿这些社会底层之人泼醋，而对贾府这样的封建地主阶级代表，自然包括贾母和其丈夫贾琏等，却不敢泼一滴醋，这也算是“反封建”？俗人实在不敢苟同。俗人还是认为王熙凤的行为就是欺弱怕强、以强凌弱的泼醋无度！

醋原本是香的，适当的醋意是美好生活的调味品。适当吃醋，散发出来的是爱的清香，过度吃醋，会移了性情，演变成仇恨和报复，最终一发而不可收拾！而王熙凤欺弱怕强、以强凌弱的无度泼醋，让醋意变成了恨意，危及了鲜活的生命，让人不寒而栗！她的无度泼醋让丫头生畏、丈夫生恨、婆婆生怨，最终落得个“一从二令三人木，哭向金陵事更哀”的悲惨结局，与泼醋无度不无关系。

所以，俗人想给喜欢吃醋的人们说一句“泼醋一定要有度”。

经常吃醋对身体健康有益，但在婚姻生活中，如果天天“泼醋”那就要不得了。有专家做过调查，其实男人在心底里也还是希望自己心爱的女人能偶尔吃点“醋”的，这对于两性来说，是一种情感的黏合剂。但是，没有一个男人能受得了对方天天“泼醋”。

女人“泼醋”时应该懂得理解对方，根据男人的耐酸性和“好醋”程度来量度，以此来确定“泼醋”的程度，千万不能过度。如果实在是控制不了自己的脾气，那么可以试试换个形式来表达，以前是冷战不理人，这次可以带点小幽默来调侃对方看看，这样绝对能加强对方的新鲜感，不会产生逆反心理。

“泼醋”的场合一定要看好，不要闻到酸味，就立马发作，一定要看场合，要选时机，除非你不想过下去了。如果在正式场合，恣意泼醋，一定会伤着对方，让对方完全下不了台，还会让周围的朋友感到尴尬不已，最后严重损伤夫妻的形象。

俗人有俗语：泼醋有度，幸福生活无度！

与人交往以和为贵

人们常用“金兰之契”“契若金兰”来形容性情志趣投合的朋友。金，比喻坚；兰，比喻香。而《红楼梦》第四十五回回目上半句是“金兰契互剖金兰语”，这里的“金兰契”和“金兰语”恐怕是在说宝钗和黛玉之间的故事，她们俩互剖金兰语，褪去芥蒂，推心置腹，互相信任，成了好朋友，相互诉说心里话。

话说宝钗来看黛玉，说起黛玉的病，宝钗让她减少用人参肉桂这些热性的药，以避免肝火过盛。建议每天早餐吃一碗冰糖燕窝粥。还主动提出送给她燕窝，让黛玉深受感动。黛玉诚心实意地反思自己，对宝钗深感歉意。单纯的黛玉很快就对宝钗尽释前嫌，并当面向宝钗作了深刻检讨。黛玉对宝钗剖白说：“你素日待人，固然是极好的，然我最是个多心的人，只当你心里藏奸。从前日你说看杂书不好，又说我那些好话，竟大感激你。往日竟是我错了，实在误到如今。”宝钗笑道：“你放心。我在这里一日，我与你消遣一日。你有什么委屈烦难，只管告诉我，我能解的，自然替你解一日。”这就是“金兰契互剖金兰语”，两个平日里心存芥蒂的姐妹用“金兰语”结成了“金兰契”。

其实，为了宝玉，黛玉和宝钗都会吃对方的醋，黛玉醋形于色，而宝钗则醋藏于心，她们的醋意里荡漾着爱意，满满都是对宝玉的爱。所以宝钗、黛玉之间的醋意和误会会在“金兰语”中烟消云散。

俗人就想说，做人就要像这一回中的宝钗、黛玉那样“以和为贵”，冤家宜解不宜结，要用“金兰语”去结“金兰契”。金兰之契似乎在警醒现世之人，无论与家人、同事还是朋友相处，都要讲究和气，和气才能相谋为安，和气才能营造和谐的社会氛围，对彼对己，善莫大焉。

和气对待家人，“家和万事兴”。家庭是每一个人的“根”，父母要用自己的行为给子女做出榜样，同时要求每个家庭成员为人处世、待人接物要有礼节，尊老爱幼和睦顺从。和气对待子女，父爱或母爱不要掺杂着呵斥或威胁，而成为一种不失温柔的爱。和气对待父母，这是一种孝，百善孝为先，一孝可百顺。夫妻间和气相待，因为对方才是一路陪你孝敬父母，养育儿女，撑起家庭的那个人。

和气对待事业，一句老话“和气生财”就说明了一切。“和气”应该成为企业文化。无论是老板、员工，还是一个创业者，都应该做到心如止水，不乱、不慌、不怒，这是成大事者应有的底蕴。老板为人宽容，不斤斤计较，拥有大肚量，和善对待员工，才能以德服众，领导好团队。员工也应该和气谋事，为人豁达，不小肚鸡肠，懂得吃亏是福，带着一颗知恩图报的心，为企业努力做贡献。创业者更应该拥有“和气之心”，和气对人对事，才能有追随者和投资者，才能获取更多人的支持帮助，才有可能走得更稳更远。

和气对待朋友，多一个朋友以后才能多条路可走。想要友谊长存只有“以诚相待”。朋友是你困苦时向你伸手的那个人，不要与朋友失了和气。和气生财，和气生真情，大家都要和气对待世间万物。“人和路路通，惹人道道墙”，懂得给他人台阶，后退一步，让自己保持一个良好的形象。以和为贵，不做“小人”，和气待人，那么即使有什么不快，也会慢慢烟消云散。

天地以和顺为命，万物以和顺为性。为人处世要谨记：处事平易添和气，遇事不急磨脾气，能屈能伸养大气。但是，也要切记："和"并不等于"一团和气"，不是一味地谦让和懦弱。当事有不可忍时，当正义公理不能伸张时，还是要采取一定措施的，否则就是非不分，黑白不明了！

和谐的人际关系来自情理法和谐

"亲娘辱女"是发生在《红楼梦》第五十五回中的一段故事。

话说过完年后，王熙凤小产了，王夫人命李纨和贾探春暂时代管府上的事，薛宝钗帮忙照应。探春"新官上任"便遭遇刁奴吴新登的媳妇吴大娘的欺负。吴大娘来说探春的亲舅舅赵国基昨日死了，问发送银子的事，她欺负探春年小尚未出阁且刚刚主事理政，对于旧例假装不知，故意不说。李纨说给40两银子，而探春偏不肯，要查以往的账来确定给多少。探春问吴大娘往年如何给发送银子，吴大娘说忘了，想难为一下活菩萨李纨与未出阁的探春，让她们出丑。哪知探春怒斥吴大娘："回二奶奶时你也敢说忘了?"坚持要吴大娘找出账来，一看以前都只给了20两银子，探春说不要破规矩，也只给20两银子。而探春的亲母赵姨娘觉得自己的弟弟、探春的亲舅舅死了，给的发送银子太少。李纨都说给40两，探春却硬要根据以往账目给20两，赵姨娘就去找探春闹。探春不顾情面，定按规矩，绝不徇私，没有买赵姨娘养她一场的账。赵姨娘不顾情面地哭骂了探春一番，探春也被骂哭了。

从回目来看这段故事，应该理解为是赵姨娘侮辱了亲生女（辱亲女）探春，从故事情节中确实也能够看到这一点。而俗人却觉得探春所为不仅羞辱了亲娘赵姨娘，似乎还羞辱了亲舅舅赵国基。俗人这样说，不是要研究谁羞辱了谁，而是以为这番母女间的争吵是一场"情与法"的较量。于情，女儿探春可以多给一点银子给亲娘赵姨娘发送舅舅；于法，如果探春多给亲娘银子，说轻一点不符合以往的规矩，说重了就是违法乱纪。但在情与法之间应该还要讲理，她们都忽视这个"理"，所以产生了争吵！赵姨娘强调的是情，探春强调的是法，其中缺少理的调和，才导致矛盾升级，形成对立。

在处理"情与法"的矛盾中，俗人以为一定要讲理，要"以理服人"，尤其是据法有力的一方，更应该要以"道理"去说服拿情说事的一方。以理服人要做到“三心”：真心、耐心和热心。还是拿“亲娘辱女”的故事作为例子，说说如何做到“以理服人”。

首先，探春按规矩办事，于法完全正确，但是从理的角度来说，做得是十分粗糙的，真心不够。探春一味地为了维护规矩，一点情面都不讲，对赵姨娘少了尊重、缺了感恩，让人觉得不够真诚。探春没有站在赵姨娘的角度考虑这件事情，不能够体会一个失去弟弟的姐姐之心情，还忽视了赵姨娘长期作为姨娘的卑微地位，作为赵姨娘的亲生女认王夫人为母，忽视了她亲娘的存在，所以赵姨娘心存愤懑与怨恨是自然的。在人际交往的过程中，一要有尊人之态，要去尊重他人。因为只有会尊重别人了，自己才能收获到别人的尊重，这都是相互的。二要有真诚之情，待人既不能像王熙凤那样，“嘴甜心苦，两面三刀，上头笑着，脚下使绊子，明是一盆火暗是一把刀”，也不能像薛宝钗那样，“罕言寡语，人谓装愚，安分随时，自云守拙”。

其次，探春处事的方法是简单和缺乏热情的，她只是按照以往的规矩办事，事先没有跟母亲赵姨娘沟通解释，简单地用 20 两银子打发了事。正因为缺少了沟通，母女站在各自的立场上看问题，矛盾也就自然出现了。再说，探春对赵姨娘的态度是生硬的，缺乏应有的热情。不是说赵姨娘是探春的亲生母亲就需要热情，而是对任何人都需要有热情，不要用冰冷的条款规定来教训人，要摆事实讲道理，循序渐进地化解矛盾。

“亲娘辱女”告诉俗人，为人处世都要追求“情法理”三者的和谐。俗想而已，不必苟同。

“吃凉”一定要“管酸”

《红楼梦》第六十二回回目是“憨湘云醉眠芍药裀　呆香菱情解石榴裙”，看起来主角是史湘云和香菱，但是，俗人以为，最热闹的是宝玉过生日，请客送礼，喝酒行令，游园玩耍。正因如此，酒喝多了，湘云才会醉眠芍药裀，玩疯了，香菱才会弄脏石榴裙。至于作者这么写想表达什么深层次的意思或者是在映射什么，这不是俗人所关心的问题。俗人只关注表面的、浅层的意思。所以，在读这回书时，宝黛之间一段难得的不关乎情爱的对话倒引起了俗人的关注：

黛玉道："要这样才好，咱们家里也太花费了。我虽不管事，心里每常闲了，替你们一算计，出的多进的少，如今若不省俭，必致后手不接。"宝玉笑道："凭他怎么后手不接，也短不了咱们两个人的。"

不管事的黛玉倒关心起贾府的经济大事来了，而应该关心贾府经济大事的宝玉却说出那么一句混账话，完全是一种"吃凉不管酸"的态度，完全是娇惯成性的"寄生虫""活废物"的语言。只顾自己享受，却不愿意承担相应的义务。这也许就是贾府的可悲之处，也是贾府必将走向衰败的重要原因之一。

对于"吃凉不管酸"，有的理解为一个人极度懒散，不关心任何事情的意思，哪怕东西凉了之后变酸变质，都不在意地吃下去，说明这样的人也算是懒到一定程度了。还有人理解为，凉的食物会影响牙齿，会出现"倒牙"酸痛的现象，而"吃凉不管酸"的人为了吃凉却不顾牙酸，为了满足一时的口腹之欲，毫不顾忌自己牙齿酸痛的后果，把"吃凉不管酸"引申为只顾自己享受，却不愿意承担相应的义务。不管怎么理解，"吃凉不管酸"的人至少是不计后果的人，是不负责任的人。这样的人不仅缺乏事业心和责任感，而且丧失了应有的上进心和荣誉感。他们贪图安逸，拈轻怕重，不思进取，得过且过，事不关己，高高挂起。

然而，在现实中，"吃凉不管酸"的人还真不少。"富二代""官二代"和"星二代"中有，普通家庭里也有；事业单位公务员队伍里有，企业包括私营企业里也有。俗人以为这是个"温水煮青蛙"的可怕现象，从量变到质变，终究会给家庭、单位和社会带来危害和损失。"富二代""吃凉不管酸"，终有一日会坐吃山空，"富不过三代"说的就是这个理吧；"官二代""吃凉不管酸"，终将会危及父母；"星二代""吃凉不管酸"，再亮的星也将失去光芒；平头百姓"吃凉不管酸"，就难以改变自己的命运而沦落到社会的底层，这恐怕不需要举例说明吧；国家公职人员"吃凉不管酸"，"门难进、脸难看"的衙门作风就难以改变。

于是，俗人要说，于家、于业、于国，"吃凉"一定要"管酸"，要摒弃"吃凉不管酸"的懒惰思想，做一个负责任、有担当、积极上进的人。作为家人、朋友、同事和领导，我们也不应该对"吃凉不管酸"听之任之，更不能再继续宠着“吃凉不管酸”的人，要在他们背上猛击一掌，唤醒他们的觉悟和良知，使其尽快地振作起来，负起该负的责任。作为儿女，要对家有担当；作为员工，要对工作有担当；作为公职人员，要对百姓有担当。唯有如此，家庭才会幸福美满，企业才会兴旺发达，社会才会长久和谐。

“吃凉”一定要“管酸”，乃为俗人读《红楼梦》所要管的“酸”。

要讲好真话，说好实话

《红楼梦》从第六十五回起连续三回出现了一个叫“兴儿”的小人物。第六十五回，贾琏偷偷地娶了尤二姐之后，尤二姐素闻王熙凤手段厉害，就找机会问贾琏的小厮兴儿有关荣国府里的一些情况。“兴儿笑嘻嘻地在炕沿下一头吃，一头将荣府之事备细告诉他母女”。兴儿从王熙凤一直说到宝玉黛玉婚事。兴儿说王熙凤是两面三刀，明是一盆火暗是一把刀，是心肠歹毒的人，并把她比成“醋缸”“醋瓮”，把迎春说成是“二木头”，把探春说成是“玫瑰花”，说黛玉是“多病西施”，说宝钗是“雪堆出来的”。对贾府发迹的背景，兴儿也深知底细，他说宝玉不用功读书：“我们家从祖宗直到二爷，谁不是寒窗十载，偏他不喜欢读书。”说到宝黛爱情，则是“再过三二年，老太太便一开言，那是再无不准的了”。可见兴儿虽然是二门上的小厮，但对贾府的一切了如指掌。可惜，这位爱说话又会说话的兴儿，也终因说话多而招来灾祸。到第六十七回，兴儿又在二门上说长道短，话中提到了“新奶奶”尤二姐，此话传到了王熙凤耳中，于是又有了“闻秘事凤姐讯家童”的一幕。王熙凤拿他来盘问，要他打自己嘴巴。兴儿只得自己左右开弓，打了十几个嘴巴，并把贾琏偷娶尤二姐的事一一告知。

兴儿这么能说会道，为什么最后的结局是受到王熙凤的审问而自打嘴巴呢？原因也出在他太能说会道了，该说的不该说的都说了。古来就有“言多必失”“直言贾祸”“祸从口出”等说法，这几个词差不多一个意思，话说多了必然有失误，说话直率、说话不慎会招惹灾祸。也就是话多、话直都是有风险的。年轻的兴儿哪有这样的意识，把知道的都说了出来，而招致王熙凤的拷问。

由此，俗人又想到了一句俗话“伴君如伴虎”。兴儿与主子走得近，所以见得也多，再加上一点小聪明，说起话来倒是让人感觉诙谐幽默，形象生动，却口无遮拦。他就是不知道“伴君如伴虎”的道理，把真话实话都说出来了。其实，离主子越近，言行越要小心谨慎。如若言行不慎，很有可能被主子这只老虎吃掉。这就是所谓的“伴君如伴虎”！

回到现实，如何与领导相伴是门大学问。在领导身边的人，其实真的需要练就一身真功夫。一个真正聪明的人要懂得“伴君如伴虎”的道理，小事糊涂而大事睿智，为人低调而洞若观火，做人如水，以柔克刚。只有那些以不争为争的人，才能笑到最后，成为真正的赢家。这恐怕真的值得“伴君者”借鉴。

俗人这样说，不是鼓动大家说假话或者不说话，而是劝君别乱说话，说话要讲究技巧和艺术。说真话要分场合，不是随时随地都可以说的；说真话要分对象，不是对谁都好说的；说真话要看关系，不是什么关系的人都能说的。不只是跟领导说话，即使夫妻之间、父母与子女之间都要讲究说话的艺术，而不是简单地说真话和实话就可以了。就拿说话场合来说，真话在不同场合会出现不同的结果。丈夫跟妻子说“在外面给我点面子，回家随便你说”，为什么这样说？就是因为在不同的场合，人们对“真话”的接受度不一样。在公开场合，如果妻子直截了当地批评丈夫，即使批评得对，丈夫也会觉得面子上过不去，就有可能会无理地去反驳妻子，那样的话，就有可能会产生夫妻矛盾。而如果妻子在夫妻独处时，带着真心真意去说真话，相信大多数丈夫都愿意接受，甚至还会感谢妻子的批评提醒。夫妻之间尚且如此，和领导在一起，不是更应该如此吗？“伴君者”一定要关注说实话真话的时间和场合，甚至还要关注领导的情感（心情）等因素，把实话说好，把真话讲好，赢得领导的信任，真正成为领导的好帮手，把工作做得更好。

话既到此，俗人还是想说，请君记得“言多必失，直言贾祸”的道理，切记要讲好真话，说好实话，以免受“兴儿所受之罪”！

克服一切形式主义

《芙蓉女儿诔》是《红楼梦》第七十八回“老学士闲征姽婳词　痴公子杜撰芙蓉诔”中主人公贾宝玉祭奠丫鬟晴雯时所写的一篇祭文，恐怕也是《红楼梦》所有诗文词赋中最长的一篇。说实话，凭俗人的水平，无法顺利地读下来，好多字都不认识，自然读不下去，更不用说句读和理解了。于是，只得借前人之智慧，查阅了相关资料，才对这“诔”有了那么一点理解。

有人说这篇诔文中贾宝玉以炽烈的情感、生动的比喻、形象的叙述，回想晴雯在世时，黄金美玉难以比喻她品质的高贵，晶冰白雪难以比喻她心地的纯洁，星辰日月难以比喻她智慧的光华，春花秋月难以比喻她容貌的娇美。

又有人说这一篇文字，歌颂了晴雯作为女儿的纯真、美好，表达自己对暗算晴雯的那些人的愤慨，以及能够和晴雯相处的荣幸和诚惶诚恐，并描绘出了晴雯离去后怡红院的清冷寂寞。宝玉在写下这篇祭文时的感情是真挚的。

还有人说，宝玉用写长篇的诔文来悼念晴雯的反应是不正常的。宝玉的反应只停留在口头的哀恸，思维却活跃得不行，写完《姽婳词》，又长篇大论一个《芙蓉诔》，对仗工整，用典准确。于是就责问：这是心爱之人死去后，他该有的反应吗？

如此种种研究评论，俗人不知谁对谁错，但是，宝玉的《芙蓉女儿诔》却让俗人联想到民间哭丧的场面，还有追悼会上那一本正经的悼词，其中不乏虚情假意。

亲人离世，必要的仪式是不能少的，这是对逝者的尊重。但过度的形式就不敢恭维了，如“职业哭丧”。以前的农村，老辈们的哭丧是有腔有调的，边哭边念，如歌如诉，追忆逝者的生平，表达自己的哀思，哭者真心实意，听者泪流满面，场面令人感动。当然，也有夹带着情绪，借机发泄的。但是不管怎么说，都是真实的感情流露。而这样传统的哭丧场面越来越少见，因为年轻的一代只会哭不会念，丧事的场面就显得不太热闹了。于是，一种新的职业产生了，那就是“职业哭丧”，也就是“代哭”。

“职业哭丧”是“文化堕距”的产物，在物质生活逐渐丰盈的当下，一些人的精神家园建设却“慢一拍”。特别是在富裕起来的郊区农村，不少人将“哭丧”和孝心、孝顺联系在一起，为“职业哭丧”提供了广阔的生存空间。不论是出于“比别人强一些”的攀比心理，还是“别人都如此”的从众心态，“职业哭丧”的背后隐伏着复杂的利益考量和心理纠葛。“职业哭丧”固然能够带来葬礼现场的“好效果”，却不能做到真孝顺。俗人虽俗，也觉得“代哭”俗得有点过了头，这比宝玉的《芙蓉女儿诔》还要虚假，叫人哭笑不得。

更假的还有那追悼会的悼词，很多也是抄袭而来的。在档案里抄生平，在网络里抄悼词，两者一加，追悼会上一读就完事了。听起来一本正经的悼词，除了逝者生平不同以外，几乎都是大同小异、毫无个性。这样的悼词完全是形式主义，走过场而已，哪有情可言？哪有意可表？当然，人们对这样的悼词也已习以为常，不足为奇了，读之无情，听之无心，俗人只是“无病呻吟”罢了。

对逝者最大的尊重是真情的送别，真情的追忆，真情的思念，并非华丽的辞藻和热闹的场面。《芙蓉女儿诔》虽美，其情真与否？俗人妄断其假，请君细思之。

用爱和责任为“妒妇”疗伤

曹雪芹在他所写《红楼梦》的第八十回，来了段近似于讲笑话的“闲笔”，很有些味道，借宝玉向王一贴询问“妒妇方”一事，稍稍给予了一点调侃和嘲弄。原文如下：

宝玉道：“我问你，可有贴女人的妒病方子没有？”王一贴听说，拍手笑道：“这可罢了，不但说没有方子，就是听也没有听见过。”宝玉笑道：“这样还算不得什么。”王一贴又忙道：“贴妒的膏药倒没经过，倒有一种汤药或者可医，只是慢些儿，不能立竿见影的效验。”宝玉道：“什么汤药，怎么吃法？”王一贴道：“这叫做‘疗妒汤’：用极好的秋梨一个，二钱冰糖，一钱陈皮，水三碗，梨熟为度，每日清早吃这么一个梨，吃来吃去就好了。”宝玉道：“这也不值什么，只怕未必见效。”王一贴道：“一剂不效吃十剂，今日不效明日再吃，今年不效吃到明年。横竖这三味药都是润肺开胃不伤人的，甜丝丝的，又止咳嗽，又好吃。吃过一百岁，人横竖是要死的，死了还妒什么！那时就见效了。”说着，宝玉、茗烟都大笑不止，骂“油嘴的牛头”。王一贴笑道：“不过是闲着解午盹罢了，有什么关系。说笑了你们就值钱。实告你们说，连膏药也是假的，我有真药，我还吃了作神仙呢。有真的，跑到这里来混？”

女人善妒，这是很多人的结论。从古到今，也有很多关于女人嫉妒的坊间故事，且不消说。只说，古往今来，男人们最大的愿望恐怕就是女人不要太多嫉妒才好。宝玉亦如此，所以，曹公也借王一贴之口杜撰了一剂“疗妒汤”。

既然女人本善妒，那么男人怎么来应对？这是俗人想说的话题。宝玉求王一贴开了剂“疗妒汤”，虽然只是个玩笑，但是俗人觉得不一定没有疗效。试想，如果作为一个男人能够坚持不懈地为女人做一件事，每天为她煲一碗“秋梨陈皮冰糖汤”，那就证明这个男人是多么重视这个女人，总有一天会融化女人的妒心。当然，这剂“疗妒汤”对宝玉来说是没用的，因为他有太多的“好妹妹”和“好姐姐”，大家一起吃“疗妒汤”，就会产生问题，多吃少吃，早吃晚吃，梨大梨小，甜啦淡啦，烫啦冷啦……他这一碗汤就难以端平了。所以，只要你不像宝玉那样善爱普爱多爱，不妨试用一下王一贴的“妒妇方”，熬一剂“疗妒汤”，送给你爱的爱你的“妒妇”，也许会有效。

俗人以为最好最有效的“疗妒汤”是男人自己。既然知道嫉妒之心是每个女人都会有的，那么就需要男人这剂“疗妒汤”，去赢得美满的婚姻，去维持幸福的家庭。不妨俗人也学一学王一贴，给男人们开一张“妒妇方”，为男人补补气。

男人要有志气，“古之立大事者，不惟有超世之才，亦必有坚忍不拔之志”。一个有志气的男人，自带光芒，和这样的男人在一起，生活如向日葵一般充满阳光，女人就有盼头。男人要霸气，对于生活胸有成竹、信心百倍，对事业胆大心细、游刃有余。处世有底气，为人有担当，女人就有依靠。男人要大气，要有一颗宽容、仁爱之心，不与女人斤斤计较，该放手时就放手，女人就有自由。男人要正气，为人正派，心地善良，遇强不弱拔刀相助，遇弱不强温暖援助，女人就会信赖。男人要争气，男人是家里的脊梁，要为家庭利益努力奋斗，创造丰富的物质财富，为幸福生活奠定基础，女人就会满足。还有勇气、才气、骨气……“补气丸”都可作为“药材”，为你爱的爱你的妒妇熬制一剂属于你们的“疗妒汤”。

虽然每个女人都有嫉妒之心，但大多数家庭都是美满的，俗人以为其中重要原因就是男人自身这剂“疗妒汤”配得好，熬得好，所以疗效才好！

小不忍则乱大谋

“闹闺阃薛宝钗吞声”的故事发生在《红楼梦》第八十三回。话说夏金桂自赶出薛蟠去后，日间拌嘴没有对头，就拿丫鬟宝蟾出气，大吵大闹。薛姨妈听见后，欲派香菱去查探一番，被宝钗阻止。于是，薛姨妈要亲自去，宝钗劝说不住，只得跟着一起去夏金桂房里，劝她消停消停，哪知夏金桂胡乱骂人，羞辱薛姨妈和薛宝钗母女，不妨一起来听听夏金桂是怎么骂人的：

金桂屋里接声道："我倒怕人笑话呢！只是这里扫帚颠倒竖，也没主子，也没奴才，也没大老婆，没小老婆，是个混账世界了！我们夏家门子里没见过这样规矩，实在受不得你们家这样委屈了！"

金桂道："好姑娘，好姑娘！你是个大贤大德的，你日后必定有个好人家，好女婿，决不像我这样守活寡，举眼无亲，叫人家骑上头来欺负的。我是个没心眼儿的人，只求姑娘，我说话，别往死里挑捡，我从小儿到如今，没有爹娘教导。再者，我们屋里老婆、汉子、大女人、小女人的事，姑娘也管不得！"

金桂听了这几句话，更加拍着炕沿，大哭起来说："我那里比得秋菱？连他脚底下的泥我还跟不上呢！他是来久了的，知道姑娘的心事，又会献勤儿。我是新来的，又不会献勤儿，如何拿我比他？何苦来！天下有几个都是贵妃的命？行点好儿罢。别修的像我嫁个糊涂行子，守活寡；那就是活活儿的现了眼了！"薛姨妈听到这里，万分气不过，……宝钗忙劝道："妈妈，你老人家不用动气。咱们既来劝他，自己生气，倒多了一层气。不如且出去，等嫂子歇歇儿再说。"

读到此，俗人不得不佩服薛宝钗的"忍性"真好！不但这次面对夏金桂的胡闹能忍，回过头去看看，发现宝钗还真的能忍，尤其是在处理与黛玉的关系中。宝钗生日，宴席上宝玉夸她无书不知，被黛玉当场斥责，宝钗的态度是淡然处之；宝钗被薛蟠嘲讽，哭红了眼，黛玉拿她打趣，她无声地走开；清虚观打醮，宝钗因说出湘云的金麒麟，又被黛玉讥讽一回，她仍然是一笑了之。

为什么宝钗这样忍让？阴谋论专家认为宝钗城府深，计谋远，这一切的忍都为的是俘得宝玉的心，谋求"金玉良缘"。但是，俗人觉得这称不上阴谋，宝钗也不是拆散木石前盟的主谋，她没有设下任何阴谋诡计，而是尽自己的努力，忍受一切难忍之事，去争取每个人，包括所谓的情敌林黛玉。凡欲成大事者必先忍，宝钗要成金玉良缘的大事，就必须得忍耐一切有利于达到目的的难忍之事，这才是“大丈夫”之举！

孔子说过：“小不忍则乱大谋”，意思是说小的事情不忍耐住，则会坏了大事。道家也说：“忍耐是远离灾祸的法宝。”忍是一门技巧也是一门学问，既是儒家信奉之道，也是道家信奉之道。精通儒家思想和道家学说的曾国藩认为：面对命运的时候，忍耐似乎是走向成功的唯一法门。司马懿，最成功的忍者。根据史书中的评价，司马懿是“忍者之王”，因为他足够隐忍，能一直坚持到最后。他辅佐了曹魏四代君主而保住自己不死，一开始被曹操认为是以后的隐患，但最后他靠着自己的隐忍消除君王的戒心，晚年又被曹叡委托重任，掌控大权。再说，曹操也是最霸气的忍者。曹操是一代枭雄，同时他也具有很强的忍耐能力和惜才之心，他被祢衡骂得“一佛出世，二佛升天”；陈琳以三封信来骂曹操，最后还得到了曹操的重用和赏识，被委以重任。曹操不拘小节，对于骂他的、说他的人，只要是有才之人，都宽厚待之，所以成就了三国里最强的一股势力。

小不忍则乱大谋，意义可见可鉴。

要把爱大声说出来

《红楼梦》第九十六回结束部分描写了黛玉与宝玉最后一次的相会，俗人把这段故事简称为“死别”的“宝黛绝会”。

只见黛玉颜色雪白，身子恍恍荡荡的，眼睛也直直的，在那里东转西转。……（紫鹃）只得赶过来轻轻的问道：“姑娘怎么又回去？是要往那里去？”黛玉也只模糊听见，随口应道：“我问问宝玉去。”紫鹃听了，摸不着头脑，只得搀着他到贾母这边来。

黛玉走到贾母门口，心里微觉明晰，回头看见紫鹃搀着自己，便站住了，问道：“你作什么来的？”紫鹃陪笑道：“我找了绢子来了。头里见姑娘在桥那边呢，我赶着过来问姑娘，姑娘没理会。”黛玉笑道：“我打量你来瞧宝二爷来了呢，不然，怎么往这里走呢？”紫鹃见他心里迷惑，便知黛玉必是听见那丫头什么话了，惟有点头微笑而已……

那黛玉却又奇怪了，这时不似先前那样软了，也不用紫鹃打帘子，自己掀起帘子进来。却是寂然无声……倒是袭人听见帘子响，从屋里出来一看，见是黛玉，便让道："姑娘，屋里坐罢。"黛玉笑着道："宝二爷在家么？"……黛玉却也不理会，自己走进房来。看见宝玉在那里坐着，也不起来让坐，只瞅著嘻嘻的傻笑。黛玉自己坐下，却也瞅著宝玉笑。两个人也不问好，也不说话，也无推让，只管对着脸傻笑起来……忽然听着黛玉说道："宝玉，你为什么病了？"宝玉笑道："我为林姑娘病了。"袭人、紫鹃两个吓得面目改色，连忙用言语来岔。两个却又不答言，仍旧傻笑起来。袭人见了这样，知道黛玉此时心中迷惑，不减于宝玉，因悄和紫鹃说道："姑娘才好了，我叫秋纹妹妹同着你搀回姑娘，歇歇去罢。"因回头向秋纹道："你和紫鹃姐姐送林姑娘去罢，你可别混说话。"秋纹笑着，也不言语，便来同着紫鹃搀起黛玉。那黛玉也就起来，瞅著宝玉只管笑，只管点头儿。紫鹃又催道："姑娘回家去歇歇罢。"黛玉道："可不是，我这就是回去的时候儿了。"说着，便回身笑着出来了，仍旧不用丫头们搀扶，自己却走得比往常飞快……紫鹃连忙搀住叫道："姑娘往这么来。"黛玉仍是笑着，随了往潇湘馆来。离门口不远，紫鹃道："阿弥陀佛！可到了家了！"只这一句话没说完，只见黛玉身子往前一栽，"哇"的一声，一口血直吐出来。

就此一别，宝玉和黛玉再不相见，到后来阴阳两隔死别离。到此，俗人不得不对宝黛高喊一声：要把爱大声说出来！从初相会的似曾相识，到同枕眠共读西厢，再后来吟诗作对抒情怀，两情相悦诉衷肠，如此浪漫的爱情总觉得缺了一口气，没能勇敢而直接地表达出来。虽然宝黛两人私下有所表达，但在公众面前还是过于含蓄，再加上宝玉又是个"情种"，有那么多的好妹妹和好姐姐，经常会让黛玉眼花缭乱，醋意四溢，也给众人以琢磨不透的感觉，更是给贾母等封建家长创造了"包办婚姻"和"调包婚姻"的机会。难道在得知要成亲的时候，宝玉你不应该去把这喜讯告诉黛玉吗？如果告知，也许结果就不是这样的。如此的含蓄，不但伤害了宝黛自己，也伤害了宝钗等人以及整个贾府家族。

是爱，一定要大声说出来！有些时候我们犹豫不决，没有勇气，这样，本来应该是甜蜜的故事就成了一个人的单相思，或者就变成宝黛那样的悲剧。

所以爱一定要大声说出来，说出来以后故事就会有很大的不一样，说出来才会让事情有进展，两个人才有可能走到一起，成功地步入婚姻的殿堂。

婚姻不是一个人的独角戏，需要两个人的共同配合，也需要家人的支持！只有你把爱大声说出来，让你爱的人定心，让爱你但你不爱的人死心，让不理解你的家人理解你，你才会赢得真正属于自己的爱情，婚姻才会温馨甜蜜。因此，俗人最后还得高声说：要把爱大声说出来！别让宝黛悲剧重演！

人不能忘本　心不能忘恩

贾雨村算得上是《红楼梦》的开场人物，因而，俗人在《社交篇》第一篇笔记写的就是贾雨村，也对他的一生做了简单的总结：从初始的知恩图报，面对挫折也能做到能屈能伸，到后来走上仕途，发生蜕变，谄媚权贵，胡乱判案，从此走上不归路。第一百零三回，贾雨村又一次上了回目“昧真禅雨村空遇旧”，而第一百零四回开头继续讲述贾雨村的故事，读罢这两回书，心中终究不爽，忍不住提笔再写贾雨村，一吐为快。

书中说道：贾雨村升了京兆府尹（首都市长），出差办公，路过知机县，到了急流津，正要渡河，遇一破庙中老道士，甚觉面善，便躬身相问。老道提到“葫芦”“玉钗”等语，雨村始知此人就是甄士隐。但与他谈起旧事，老道又不说破，雨村只好作罢。雨村向他请教人生之道，答曰：“来自有地，去自有方。”雨村不解而去。雨村渡船刚过河后，就见古庙内火光冲天，烈焰烧天，雨村心想士隐还在庙里面，按理应去看看，但功名利禄之人，薄情寡义并未去，只派随从等火灭后到庙内看看。随从查看后禀报雨村，庙内已化为灰烬，什么也未找到。雨村听毕，知士隐仙去，也没有说什么。雨村继续巡视了几处，刚进都门，开路的衙役带过来一酒醉之人说，此人酒醉，躺在街心不知回避，雨村说：我是管理这地方的，你们都是我的子民，知道本府经过，为何不回避？那人道；“我叫醉金刚倪二，喝酒是自己的钱，躺的是皇上的地，便是大人老爷也管不着。”雨村发怒，命手下将倪二打了一顿，并带回衙门。

贾雨村对待恩人甄士隐的态度和做法让人不爽。我们先撇开所谓的“禅意”不谈，只谈情谊。雨村明知道那道人是故知甄士隐，老道不说破，他就作罢，明知是恩人为何要作罢？老道给他指点迷津，他不解而去，既然不解为何不深入讨教呢？见庙宇被火烧，他只派随从等火灭后去看看，明知甄士隐在庙内，为何不及时去救火呢？

贾雨村对待他所谓的子民的态度和做法同样令人不爽。明知道倪二已经喝多了，喝醉了，却不出手相助，反而嫌他挡道，责打一顿，收入监狱。如果说他与甄士隐之间还有什么“禅意”在其中，所以不说破、不相救。那么，贾雨村对待子民的这种简单粗暴做法，还有什么“禅意”可谈！也本无禅意！

人一旦当上官就忘本忘恩的，不仅仅是贾雨村一个。书中有，现实中也有，古代有，现今也有！恐怕不需要举例吧。俗人只是想说一句：人，不能忘本；心，不能忘恩。

人不能忘本，本是什么？本就是根本，做人的根本。也许在人生的道路上，人们很少去思考这个问题，所以，有些人走着走着，就迷失了自己，因为他忘了本，忘了根。一个人，一旦忘了本，忘了根，其实已经和行尸走肉没太大的区别。有很多事情，我们为什么不能做？有很多事情，为什么我们又必须做？那是因为作为一个人应该有为人处世的基本态度和标准！态度和标准因人而异，有所不同，但是应该要有基本原则，那就是不能违背良心，不能违背道德，这样的做人标准就是值得尊敬的。这个世间，没有什么比良心、道德还贵。

心不能忘恩。俗话说：“滴水之恩当涌泉相报！”“鸦有反哺之义，羊有跪乳之恩！”父母之恩比天高，比地厚，作为子女一辈子都不能忘。对于帮助过你的人，也要记得感恩，因为别人没有义务帮助你，你不能辜负了别人对你的信任！每个人都会有失意落魄的时候，当你处于人生低谷，或者事业失败的时候，如果有人拉了你一把，你得一辈子都记着。因为在你最困难的时候，能够伸出援助之手的人，那就是你的恩人、贵人！怀一颗感恩的心，感恩所有关心你的人，所有帮助过你的人，所有爱你的人。因为懂得感恩，这个世界才会越来越美好，越来越和谐。每一颗感恩的心，都能够发出一丝丝温暖的光！

贾雨村从知恩图报到见死不救的道德堕落，是一面反面镜子，俗人以为要引以为戒：为人，不能忘本；处世，不能忘恩！正所谓“树高万丈不忘根，人若辉煌莫忘恩！”

做人当自强

贾迎春是《红楼梦》中金陵十二钗之一，在贾氏四姐妹中排行老二，是贾宝玉的堂姐。迎春老实无能，懦弱怕事，有“二木头”的诨名。她不但作诗猜谜不如姐妹们，在为人处世上，也只知退让，任人欺侮。她的攒珠累丝金凤首饰被下人拿去赌钱（累金凤事件），她也不追究。父亲贾赦欠了孙家五千两银子还不出，就把她嫁给孙家抵债。结婚一年不到，受尽其丈夫孙绍祖的折磨，有文为证：

迎春方哭哭啼啼，在王夫人房中诉委屈，说孙绍祖一味好色，好赌酗酒，家中所有的媳妇、丫头将及淫遍。“略劝过两三次，便骂我是‘醋汁子老婆拧出来的’。又说老爷曾收着五千银子，不该使了他的。如今他来要了两三次不得，便指着我的脸说道：‘你别和我充夫人娘子！你老子使了我五千银子，把你准折卖给我的。好不好，打你一顿，撵到下房里睡去。当日有你爷爷在时，希图上我们的富贵，赶着相与的。论理我和你父亲是一辈，如今压着我的头，卖了一辈，又不该做了这门亲，倒没的叫人看着赶势利似的。’”一行说，一行哭的呜呜咽咽，连王夫人并众姊妹无不落泪。

书至第一百零九回“还孽债迎女返真元”，贾迎春终究被孙绍组折磨而死，返了元真！迎春命如其判词早注定：“子系中山狼，得志便猖狂。金闺花柳质，一载赴黄粱。”也正如迎春的曲子《喜冤家》所唱：“中山狼，无情兽，全不念当日的根由。一味的，骄奢淫荡贪还构。觑着那，侯门艳质同蒲柳；作践的，公府千金似下流。叹芳魂艳魄，一载荡悠悠。”

贾迎春这样老实懦弱的好人就被骄奢淫荡的“中山狼”“吃”了，正是应了“好马被人骑，好人被人欺”那句俗话。一个人的性格真的会对其一生产生影响。试想一下如果迎春没有那么懦弱，那么她也不会被自己的父亲拿去抵债，更不会遇到“中山狼”最后遭家暴而死。不敢反抗的迎春认了命，她觉得这就是自己的命数。假如她有点反抗精神，反抗得稍微激烈一点，一切可能就不同了。

“好马被人骑，好人被人欺”，恐怕是因为人有欺软怕硬的本性。欺软怕硬的人，可以说在我们身边无处不在，欺软怕硬的事情在社会中也经常发生。一些素质极为低劣的人，面对强者显得是个弱者，面对弱者显得是个强者，这也就是俗话说的欺软怕硬的人。起先他在和你交往的过程中试探你究竟是怎么一个人，如果感觉不怎么好惹，以后也就没有什么动作了；如果感觉你比较善良、柔弱，就会不时地惹你，之后如何就看你的态度怎么样。如果你一味地表现出对他的这种行为无可奈何、软弱、退让，他的气焰就会一日胜过一日，在你跟前越来越放肆，最后可能将欺侮、侮辱你当成家常便饭。所以对这种人你千万不能一味地软弱、退让，该表现出刚强的时候还要刚强，该反击的时候还要反击，那样他就不会再视你为弱者，在你跟前也会慢慢收敛自己放肆的行为。

人们都说，退一步海阔天空，吃亏是福。话是没错，但是，那也要看针对什么人。如果面对的是个明事理的人，懂得你的善，尊重你的好，即使吃亏也是行善；如果碰上欺软怕硬的人，那你永远都是吃亏的那个人，你愿意吃亏，人家就把你当傻子待，忽视你的所有感受。在这种人面前，不会维护自己、不会为自己争取权益的人，是得不到尊重的。不过出于人的本能，谁会任人宰割，连动物受到伤害时都要进行强烈反抗，何况一个正常人。

如果每个人都能从自身做起，不要以强欺弱伤害他人，要学会自强不息保护自己，那么，迎春那样的悲剧就会越来越少，世界也将变得越来越和谐美好。是为俗人所期！

忠义两全真汉子

包勇是《红楼梦》中的一个小人物，原为江南甄府家奴。因为甄家被抄，包勇被甄老爷引荐投靠贾府。包勇在书中正式出场只有三次，他在第九十三回首次出现，之后又出现了两回。尽管包勇出场不多，但俗人觉得这个男人与《红楼梦》中其他男子大有不同，每一次他的出场都是正面的，充满正义感和忠诚。故而想写写他。

第九十三回甄家把包勇推荐给贾府时，书中描写他是“身长五尺有零，肩宽背阔，浓眉爆眼，磕额长髯，气色粗黑，人甚憨厚”，从外貌来看，包勇就是大家印象中正直忠厚的正面人物的形象。他对贾政说“我们老爷只是太好了，一味地真心待人，反倒招出事来”，言谈中也透露出他是个正义感极强的人。

有一日，包勇喝了几杯酒后到荣府街上闲逛，听人说贾雨村对贾府落井下石，便在贾雨村路过之时大骂：“没良心的男女，怎么忘了我们贾家的恩了!”贾雨村见是个醉汉，也不理会就过去了。荣府里的人本来就嫌弃包勇，便将包勇喝酒闹事的话回了贾政，贾政此时正怕风波，也将包勇骂了几句，让他去看园子。包勇本是个直爽脾气，立刻收拾行李，到园中看守浇灌去了。一个入职不久的人竟然如此敢于担当、赤心护主，真是正义感爆棚。

然而，包勇最大的功劳，应该是他与入室抢劫的歹徒舍命搏斗之事，在此事上他为贾府出了大力。贾母仙逝，众人送葬，只有惜春等人在家留守。周瑞家的干儿子何三因为往日与贾府有过节，乘贾府失防之时，纠结一帮无赖趁夜色潜入贾府盗窃，又窥见屋内美貌的惜春和妙玉，便妄想财色两劫一举两得。在这凶险的一刻，只听园门腰门一声大响，打进门来，见一个梢长大汉，手执木棍。众人唬得藏躲不及，听得那人喊说道：“不要跑了他们一个！你们都跟我来。”这些家人听了这话，越发唬得骨软筋酥，连跑也跑不动了。只见这人站在当地只管乱喊，家人中有一个眼尖些的看出来了，你道是谁，正是甄家荐来的包勇。胆识过人的包勇“用力一棍打去，将贼打下房来。那些贼飞奔而逃，从园墙过去，包勇也在房上追捕”。最终包勇和众家人合力将贼人赶跑。

包勇为了维护府中的安全，不让妙玉等进府，还和她们发生口角。文中语言和动作描写都充分表现了包勇的勇猛和武功高强，当然，这些都缘于他的性格，更缘于他的忠诚和正义感。

读到此，俗人终于在《红楼梦》中看到了一位真正的男子汉，粗一看包勇好像是来自《水浒传》的好汉，忠义侠骨，勇猛彪悍，好一位“忠义两全”的男子汉！

俗人以为，真正的男子汉少不得忠诚和正义！忠诚不仅是一种品德，更是一种能力。如果一个人缺乏忠诚，他的其他能力就失去了用武之地。忠诚是其他所有能力的统率和核心，是我们的做人之本。“德才兼备，以德为先”，而最大的德则莫过于“忠诚”。忠诚是一种职业的责任感，并不是从一而终，也不是媚俗，而是承担某种责任或从事某一职业所表现出来的敬业精神。生活中为人父母、为人子女、为人朋友，需要忠诚；工作中为人下属、为人上司、为人同事，需要忠诚。忠诚于自己的公司，跟公司的同事和老板和睦相处，与公司同舟共济、荣辱与共，全心全意为公司工作，把公司当成自己的公司，公司成功了、发展了，你自然也就得到了成功。就如包勇那样，尽管换了主子，但他还是一如既往地忠诚。

但是，如果忠诚离开了正义，那是愚忠。正义的忠诚才是男子汉要追求的目标。把“忠诚”和“正义”连缀起来解读，其内涵就更为丰富了。“忠义”这个词骨子里透出精粹与刚强，非大丈夫不能称“忠义”。顶天立地的男子汉，最重要的品质就是“忠义双全”。“忠义双全”是成功人士不容缺失的内在品质。忠义是为了正义的事业无条件地付出自己的一切，不遗余力地匡扶正义正气。以这样的标准来看包勇，他的“忠义”也要打点折扣的，毕竟他忠的是封建地主阶级的义。但撇开阶级性不论，应该说包勇是个“忠义”的男子汉。

自古以来一直说“忠义两难全”，由此可见，要真正做到“忠义两全”也不是那么容易的。但是，做人必须要讲究“忠”和“义”，再难做到，也要努力去追求！是为愚见，以勉自己。

真假难辨必须辨

“甄贾会”指的是《红楼梦》第一百一十四回的下半回“甄应嘉蒙恩还玉阙”。

甄宝玉之父甄应嘉，表字友忠，也是金陵人氏，功勋之后。原与贾府有亲，素来走动的。因前年挂误革了职，动了家产。今遇主上眷念功臣，赐还世职，行取来京陛见。知道贾母新丧，特备祭礼，择日到寄灵的地方拜奠，所以先来拜望。

贾政因小女探春嫁镇海统制的少爷，所以拜托甄应嘉拜恳便中一视。而甄应嘉因奉旨出京，不敢久留，“将来贱眷到京，少不得要到尊府”，故而把儿子甄宝玉托付给贾政：“如可进教，遇有姻事可图之处，望乞留意为感。”

早在第二回，冷子兴就提到“甄贾”两家，冷子兴道：“谁人不知！这甄府和贾府就是老亲，又系世交。两家来往，极其亲热的，便是在下也和他家来往非止一日了。”

第五十六回，一直躲在《红楼梦》幕后的江南甄家，终于露出了神秘的一角。甄家的夫人带了三女儿，还有若干奴仆，到京城来了。后贾宝玉在镜子面前睡觉，梦见甄宝玉。

甄贾两家还有经济往来。元春省亲的时候，负责到姑苏采买小戏子的贾蔷曾经提道（第十六回）：“赖爷爷说，不用从京里带下去，江南甄家还收着我们五万银子，明日写一封信会票我们带去，先支三万，下剩两万存着，等置办花烛彩灯并各色帘栊帐幔的使费。”而当甄家被抄家之前，慌慌张张地派了许多仆人，带了许多财物，寄放到了贾家，并荐仆人包勇投靠贾家。

贾母生日的时候，虽然有人络绎不绝地来送礼，但真正上档次，或者说能入得了贾母和王熙凤的眼的，也只有江南甄家送来的一架十二扇大红缎子缂丝的“满床笏”。

甄贾两家还有两个长得一模一样的宝玉，第一百一十五回“证同类宝玉失相知”，甄贾宝玉相会，俗人后也将俗读一番，暂且不论。

甄贾被暗喻为“真假”，“甄贾会”说到底是“真”与“假”的“相聚”，暗示了甄家和贾家的神秘关系，“假作真时真亦假”贯穿了整部《红楼梦》，甄家与贾家，孰真孰假，俗人感觉混沌难辨。俗人原来没有好好读过《红楼梦》，仅仅借着中学课本中的节选，通过一张“护官符”和一桩“葫芦案”，才知道了贾史王薛四大家族。而江南甄家对俗人来说，几乎是空白，更不知甄贾两家的渊源与“真假”。此番俗读“甄贾会”，略知皮毛，更难厘清“真”与“假”，不得不由衷感叹：《红楼梦》的确深奥，确非俗人之辈能悟。

但是，俗人倒有一点感触，正是因为真假难辨，所以说辨别真假很重要。辨别真假是社交处世少不得的重要能力，不可小觑。否则，你会败得很惨！

生逢信息时代，我们每天要面对的信息量是庞大的，的确要有足够强的辨识真假能力，唯有这样，才有可能会少一点人云亦云，少一点受骗上当，才有可能赢得事业，赢得人生。

道不同，不相为谋

甄贾宝玉终于在《红楼梦》第一百一十五回相会了，但是，这次相会好像不太愉快，有回目“证同类宝玉失相知”为证，甄贾宝玉虽然同名，却互不“相知”。原文内容梗概如下：

只听外头传进来说：“甄家的太太带了他们家的宝玉来了。”众人急忙接出，便在王夫人处坐下。众人行礼叙些寒温。王夫人提起甄宝玉与自己的宝玉无二，要请甄宝玉进来一见。贾政见甄宝玉相貌果与宝玉一样，试探他的文才，竟应对如流，甚是心敬，故叫宝玉等三人出来警励他们，再者，到底叫宝玉来比一比。

且说贾宝玉见了甄宝玉，想到梦中之景，并且素知甄宝玉为人，必是和他同心，以为得了知己。那甄宝玉素来也知贾宝玉的为人，今日一见，果然不差，只是可与共学，不可与适道。甄宝玉道：“弟少时不知分量，自谓尚可琢磨；岂知家遭消索，数年来更比瓦砾犹贱。虽不敢说历尽甘苦，然世道人情，略略的领悟了些许。世兄是锦衣玉食，无不遂心的，必是文章经济，高出人上，所以老伯钟爱，将为席上之珍：弟所以才说尊名方称。”贾宝玉听这话头又进了禄蠹的旧套，想话回答。贾兰听了这话甚觉合意，便说道：“世叔所言，固是太谦，若论到文章经济，实在从历练中出来的，方为真才实学。在小侄年幼，虽不知文章为何物，然将读过的细味起来，那膏粱文绣，比着令闻广誉，真是不啻百倍的了！”甄宝玉未及答言，贾宝玉听了兰儿的话，心里越发不合，便说道：“弟闻得世兄也诋尽流俗，性情中另有一番见解。今日弟幸会芝范，想欲领教一番超凡入圣的道理，从此可以洗净俗肠，重开眼界，不意视弟为蠢物，所以将世路的话来酬应。”

甄宝玉听说，心里晓得。便说：“世兄高论，固是真切，但弟少时也曾深恶那些旧套陈言。只是一年长似一年，家君致仕在家，懒于酬应，委弟接待，后来见过那些大人先生，尽都是显亲扬名的人，便是著书立说，无非言忠言孝，自有一番立德立言的事业，方不枉生在圣明之时，也不致负了父亲师长养育教诲之恩，所以把少时那些迂想痴情，渐渐的淘汰了些。如今尚欲访师觅友，教导愚蒙。幸会世兄，定当有以教我。适才所言，并非虚意。”贾宝玉愈听愈不耐烦，又不好冷淡，只得将言语支吾。

甄宝玉和贾宝玉正式见面的场面有点尴尬，聊天的结果让贾宝玉好不心烦。尴尬在于甄贾宝玉“志不同，道不合”“话不投机半句多”！

孔子在《论语·卫灵公》中说：“道不同，不相为谋。”道不同的人，连话都不必多说，谈何并肩前行呢？真正志同道合的朋友，有共同的奋斗目标，向着同一个方向前进，才会在前行的路上不觉孤独。大家无须客套寒暄，在一起自在无比。和一群志同道合的人，一起奔跑在理想的路上，回头有一路的故事，低头有坚定的脚步，抬头有清晰的远方。

人和人之间，一定是存在磁场这回事的，这个磁场借用时髦的话来说就是“三观”。如果两个人三观不一致，相处时间就不会太长。真正的喜欢一定是有相互认可的三观。有的人一见面印象不错，继续聊天却毁了“三观”，便不愿深谈，只得“嗯呃啊啊”地配合着对方的神侃，这就是所谓的“话不投机半句多”了。就如甄贾宝玉因相貌相同而相互吸引，一经交流，甄宝玉在高谈阔论“文章经济”，贾宝玉却认为甄宝玉是“禄蠹”，愈听愈不耐烦。原因就在于“志不同，道不合”，所以才会觉得“半句多”。

当然，志同道合指的并不是完全一样，而是我能欣赏你的与众不同。双方互相欣赏，相互珍惜。青菜萝卜各有所爱，有人喜欢路边小摊，有人喜欢西餐日料，“路边小摊”不认为“西餐日料”是做作，而是认同它的高雅，“西餐日料”也不嫌弃“路边小摊”的低俗，而是认同它的美味。这才是更高境界的志同道合，正所如“志同道合者则互惜”。

是为俗人读着貌合神离的甄贾宝玉所悟，交友要讲究志同道合，“道不同，不相为谋”，古训不忘，友道亨通。

写在最后

俗读归结

《红楼梦》在第一百二十回“甄士隐详说太虚情　贾雨村归结红楼梦”中落幕。随着贾雨村对《红楼梦》的归结，历时九个月的俗人读《红楼梦》，也将随之暂告段落，写下笔记，亦谓归结。

正如开场白中所说的那样，俗人读《红楼梦》，没有太多的规矩，而是有感而发，无拘无束，无知无畏，想到哪里写到哪里。对于小说的写作手法、文学特色、文学价值、历史背景等的研读，俗人恐怕力不从心，所以一概不碰。原因很简单，一是自己文学底子太薄，无从着手；二是红学研究几乎是紧随《红楼梦》诞生而诞生，最早也可以溯源到18世纪，在以后的二百多年的时间里，红学专家和众多的文学爱好者对《红楼梦》已有深刻而广泛的研究，虽然角度不同，学派有别，观点不一，但是前辈们已经把《红楼梦》的角角落落都摸得烂熟了，哪怕是一个微不足道的细节，也可以找得到长篇大论的考证和解读。

基于上面的两个原因，俗人读《红楼梦》只能绕道而行，避难就易，从《红楼梦》中寻找值得现实工作、学习和生活可以借鉴的人物和事件，说说自己浅俗的感想。好在《红楼梦》永远可以与现实对话，因为经典的魅力就在于超越时空的阻隔。“风月宝鉴”对当今社会沉迷于色欲乃至于一切欲望的人是一种警醒。“泪尽夭亡”的林黛玉的故事及其结局，可以为当今社会追求真爱的人提供反思的丰富资源。“顽石下凡历劫”的贾宝玉的故事及其结局，对当今社会追求人生价值与意义的人们，具有重要的参照价值和意义。

《红楼梦》的确是一本警示人生的教科书。人的一生中总在为功名、金银、爱情、儿孙而奔波奋斗，所以活得很累，有的人为此得了一身的病，到最后也没有活明白。《红楼梦》虽然不是爱情小说，“木石前盟”和“金玉良缘”却是全书的重要情节线索；所谓的“宝玉受笞”“宝玉作弊”等都是贾政逼儿追求功名所致；“贾不贾，白玉为堂金作马……珍珠如土金如铁”的护官符写尽了《红楼梦》四大家族的富贵、权势，所以，薛姨妈能“千金救儿”、被抄家后贾母还能“散财”；“贾府家学”“代儒讲义”等，为维护和发展贾府这个封建大家庭培养接班人。其中的故事揭开了人生的真实面目，揭示了人生的真善美和假恶丑，留给当代人诸多方面的警示。俗读逐一作记。

《红楼梦》也是一本教人为人处世的教科书。其博大精深的思想内容仍然与我们的现实生活息息相关。人生好比一场梦，大梦初醒，才意识到人生的真正意义不在于你得到多少、失掉多少，而在于你在奋斗中悟出了多少。《红楼梦》里描述了一个复杂的人情社会。其中为人处世、人际交往之道更是应有尽有，而里面很多说话、打交道的技巧，都能运用到我们的现实生活中。王熙凤的八面玲珑，薛宝钗的沉稳周全，史太君的运筹帷幄，刘姥姥的自黑幽默，这些对于为人处世都有借鉴意义，因此这些人物多次进入了俗读视野。

《红楼梦》更是一本教导育人的教科书。也许是职业的关系，在俗读《红楼梦》时，俗人关注更多的是教育的问题，比如家风、亲子、人才。贾府败家的根本始在宁府，贾敬炼丹出道、贾珍滥情乱伦，上梁不正下梁歪。腐败奢靡家风蔓延至荣府，烈火烹油、穷奢极侈、公私不分、亏空库存，最严重的是为官昏庸、缺乏监管、教育落后、人才不继。而《红楼梦》里有一批十多岁的青少年，正是受教育的年纪，他们绝大多数却没有接受到很好的教育。“家学”的不堪和家庭的溺爱偏爱错爱等教育失误，耽误了孩子们的成长。因而，如何教育孩子就成了本次俗读的重要内容之一，涉猎的教育领域也比较广，如“家学”涉及师德问题、“读西厢”涉及青春期等心理健康教育问题、“贾兰”和“恶子贾环”等涉及家庭教育问题……关于教育的话题，俗读更为用心。

“满纸荒唐言，一把辛酸泪。都云作者痴，谁解其中味。”作者在《红楼梦》的结尾处留下这么一首诗，旨在希望读者能解得他隐藏在“荒唐言”后面的“其中味”。俗人只能读出这样的俗味了，可能不是作者所希望的“味道”，但是不管酸甜苦辣咸，至少也是一种“味道”。阳春白雪的“雅味”当然是不可能的，“农家乐”的“土菜味”还是有的吧，就算是一道出自农民儿子之手的“红楼土菜”，俗人也就满足了。

是为“俗人读红楼之归结”，奢望看官放低身段尝尝土味，不吝赐教为恩！

下 编

剧人戏读红楼

（陆 军　薛允璜）

红楼探春（越剧）

【人物】探春　宝玉（贾宝玉、甄宝玉）
迎春　惜春　李纨　侍书　茗烟
赵姨娘　王夫人　凤姐　王妈
祝妈　田妈　叶妈　丫头、男仆若干

第一场　猜　谜

〔幕前曲：大观园里女儿多，
谁能逃脱命坎坷？
且说探春春难探，
才女韶华付悲歌。

〔荣国府正房中堂。王妈、祝妈、田妈、叶妈相继穿梭急上。

王　妈　哎呀，当家的琏二奶奶小月病倒，这府里上上下下就七颠八倒！大事小事没有个管事的，只得都来向太太禀告！有请太太……

〔丫头随侍王夫人上。

祝　妈　禀太太，各房的月规钱、点心钱、笔墨钱、头油脂粉钱，都该支了……

叶　妈　禀太太，大观园里的竹木花草，要请花匠……

田　妈　禀太太，大观园里山石池塘要整治，要请工匠……

王　妈　禀太太，赵姨娘的兄弟死了，要支赏钱……

祝　妈　禀太太，园子东角门，昨夜有人醉酒戏闹、斗牌赌钱……

王夫人　啊呀……（一阵晕眩，摇摇欲倒）

众妈妈　（急扶）太太！

王夫人　（唱）眼睁睁　凤姐儿病倒，

乱糟糟　几百口难调。

心焦焦　谁为我操劳？

急切切　管事人难找。

珠儿媳妇怎么还没来？

〔李纨急上。

李　纨　太太！媳妇来了，太太有何吩咐？

〔王夫人示意众妈妈退下。

王夫人　凤姐儿病了，这一大家子，几百口人，谁来帮我当家管事？

李　纨　这……媳妇无能，不能为太太分忧。

王夫人　你是长媳，照例这个家应该你来管！知道你人太善，不敢得罪人，可你也得向我举荐个人来呀！

李　纨　人倒有一个，太太也一定喜欢，只不过怕众人不服……

王夫人　你是说三姑娘？

李　纨　正是三妹探春！要说才干，不输于凤姐儿，只是……

王夫人　只是偏房养的，矮人三分，不能服众？

李　纨　是啊，为这身份，只怕三妹自己也未必肯出来管事。

王夫人　（一想）我自有办法，让众人服她！来啊！请出元妃娘娘送来的宫灯雅谜！

〔王妈、祝妈、田妈、叶妈推出一盏四宫灯，灯四面各有一行七言诗。

王夫人　快把姑娘们请来！

王　妈　有请二姑娘、三姑娘、四姑娘！

〔迎春、探春、惜春各有丫头随侍上。

迎春、探春、惜春　见过太太！

〔宝玉由茗烟随侍，急上。

贾宝玉　太太，好事儿别忘了我宝玉啊！

王夫人　大家听好了！琏二奶奶病了，这一大家子没个管事的不行。正巧宫里的元妃娘娘送来一个灯谜儿，令弟妹们竞猜。今天就借这灯谜来挑选当家之人，谁先猜出谜底，谁就当家管事，大家必须服从，听明白没有？

众　明白了！

王夫人　那就开始猜谜！珠儿媳妇，你念念！

李　纨　元妃娘娘的灯谜是一首七言绝句！

（念）能使妖魔胆尽摧，身如束帛气如雷。

一声震得人方恐，回首相看已化灰。

猜一样东西。

〔迎春、探春、惜春、宝玉四人猜着灯谜，各想心事。

四　人　（唱）宫灯雅谜不难猜，

当家管事谁敢为？

贾宝玉　（唱）大姐的灯谜含劝诲，

懒得猜出是与非。

贾迎春　（唱）大姐的灯谜不敢猜，

迎春愚钝锁愁眉。

贾惜春　（唱）大姐的灯谜太隐晦，

惜春无知怕惊雷。

贾探春　（唱）惊雷一声叹自毁，

这灯谜　分明透出几分悲。

贾宝玉　（唱）猜灯谜连着管事儿，

除了三妹还有谁？

贾探春　（唱）猜谜不难管事难，

代理家政太艰危。

一怕家人易得罪，

理不亏时心太亏。

二怕身为女孩儿，

管事管人声不威。

三更怕　偏房生养矮几分，

被人看低难作为。

王夫人　怎么，没有人能猜？难道平日白疼了你们?!

贾宝玉　（唱）莫辜负　太太期待声声催，

莫错失　施展才华好机会。

贾探春　（唱）欲出头　怯怯然　心自退，

欲分忧　怕招惹　莫名罪。

贾宝玉　（唱）妹是老爷亲生女，

何须胆怯又自卑？

贾探春　（唱）欲忘却　难忘却　出身低微，

欲抹去　难抹尽　女儿泪水。

贾宝玉　（唱）三妹啊，莫负芳名意深长，

欲探春色应攀追！

贾探春　也罢！

（唱）借得东风送暖力，

愿叫这　大观园　四季芳菲免伤悲！

王夫人　三丫头，这灯谜难道你也猜不出来？

贾探春　太太，这灯谜的谜底是爆竹，也称炮仗！

贾宝玉　对对对，三妹猜对了！

王夫人　好！三丫头猜中元妃娘娘的灯谜，从今天开始，就由你代理家政！

众妈妈　她?!

贾探春　多谢太太信得过！只是探春年幼无知，还望大嫂帮我一起管家！

王夫人　哦，珠儿媳妇辅助探春当家管事！

李　纨　是。

王夫人　把管事令牌拿来！

〔王妈捧出烫金令牌一支。

王夫人　三丫头探春接过令牌！

〔探春大礼参拜，从王夫人手里接过令牌。迎春、惜春、宝玉鼓掌。

贾宝玉　好！三妹当家了！

王夫人　从今天起，你们都得听从三丫头的吩咐安排！

众　是。

〔暗转。

第二场　除　弊

〔议事小花厅。赵姨娘兴奋地走来。

赵姨娘　哈哈，草堆里飞出金凤凰，偏房里出了当家女！

（唱）亲生女儿当了家，

儿荣母贵敢自夸。

说什么　偏房姨娘比人矮，

偏是我　生她养她是她妈。

扬眉吐气盼今日，

开销报账指靠她。

娘家弟弟死得巧，

今日我　赏银何愁不添加。

〔王妈和祝妈、田妈、叶妈四位议论着上。

赵姨娘　哎，王妈！

王　妈　啊，姨太太！

（唱）恭喜你女儿当了家，

赏银事　小事一桩　尽可放心　有我王妈！

赵姨娘　那就拜托你了！

王　妈　姨太太放心，三姑娘虽然碍于面子不叫你娘，可她总不会六亲不认吧？你且回房，领好赏银我给你送去！

赵姨娘　好好，我就在那边亭子里等你去斗牌！（下）

王　妈　嗨，真不敢相信，三姑娘会是她生的！

田　妈　那三姑娘乳臭未干，懂些什么，她能当家？

祝　妈　她是玫瑰花儿，有刺！当心！

田　妈　有刺也不怕，还不是偏房养的！

叶　妈　可太太喜欢她，当众给了她令牌！

王　妈　太太也是没办法，无人可用。她来了，快，拿出点威势来！

〔众妈妈站立两旁，似公堂衙役一般。

〔侍书内声："大奶奶、三姑娘走好！"

〔李纨、探春各有丫头随侍，来到小花厅。

李　纨　（唱）心忐忑　步重重　来到花厅，

贾探春　（唱）心急急　沉甸甸　令牌千钧。

众妈妈　（一齐大声）拜见大奶奶，三姑娘！

李　纨　（唱）一个个　凶巴巴　似迎非迎，

贾探春　（唱）一桩桩　一件件　且断且问！

〔李纨让探春端坐中间，自己一旁陪伴。

〔探春将令牌往案桌上一插。众妈妈指指戳戳，窃窃私语。

众妈妈　（唱）可笑她　女娃娃　乳臭未干，

且看她　胆怯怯　发号施令。

贾探春　众位妈妈，有事道来！

众妈妈　（争抢）我先说……（忽又推让）那你讲！

李　纨　莫争莫让，一个个讲。

贾探春　王妈，你先说！

王　妈　启禀三姑娘，赵姨太的兄弟赵国基，昨日死了，已禀报太太，太太叫我禀明三姑娘，支取赏银。

贾探春　哦……照例该赏多少？

王　妈　（眼珠一转）前些日子袭人的老娘死了，赏了四十两。

贾探春　那就……也赏她四十两吧！（发下对牌）

王　妈　（接过对牌）是。（转身向众妈妈做鬼脸）嫩着呢！

贾探春　慢！我且问你，前几年老太太屋里的几位老姨奶奶，家里死了人各赏多少？你且举例讲来！

王　妈　这个……（故意装糊涂）可记不得了。

贾探春　记不得了？在琏二奶奶面前，你也敢这样回答？

王　妈　姑娘要问，我去查查旧账。

贾探春　谁不知道你们办事办老了的，肚子里都有一本账，还用去查吗？（拍案站起）你是想存心来难为我？

王　妈　哎呀，三姑娘，王妈我绝无此意！

贾探春　那你从实讲来！（坐下）

〔祝妈、田妈、叶妈交头接耳，暗示探春厉害。

李　纨　王妈，你还是从实而讲吧！

王　妈　是，大奶奶。三姑娘，按照往年惯例，各房姨娘家里死了人，是家生奴才的，赏二十两；不是家生奴才的，赏四十两。

贾探春　那赵国基是家生奴才，该赏二十两！

王　妈　（凑到探春身边）你别忘了，赵国基是姨太太的亲兄弟，是你的亲娘舅！

贾探春　不必啰嗦，照规矩办事，给他二十两，换过对牌！

王　妈　是。（只得换过对牌，煽动地对众妈妈说）哎哟，你们看看，人家可是包公再世，铁面无私！

众妈妈　哎哟喂，厉害……

王　妈　我说三姑娘，你这铁面无私好是好，可得罪了你老娘，你别怪我！

〔赵姨娘哭声："苦哇，我的亲兄弟——"

王　妈　喏，来了！（忙去扶赵姨娘上，咬咬耳朵）

赵姨娘　啊!?

王　妈　三姑娘令出如山，想开些吧，就二十两！别嫌少啦，我帮你去领……（下）

赵姨娘　（气得跳脚）天底下会有这种事呀！天哪！

李　纨　姨太太，坐下讲吧！

赵姨娘　（唱）盼来当家女，

一场空欢喜。

偏房处处受人气，

想不到　亲生女儿竟把老娘欺。

休想爬到我头上去，

今朝非要比高低！

贾探春　（忍住）谁敢爬到姨娘头上去啦？说出来，我替姨娘出气！

赵姨娘　（唱）你不要　装聋作哑假痴迷，

爬我头上便是你！

贾探春　我可不敢。姨娘这话从何说起？

赵姨娘　（唱）莫忘了　我十月怀胎生下你，

死了兄弟　赏银倒比别人低。

赵国基是你亲舅舅，

减银一半我不依。

你翎毛未干掌权柄，

尖酸刻薄　六亲不认忒势利！

贾探春　我…我怎么势利了……（被当众辱骂，一肚委屈，忍不住哭了）

〔众妈妈嘁嘁喳喳，嬉笑着。

李　纨　（忙安慰）三妹，别理她了，去里边洗洗……

贾探春　不用！（抹去泪花）

李　纨　那你别伤心了！

贾探春　（唱）伤心莫过自作践，

天底下　竟有生母辱亲女。
蒙太太　疼我爱我看重我，
才吩咐　代理家政管生计。
当家本有规矩在，
我不敢　自作主张违旧礼。
赵国基　家生奴才咽了气，
赏银多少有惯例。
谁不知　我是姨娘生养庶出女，
偏要你　不顾脸面自揭底。
倘若我　办事不公出了丑，
难道你　姨娘心里倒得意？

赵姨娘　你……（索性耍赖地往地上一坐，拍手拍脚吵闹）老天给我做主呀！今朝你不赏我四十两银子，我就死在你面前！你们大家给我评评理呀……

李　纨　（手足无措）姨太太，别这样……

〔王妈引路，王熙凤由丫头扶着上。

王　妈　姨太太，琏二奶奶来了！

赵姨娘　（自知失态，忙爬起）凤姐儿，二奶奶，你要给我做主呀！

王熙凤　姨太太，三姑娘按常例发赏银，做得并不错。如今看在你姨娘面上，就请三姑娘裁度着再添些也使得。

贾探春　二嫂子，你的心眼真巧，叫我破规矩，你去做好人?！我可不上当。你想添等你养好身子出来管事时，爱添多少就添多少！

〔众妈妈意外，有赞赏的。

赵姨娘　哎唷唷，你连二奶奶的话也听不进去了？

王熙凤　好，好！三姑娘有胆有识，怪不得太太喜欢，我王熙凤也打心眼里佩服。好妹妹呀！

（唱）当家难理金和银，

出多进少　欲省又不能。

我如今　昏昏然　病恹恹，

正盼你　明白果断施新令。

你作法开端从我起，

我恭恭敬敬笑脸迎。

你知书识礼比我强，

我老老实实拜先生。

喜只喜　多条臂膀省些心，

怕只怕　代我受过惹众恨！

贾探春　多谢二嫂处处为我着想。

王熙凤　（对众妈妈）今后，你们都要听三姑娘吩咐！

众妈妈　是。

王熙凤　姨太太，你银子不够用，等会到我那里去拿！

赵姨娘　多谢二奶奶！

王熙凤　我也累了。你们接着办事！

〔丫头扶着王熙凤下。赵姨娘随下。

〔众妈妈交头接耳，称赞，佩服。

贾探春　众位妈妈，还有何事，速速讲来！

田　妈　禀姑娘，家学里要支取环爷、兰哥儿的点心纸笔费，每人八两银子！

祝　妈　禀姑娘，各房姑娘媳妇的头油脂粉钱，每人每月二两，总共支取二十两！

贾探春　这……

叶　妈　禀姑娘，大观园里整治花木、山石，要请人，工匠费七两银子！

贾探春　呀！

（唱）涓涓滴滴渗漏多，

万顷湖水也会枯。

门面荣华库内虚，

入不敷出难张罗。

我不能开源可节流，

除宿弊且将漏洞堵！（跟李纨耳语）

李　纨　（点头赞许）这些早该免了，就是没人敢说。

贾探春　诸位妈妈！

（唱）从今后　免去那点心纸笔、头油脂粉钱，

全在那　月规钱中自支付。

叶　妈　那工匠费呢？

贾探春　也不用请工匠了！

（唱）大观园　竹木成片花草多，

从今后　分包分管各展稼穑图。

众妈妈　分包分管？

贾探春　（唱）不须要纳税交租，

只孝敬花儿鲜果。

多余物自己做主，

换银子家中小补。

再不请花匠石匠，

靠自家细心筹措。

各司其职尽力做，

到年终　看谁得益收获多。

〔众妈妈兴奋议论。

贾探春　众位妈妈听令！

（唱）老祝妈　管竹林　经验丰富！

祝　妈　好，好！

贾探春　（唱）老叶妈　管草木　花花朵朵！

叶　妈　是，是。

贾探春　（唱）老田妈　管稻地　兼带菜蔬！

田　妈　得令！

贾探春　（唱）问王妈　如此分　可否稳妥？

王　妈　呃，妥，妥！

贾探春　（唱）从今后　桃红柳绿少折磨，
春华秋实　莺歌燕舞！

众妈妈　多谢三姑娘！

〔暗转。

第三场　醉　酒

〔芳园闹春，姹紫嫣红。宝玉欣喜而上。

贾宝玉　（唱）好一个　桃红柳绿少折磨，
三妹妹　才华智慧比人多。
分包分管出奇招，
竹木花草笑呵呵。
治家治园有学问，
这文章　可惜宝玉懒得做。

〔迎春、惜春两姐妹赏花上。宝玉则在身后欣赏着她们。

贾惜春　二姐姐，等等我！

贾迎春　四妹快来！
（唱）牡丹富贵芍药鲜，

贾惜春　（唱）偏爱幽香兰草间。

贾迎春　（唱）朵朵蔷薇娇欲滴，

贾惜春　（唱）小小喇叭花更艳。

贾迎春　（唱）蜂儿采蜜闹嗡嗡，

贾惜春　（唱）蝶儿何事舞翩翩？

〔姐妹俩扑蝶。宝玉悄悄帮忙，帮了倒忙，蝶飞。

迎春、惜春　哎呀，你……

贾宝玉　停在那边了，快！

〔迎春、惜春扑蝶下。宝玉欲下，茗烟上。

茗　烟　二爷，太太叫你去见个客人！这个客人呀，奇了，跟二爷长得一模一样！

贾宝玉　江南的甄宝玉来了？我正想见见他，快走！

〔宝玉、茗烟下。

〔庭院回廊。祝、叶、田三位妈妈提着竹篮去收获。

叶　妈　（唱）一夜春雨细细浇，

祝　妈　（唱）一坡嫩笋节节高。

田　妈　（唱）一畦菜园绿油油，

叶　妈　（唱）一番心血没白熬。

三妈妈　（唱）分管分包实在好，

多收多得酬辛劳。

〔赵姨娘、王妈正为斗牌输赢吵嚷着上。

赵姨娘　昨夜分明你输了，还赖账！

王　妈　上次欠的三吊钱还没还我呢！唷，几位妈妈，是去收菜挖笋？

祝　妈　是呀，今年竹笋是大年，挖了来送给各房尝尝鲜！

王　妈　那是你们管得好！真应该喝点酒高兴高兴！

叶　妈　是呀，可三姑娘管得严，这酒想喝也不敢喝！

王　妈　怕什么，这点小事，只要姨太太点头就行。姨太太，你说是吧？

赵姨娘　是，是，有我老娘担待，你们尽管放心去喝！

王　妈　姨太太一起去喝才热闹啊！走啊！喝酒庆丰收啦！

〔赵姨娘、王妈、祝妈、叶妈、田妈兴奋而下。

〔王夫人上。

王夫人　（唱）三丫头代理家政后，

耳根清净少烦忧。

几个女孩渐长大，

婚嫁还须早筹谋。

王　妈　（急上）太太，哎呀太太，不好了！

王夫人　王妈，出了何事？

王　妈　几个分包园子的妈妈，喝酒闹事，醉得不成样子！

王夫人　啊，三丫头怎么不管？

王　妈　三姑娘和大奶奶、宝二爷他们办了诗社，正在吟诗作对，忙不过来！

王夫人　唉！

王　妈　哎呀，她们闹到这儿来了！

〔祝、叶、田三位妈妈醉上。祝妈扛着一个大竹笋，叶妈捧着一大把红玫瑰，田妈抱着个大南瓜，三人兴奋异常，醉舞醉唱。

祝　妈　（唱）献上一株笋老大，

愿太太　节节向上顶呱呱。

叶　妈　（唱）献上一把红玫瑰，

愿太太　仙容玉貌赛鲜花。

田　妈　（唱）献上一个大南瓜，

愿太太　来年抱个胖娃娃！

王夫人　（愤）胡闹！

三妈妈　（唱）来来来　醉一回　赌一把，

难得开心笑哈哈！

王夫人　（怒喝）滚开！

〔三位妈妈醉舞着东倒西歪。

王　妈　别闹了，惹恼太太，小心脑袋！

王夫人　来人，拉下去醒醒酒，冷水浇头，重重责打！

〔男仆内应："是！"

〔三位妈妈吓得半醒，逃下。小丫头甲、乙急上。

丫头甲　禀太太，二姑娘房里的一个串珠累金凤不见了！

王夫人　有人偷窃?!

丫头乙　禀太太，傻大姐在园中竹林里拾得这个绣囊……（递绣春囊）

王夫人　（接过一看，大惊失色）啊！这淫荡之物，怎会在我家园子里?

王　妈　定是那些丫头小厮，无法无天！

王夫人　醉酒的，赌钱的，偷窃的，淫荡的，都来了！这三丫头是怎么管的呀!?

王　妈　三姑娘自有一套办法，将园子分包分管，乐得省心……

王夫人　分包分管，闹成这样！这种肮脏东西，传扬出去，岂不坏了贾府名声！

王　妈　这些丑事儿是得好好查一查，整一整！

王夫人　（吩咐小丫头）快把二奶奶叫来！

〔两小丫头应声下。

王　妈　太太别急，先坐下歇歇。

〔两小丫头扶凤姐上。

王熙凤　媳妇见过太太！

王夫人　（将绣春囊丢给她）你看看，你看看，这还了得！

王熙凤　啊……三妹管理甚严，怎么会这样……

王夫人　看你身子好点了吧，你给我带了人，关了园门，一处处仔细查检！

王熙凤　媳妇遵命。只是……三姑娘、大奶奶住处，也得查吗？

王夫人　都得查！

王熙凤　是。王妈，召集妈妈们，今夜抄检大观园！

王　妈　是！抄检大观园！

〔暗转。紧接下一场。

第四场　抄　检

〔黑暗中，八只灯笼亮成一串。四男仆、四妈妈提灯巡上。

四男仆　（念）一声令下闹翻腾，

自家抄检不留情。

查过了　怡红院　潇湘馆，

快往那　秋爽斋　稻香村。

祝　妈　（念）冷水浇头酒半醒。

田　妈　（念）屁股挨打痛到心。

叶　妈　（念）更怕抄家得罪人。

王　妈　快去叫门！

〔秋爽斋。叶妈打门。里边没回答。

王　妈　快开门！太太派我们来的！二奶奶也来了呢，还不快开门！

〔探春内声："掌灯迎客！"

〔忽然灯亮一片。探春端坐客厅等候。

〔王熙凤由丫头扶着上。

侍　书　（迎出）二奶奶，我们姑娘等着呢，有请！

贾探春　（见风姐走近，才起身）琏二嫂子病养好了？夤夜到来，不知为了何事？

王熙凤　因丢了一件要紧东西，怕旁人说是园里丫头偷的，所以大家搜一搜，也好使人去疑儿。

贾探春　丢了东西就怀疑是丫头偷的？（一笑）我们的丫头，自然都是些贼，我就是头一个窝主。既如此，先来搜我的箱柜，她们偷了来的，都交给我藏着呢！侍书，将所有箱柜一齐打开，请二奶奶去抄看。

〔侍书和小丫头将一排箱笼全打开。男仆们迅速抄检。

王熙凤　（忙陪笑）我也不过奉命行事，妹妹别错怪了我。（转对众妈妈）快快给姑娘关上，收起来！

〔众妈妈忙着替侍书将箱柜东西关的关，收的收。

王　妈　其实，也只看看丫头的东西！

贾探春　我的东西，倒许你们搜阅，要想搜我的丫头，这可不能！丫头所有的东西，连一针一线，都在我这里放着，要搜，只管搜我的！你们要是不依，只管去回太太，我自去领罪。

王熙凤　三妹，这又何必呢？

贾探春　是呀，这又何必呢？江南的甄家不是被抄了吗？没想到，我们家，别人还没上门，就自己动手抄起家来了……（痛心）

（唱）参天高楼百尺基，
只怕里边闹蝼蚁。
世袭之家皇亲府，
外头推倒不容易。
怕只怕　倾轧争斗窝里反，
自惊自扰　自伤自毁无药医。
一个个瞪着乌鸡眼，
恨不得　你吃了我　我吃了你。
你不见　朝朝代代有抄家，
抄人家　还要轮到抄自己。
似这般　自杀自灭自铲基，
到头来　墙倒楼坍扶不起！

（不禁伤心落泪，取出管家令牌）这代理管家，我也当不了！嫂子现在身子也快好了，这令牌也该还给你了！（还令牌）

王熙凤　三妹，我可不是来讨令牌的！你仍收好。（对众仆）我们去别处吧！

贾探春　可细细搜明白了，若明日再来，我就不依了。

王熙凤　既然丫头们的东西都在这里，就不必搜了。

贾探春　你果然倒乖！连我的包袱都打开了，还说没搜?！明日敢说我护着丫头们，不许你们翻了！你趁早说明，若还要翻，不妨再翻一遍！

王熙凤　翻过了，连你的东西都查看明白了。

王妈妈　（要趁势作脸，越众向前，拉起探春的衣襟，故意一掀，嘻嘻笑着）连姑娘身上我都翻了，果然没有什么。

贾探春　（怒火顿起，狠打王妈一巴掌）你是什么东西，敢来拉扯我的衣裳！我不过看在太太的面上，你又有几岁年纪，叫你一声“妈妈”，你就狗仗人势，在我们跟前逞脸了！如今越发了不得，敢对我动手动脚了！（说着解开衣纽，拉着凤姐）要搜你来搜，省得叫你们奴才来欺负人！

王熙凤　（忙给探春扣好衣纽）王妈吃了两口酒，就疯疯癫癫起来了。（呵斥王妈）还不快出去！

王　妈　（边出去边哭冤）罢了，罢了，我这老脸可是头一遭挨打，没脸做人了。我明儿回了太太，仍回老娘家去吧！

侍　书　（追上去）王妈，你若回老娘家去，倒是我们的造化了！只怕你舍不得去！你去了，叫谁摇着尾巴讨好主子，调唆着半夜三更来折磨我们呀？

王熙凤　好丫头，伶牙俐齿的，真是有其主必有其仆！（吩咐众妈妈）快走吧！

〔王熙凤带众仆下。

〔暗转。追光王妈，气恨难消。

王　妈　（唱）一巴掌　火辣辣　痛又羞，
一腔怨　恨切切　气难休。
昨夜无故遭欺辱，
今朝有心去寻仇。

（一把拉出赵姨娘）姨太太，你睡得好安稳呀！我可一夜没得合眼！

赵姨娘　王妈妈，你这是做啥……

王　妈　做啥，找你姨太太算账！

赵姨娘　算账？就是前晚赌钱欠你的三吊钱？还特地来讨呀，真是的！

王　妈　三吊钱再说，今天先算脸面账！昨夜奉了太太之命，抄检大观园，你女儿无缘无故拿我出气，狠狠打了我一巴掌，至今还隐隐作痛！这口怨气咽不下，这笔账不找你找谁算？你得赔我怨、赔我屈、赔我脸面、赔我痛！

赵姨娘　王妈妈，你找错人了！三姑娘虽是我生养，可她从来不认我这个娘！她心里只有太太，没我这个亲妈！你这点冤屈痛苦算什么？我的冤屈、我的伤痛、我的苦恼比天还大！谁来赔我？你来赔吗？

王　妈　你……你好不讲理！

赵姨娘　你才无理取闹！

王　妈　我……我要打还一巴掌！

赵姨娘　你打，你打呀！好歹我还是个姨太太，你敢动我一根毫毛，就叫你立刻滚蛋，去死——不敢了吧？哈哈哈……

〔王妈忍无可忍，一头撞到赵姨娘怀里，两人扭成一团。

〔探春由侍书随侍，拎了些糕点食品寻上。

侍　书　原来在这里打架！（上前）王妈妈，三姑娘一早去找你，特来看望你呢！

〔王妈、赵姨娘见是探春，惊愣发呆。王熙凤暗上，旁观。

贾探春　王妈妈！

（唱）昨夜晚　狂风阵阵袭芳园，
一时间　晕头转向心发寒。
虽则是主奴应有别，
总不该出手把你搧。
今日特来赔不是，
叫声王妈莫呼冤。
糕点小食难补痛，
真心好意慰平安。

王　妈　（太意外，太感动）不不，姑娘快别这样说，是我犯浑，是我老糊涂了，是我该打！害你姑娘反来赔不是，罪添一等，更加该打！（跪下自打耳光）

贾探春　别这样！（忙扶起王妈劝慰）

王熙凤　（背唱）这个三妹真非凡，

赵姨娘　（背唱）女儿心思看不穿。

王熙凤　（背唱）她笼络人心会计算，

赵姨娘　（背唱）她待我老娘却严寒。

王熙凤　（背唱）怕留她　但愿早点嫁出去，

赵姨娘　（背唱）恨煞她　偏又心里直打颤。

贾探春　（唱）姨娘啊　探春若有欠妥处，

　　　　还得请你多担待　多体谅　更望多检点！

赵姨娘　啊……

贾探春　我打了人，就该赔不是；你们违犯家规的，也得罚！

王　妈　对对。

贾探春　前几天几个妈妈喝酒赌钱，也有你的份！罚你一个月赏钱！

王　妈　啊！

贾探春　赵姨娘，你有失身份，跟下人一起赌钱，也该罚你一个月月规钱！

赵姨娘　啊，你……（气得乱骂）狼心狗肺……

王熙凤　（上前）啊，姨太太别动气。三妹妹，你真是铁面无私、秉公执法呀！还不知哪个人家好福气，能讨到三妹妹这样治家安邦的女中豪杰呢！

贾探春　二嫂子，抄家抄得不解气，还要来拿我寻开心?!

王熙凤　这可是正经事儿，二妹迎春已有大老爷做主，嫁给孙府孙绍祖；嫁了二妹自然轮到你三妹呀，太太已经吩咐，快为你们准备嫁妆呢！

贾探春　啊……

〔暗转。

第五场　惊　梦

〔秋爽斋。夏日午后。芭蕉叶肥。

〔探春躺在榻上闭目沉思。侍书上。

侍　书　（唱）花轿抬走了二姑娘，

嫁衣等候着三姑娘。

陪嫁丫头心也悬，

愿她好梦遇萧郎。

〔侍书给探春盖上单被，探春坐起。

贾探春　我又没睡着，只在为二姐担心，听说那个孙绍祖为人粗暴……

侍　书　唉，世上有几个男人能像宝二爷似的，懂得女儿家心思。

贾探春　哎，还真有一个，听说跟宝哥哥同名，长得也像……

侍　书　你是说上次来过的那个，江南甄府的甄公子？

贾探春　嗯，听说连脾气品性也相同，可惜没见过……

侍　书　唉，远在江南呢！别想他了，还是躺下睡会儿吧！

〔探春躺下。侍书下。

〔仙乐缥缈，探春入梦。

〔男仆声："啊，甄公子来了，里边请！"

〔侍书兴奋地上。

侍　书　姑娘！快醒醒！快醒醒呀！

贾探春　（悠悠醒转）侍书，什么事啊？

侍　书　老爷、太太给姑娘物色的新郎官，上门来了！

贾探春　啊！你别骗我？！

侍　书　骗你做啥，听说是个江南才子呢，还说要亲自见你呢！

贾探春　啊，他要见我？快，侍书，给我梳妆！

侍　书　快坐好，我的小姐呀！

（唱）多好看　淡淡天然模样，

用不着　胭脂香粉浓妆。

一朵玫瑰本来俏，

只需把　刺尖儿悄悄掩藏。

贾探春　死丫头！

〔内声："三姑娘，贵客来了！"

侍　书　啊，说来就来了，快请他进来！（欲下）

贾探春　（拉住侍书）侍书你别走，我怕……

侍　书　怕什么，大姑娘上花轿，总有头一回的。你们见面相亲，我留着做啥？快放手，我去请他！（边下边喊）有请江南才子……

〔甄宝玉潇洒而上。这宝玉和贾宝玉一模一样，只是胸前没挂那块玉。

甄宝玉　啊，三小姐，宝玉这厢有礼了！

贾探春　啊！（惊闻“宝玉”，抬眼一看，果然是宝玉）宝哥哥！是你来取笑于我？看我不打你……

甄宝玉　不不，小生不是贾宝玉，乃是甄宝玉。

贾探春　分明是假，还说是真，该打！

甄宝玉　（躲闪）小生是江南甄府的宝玉呀！

贾探春　江南甄府？真的不是宝哥哥？

甄宝玉　小生和令兄宝玉不但同名，而且同貌！

贾探春　喔……上次来过的，甄公子不但名唤宝玉，而且和宝哥哥长得一模一样，原来就是你了?!

甄宝玉　正是在下。小生久慕三小姐品性，今日特地登门求亲。有幸一睹芳容，心里更加喜爱……

贾探春　你真的喜欢我？人家说我是朵玫瑰花，可有刺的呢！

甄宝玉　小生爱的就是带刺的玫瑰呀！

（唱）我爱多情红玫瑰，

贾探春　（唱）不怕刺儿利似锥？

甄宝玉　（唱）爱她自珍又自卫，

贾探春　（唱）谁识芳蕾透春晖。

甄宝玉　（唱）爱她清芬不陶醉，

贾探春　（唱）不羡牡丹愿探梅。

甄宝玉　（唱）爱她热烈又敏慧，

贾探春　（唱）愿为才郎献芳菲。

甄宝玉　（深情地）春妹……

贾探春　（甜蜜地）甄郎……

〔两人刚刚亲热相拥，惊闻迎春哭呼：“三妹，救我……”

贾探春　二姐?!

〔甄宝玉一惊，飘然而去。

贾探春　甄郎别走，你别走……（起身欲追）别走……

侍　书　（上来急扶）姑娘，你怎么啦？

贾探春　（梦醒）原来是梦……他来了……

侍　书　谁来了？

贾探春　他是来求亲的，可惜被惊走了。啊……二姐喊救命，一定受苦了！

〔贾宝玉内声："二姐姐接回来啦！二姐姐……"

贾探春　二姐回来了！快去看看……（与侍书急下）

〔景转缀锦楼，迎春住处。

〔迎春憔悴不堪，躺在榻上。王夫人、凤姐、李纨、宝玉等都来看望，各房丫头一旁侍候。

贾宝玉　（唱）惊见伤痕连血痕，

芳华何故成落英？

是谁无情欺负你，

找他算账消我恨！

贾迎春　（欲说又忍）没……没人欺负，是我自己不小心，病了……

王熙凤　唉，二妹呀，你这病……也是命中注定的……

王夫人　（劝慰）迎春啊，既然回来了，就好好歇着养病，这也没有法子，女儿出了门，就全凭自己的命了，嫁着好的就好，碰着不好的也没法，像你大姐姐那样，进宫做娘娘的，能有几个？这就叫嫁鸡随鸡，嫁狗随狗！

贾迎春　太太，我知道……

〔探春、惜春由丫头随侍上。

探春、惜春　二姐姐……

王夫人　让她们姐妹说说话，我们走吧。

〔王夫人、凤姐、李纨、宝玉下。

贾探春　二姐姐，是不是孙绍祖把你折磨成这样？你说呀！

贾惜春　二姐姐，这究竟为什么呀？

贾迎春　唉，都怪大老爷收了他五千两银子！孙绍祖不是人，他把我当作买来的贱货，随意糟蹋……

（唱）出阁时　心中忐忑盼温存，

谁知他　似虎似狼无人性。
新房未觉三春暖，
冤家竟如腊月冰。
如今是　打骂已成家常饭，
凌辱不敢问起因。
残羹冷饭难下咽，
旧衣单衫难御冷。
枉为侯门千金女，
更比丫头贱三分。
怨自己命里注定苦，
嫁了个无情无义　伤天害理　狼心狗肺恶男人！

贾探春　二姐姐……（伤心落泪）

贾惜春　为什么要嫁人呢？不嫁人不就好好的吗？我发誓，这辈子决不嫁人，情愿削发为尼！（抄起剪刀就要绞发）

贾探春　（急忙拉住她）四妹，你这是何苦呢！

贾惜春　（唱）二姐惨痛惊醒我，
女孩儿　似花如玉待如何？
桃红柳绿总衰败，
生关死劫谁能躲？
怕见那　争奇斗艳花折磨，
怕见那　芬芳新冢鬼吟哦。
惜春我　春不可惜　红尘看破，
还不如　早得清净念弥陀！

（她又一次拿起剪刀欲剪青丝）

贾探春　（死死抱住惜春）四妹，别这样……

贾迎春　四妹，别因为我……害得你也想不开，千万不要……

贾惜春　你们劝也没用，我迟早会跟随妙玉，出家念佛的。

贾探春　好妹妹，我们姐妹四人，虽然不是一母所生，但手足情深，伤一人痛及四颗心，即使你看破红尘，也要为眼前的二姐、三姐想想，为宫里的大姐想想，不能让姐姐们伤心呀……

贾惜春　三姐，二姐……（三姐妹抱头痛哭）

〔王妈、凤姐上。

王熙凤　唷，还在呀。别哭啦，孙府派人来接二妹回去呢，轿子已停在轿厅里了，快收拾收拾吧。

贾探春　什么？昨天刚回来，今天就来催她回去?!

王熙凤　这有什么办法，在家从父，出嫁从夫，如今她是孙府的人了，娘家想要留她也不行！

贾惜春　可如今二姐病成这样，还忍心让她走吗？

王熙凤　是呀，我也不忍心，可孙府人说了：有病回家去治病。太太也无话可说，都同意让二妹走了，我也没办法。

贾探春　太太无话可说，我可帮她去说。你二奶奶没办法，我三妹妹自有办法！

王熙凤　什么办法？

贾探春　关上大门，不去理他！陪着二姐，死不离家！

王熙凤　你……不行！这事儿不能让你胡闹！

贾探春　这事儿我管定了！别忘了，这贾府现今还是我当家管事！

王熙凤　你……

贾探春　家人听好了：把孙府轿子请出去，关上大门！

〔男仆应声："是。"接着传来吵闹声。

贾探春　（唱）堂堂贾府　何惧小人，
　　　　　　　朗朗乾坤　强抢不成？

〔内男仆催喊声："请孙大奶奶上轿回府！"

贾探春　（唱）任他凶凶闹门庭，
　　　　　　　姐妹悄悄诉心声。
　　　　　　　误嫁受辱已断肠，
　　　　　　　哪堪催命逼煞人！

王熙凤　你这样得罪了孙家，会害了二妹呀！二妹，你要自己拿主意呀！

贾迎春　（怕）三妹！还是让我回去吧！

贾探春　二姐别怕，今天听我的！

贾迎春　今天不归，明天也得归；明天不归，后天总得归。迟归一天，就得多受一顿毒打，迟归不如早归呀……

贾探春　（痛苦无奈）嗨！

王熙凤　还是二妹说得对。快去吧，免得人家再催了！（示意王妈，自下）

〔内男仆催喊声：“请孙大奶奶上轿回府！”

〔迎春欲下，探春、惜春拉住不放手：“二姐……”

贾探春　二姐，何时再能回来？

贾迎春　这一去恐难再见了……

探春、惜春　二姐……

〔三姐妹抱头痛哭。

〔内男仆催喊声：“请孙大奶奶上轿回府！”

〔王妈与小丫头扶着迎春下。

探春、惜春　（痛呼）二姐……

贾探春　这一别，只怕再难见到二姐了……

贾惜春　女儿命苦天注定，红颜何必恋红尘……

贾探春　（唱）女儿命　难道真是天注定？
一颗颗　破碎心　苦呻吟！
女儿命　难道只有任蹂躏？
一个个　泪淋淋　血淋淋！
留不住二姐声声哭，
关不住芳园一缕春。
天注定，秋风疾，
怕只怕　姐妹花　从此落纷纷。

贾惜春　也许，大姐是个例外，她的命好，可以进宫享福……

贾探春　不，大姐在宫中也不好……

贾惜春　大姐也会不好？

贾探春　你还记得大姐送来的那个灯谜吗？

贾惜春　灯谜，炮仗……一声震得人方恐，回首相看已化灰。

贾探春　炮仗高升了，炸响了，可它自己却化成灰了……

贾惜春　（悟）大姐是借炮仗自喻？

贾探春　听太太说，大姐在宫中已经病得不轻……

〔男仆内声：“启禀老爷、太太，宫里夏公公来报：元妃娘娘薨逝！”

〔回声震荡：“元妃娘娘薨逝！”哀乐顿起。

探春、惜春　啊?!

〔伴唱：总以为　大姐入宫命富贵，

又谁知　青春易逝大梦归。

探春、惜春　大姐姐……

〔惜春又一次抄起剪子，终于剪下一缕青丝。

贾探春　（来不及阻拦，痛呼）四妹啊……

〔暗转。

第六场　夜　祭

〔探春伤心至极，夜里独自来到园子里。

贾探春　（唱）别二姐　痛煞煞　活活生离，

悼大姐　悲戚戚　欲祭难祭。

痛小妹　心空空　欲阻难阻，

恨自己　凄恻恻　欲管无计。

望家园　风萧萧　欲哭无泪，

是何处　哀泣声　忽高忽低?!

〔探春循声寻去，原来是叶妈在掩埋被铲掉的玫瑰，伤心哭泣。

贾探春　叶妈……

叶　妈　三姑娘，你还当家管事吗？这分包分管好好的，怎么说废就废了呀？

贾探春　谁说要废的？

叶　妈　王妈说琏二奶奶吩咐：三姑娘就要出嫁了，园子里一切都照老规矩！你看，连我新栽的好端端的玫瑰也被铲掉了，作孽呀，作孽……（自下）

贾探春　（捡起断根玫瑰，亲了亲，放在跟前，深深一拜）玫瑰呀玫瑰，你有何错，你有何罪呀……

（唱）哭玫瑰被人铲弃，

痛玫瑰断了根须。

葬玫瑰好似送姐妹，
祭玫瑰好似祭自己。
不羡娇艳富贵，
只求纯洁瑰丽。
带刺有何罪？
生来多正气。
枉有一腔热情，
不是男儿空欢喜。
一朝断折枝，
芬芳随风去。
花容月貌本多余，
一个个　逃不了　嫁狗随鸡。
今日方懂林妹妹，
独自葬花非痴迷。
也培净土掩芳魂，
免让那　西风冷雨　冰雪寒霜将她欺！

〔一阵冷风袭来，探春不禁瑟缩。

〔凤姐由丫头随侍上。

王熙凤　啊，三妹在这里呀，正要去找你呢！

贾探春　二嫂有何吩咐？莫非又要……

王熙凤　恭喜三妹妹，太太要我来告诉你，你的亲事定了！

贾探春　（一惊）定了?!

王熙凤　老爷来信了，说三姑娘才华出众，一定要嫁个超凡脱俗的，如今终于选定了一个海外人家……

贾探春　（又一惊）海外？

王熙凤　是啊，好像是什么琉球呀，爪哇呀，蓬莱呀，反正是神仙福地好去处。真要恭喜三妹，贺喜三妹，快去准备准备，说走就要走的！（与丫头下）

〔探春如雷轰顶，心慌意乱。侍书急上，扶持。

〔伴唱：远嫁海外去

茫茫何所依？
悲作异乡妇，
惨为胡儿妻。

贾探春　不，我不要，我不嫁！老爷，太太，老祖宗，放了我吧，别把我嫁到海外去……

〔赵姨娘乐颠颠上。

赵姨娘　哈哈，我那宝贝女儿、冤家对头，总算要远走高飞了！老娘恭喜你啦！

贾探春　不，不，我不要嫁到海外去。

侍　书　姨太太，你快帮帮三姑娘吧！你是她的亲生母亲，你是老爷的姨太太，你快帮三姑娘去求求太太，求求老爷，求求老祖宗，让三姑娘留下吧！姨太太，求你了！（磕头）

赵姨娘　求我去说话？（明问侍书，实问探春，望着女儿）

贾探春　谢……谢你了，姨娘……

赵姨娘　哈哈，太阳西边出来了，你这当家姑娘也会来求我姨娘呀?!

（唱）一声声唤我姨娘
一刀刀刺我心房。
十月怀胎算白养，
从未借光总心伤。
我七分孬也有三分好，
你骨肉亲情脱底忘。
从今后　路远迢迢归不得，
命该尸骨葬异乡。
要我去向老爷求，
恨从心起怒满腔。
十八年　未唤一声亲生母，
今日我　教训女儿学做娘！

〔赵姨娘狠打探春一巴掌。探春惊痛，轰然失神。侍书急扶。

〔伴唱：头遭儿　挨了一巴掌，
痛煞煞　更是惊惶惶。

赵姨娘　（既解恨，又后怕，又心痛，近痴狂）哈哈，哈哈，我打她了，我打当家姑娘了，我打女儿了！我做了老娘啦……（痴笑，忽然害怕起来）啊，我怎么打她了？我该死，我该打……（抽打着自己，痴狂而下）

〔暗转。

第七场　交　令

〔王夫人住处。宝玉苦求母亲。凤姐也在。

贾宝玉　太太，母亲，娘……（跪下）

（唱）求母亲　贵手高抬起，
求母亲　垂怜小儿女。
宝玉我　千叩万谢话一句，
求母亲　莫将三妹远嫁海外去。

王夫人　宝玉！

王熙凤　宝兄弟，快起来，莫惹太太生气！

贾宝玉　（唱）宝玉生来不争气，
事到如今无顾忌。
金钏投井晴雯死，
司棋撞墙血淋漓。
大姐进宫大梦归，
二姐误嫁惨遭欺。
心里一个林妹妹，
也被逼得　吐尽血　流干泪　魂儿归西。
如今三妹又远嫁，
老天呀　竟无半点儿情和意。
一个个死的死　嫁的嫁　走的走……
剩下了　宝玉一人何滋味？
莫把孤单留给我，
死活热闹在一起！

王夫人　宝玉，儿啦，你好不懂事，三姑娘的婚事，由老爷做主，岂能变更?!

贾宝玉　（唱）要走索性各散尽，

我即刻便做和尚去！（起身便走）

〔凤姐和丫头死死将宝玉拉住。

王熙凤　你好糊涂！你现在是有妻室的人了，能丢下新奶奶不管吗？

贾宝玉　我管不了许多了，不让我出家，就让我去死吧……（昏厥过去）

众　（急呼）宝玉！

〔宝玉醒转，却目光呆呆失了神，一动也不动。

王夫人　宝玉，你这是怎么啦？

王熙凤　老毛病又犯了，这可怎么办呀……

〔众呼喊着“宝玉”“宝兄弟”“宝二爷”，乱作一团。

〔探春急上。侍书持令牌紧随。

贾探春　（急呼）宝哥哥……

王熙凤　三妹，你快劝劝他吧！

贾探春　宝哥哥，我是三妹探春呀……（摇动他）

贾宝玉　（听到“三妹探春”，眼睛一亮，紧紧拉住她）三妹！不要远嫁！不让你嫁到海外去，死也别去——

贾探春　（唱）好一个　情重如山的宝哥哥，

知我妹妹心里苦。

再苦也得独自咽，

人前不许泪模糊。

哥哥呀　男婚女嫁平常事，

嫁海外　再远再苦也能过。

贾宝玉　嫁到海外，举目无亲，欲归难归，难道你真的不怕吗？

贾探春　（唱）说不怕　心里也是畏惧多，

说不嫁　纵有胆量话难吐。

想不通却也看得破，

女孩儿　空有才华似尘土。

生死不在自己手，

姐妹们　哪个不是命坎坷？

怨只怨　生不逢时春难探，

我只有　淡然相对任荣枯。

劝宝哥　莫担忧　莫苦恼，

要感谢　老爷太太成全我！

王夫人　还是三丫头通情达理，真是没有白疼她！

贾探春　太太，探春无能，承蒙错爱；当家管事，秀木难栽；自毁自损，多难多灾；眼看衰败，无计无奈；而今远嫁，交还令牌……（跪交令牌）

王夫人　（接过令牌）快起来！这两年也难为你了……（将令牌交给凤姐）三丫头你快去准备准备，还缺什么尽管说，男家花轿说到就要到的。

贾探春　是。

〔暗转。

第八场　别　离

〔喜乐声由远而近。

〔管事男仆内声："报——迎亲喜船已到码头，花轿正往贾府而来！"

〔王妈内声："太太吩咐，三姑娘午时三刻上轿！"

侍　书　（上）知道了，又不是上法场，干吗催命似的，要午时三刻呀！（对内）姑娘，快去各房告别一声吧！（下）

贾探春　（内唱）一声别　万种滋味涌心头，

（上唱）此一去　花轿抬上不归舟。

〔男仆内声："江南甄公子到！甄公子里边请！"

〔探春闻声一惊，急切寻找。

〔甄宝玉由茗烟引导过场，与探春对面相迎不相识。

茗　烟　甄公子走好！我家二爷在怡红院等候公子呢！

〔茗烟引甄宝玉下。探春欲喊未喊，目送他远去。

贾探春　（唱）别了啊　春梦依稀秋爽斋，

别了啊　夜雨芭蕉点点愁。

不忍别　大观园里走一走，（边走边唱）

沁芳桥畔难忘忧。

小花厅，议事堂，

代理家政可记否？

再不见　繁花朵朵春意稠，

只剩下　落叶萧萧满目秋。

前面已是稻香村，

大嫂呀　你的善良温厚我带走。

怕过凄凉缀锦楼，

似闻啼哭声啾啾。

〔男仆内声："孙府来人报丧，二小姐昨夜归天了！"

贾探春　（痛呼）二姐姐……

〔追光里，迎春飘然魂归，向探春告别。

迎春魂　三妹，二姐脱离苦海，特来送别，三妹你一路走好……（飘然而去）

贾探春　（唱）二姐她　脱离苦海飘然去，

似梦如幻风飕飕。

曲栏零落竹径幽，

木鱼声声心上叩。

〔追光一角，惜春尼姑装束，默默念佛诵经。

贾探春　（唱）可怜绣户侯门女，

黄卷青灯心冷透。

怡红院前匆匆过，

欲别难别　只怕牵衣顿足不放手。

〔王妈内声："迎亲花轿已到，请三姑娘午时三刻上轿。"

〔探春欲下，忽闻宝玉呼喊着"三妹——"奔上。探春回首。

贾宝玉　（唱）三妹妹啊你留一留，

再看看　儿时戏闹的小红楼。

贾探春　（唱）红楼梦破人已散，

再见伤心泪难收。

贾宝玉　（唱）三妹妹啊你留一留，

再吟吟　海棠诗篇可解忧。

贾探春　（唱）海棠诗稿从此绝，

再难觅　手足诗情长悠悠。

贾宝玉　（唱）三妹妹啊你留一留，
　　　　　　送别诗　句韵欠佳需推究。
贾探春　（唱）宝哥哥啊你别再吟，
　　　　　　断肠句儿且罢休。
贾宝玉　（唱）此一去　海涛声里孤帆远，
贾探春　（唱）一叶孤舟　任其颠簸赴激流。
贾宝玉　（唱）怕只怕　千里迢迢难再见，
贾探春　（唱）痛只痛　亲情永隔难寻求。
贾宝玉　（唱）愚兄盼妹能回家，
贾探春　（唱）免悬念　莫牵挂　又何惜　尸骨难收！
贾宝玉　三妹……
贾探春　宝哥哥……
　　　　〔侍书急上。
侍　书　姑娘，不好了，姨太太前几天已经疯疯癫癫，今日听说姑娘要上轿，更加昏天黑地，眼看就要不行了！
贾探春　啊，我……我得去看看她……宝哥哥你且回吧，等会送我上轿！
贾宝玉　嗳，好。（下）
贾探春　侍书，快走！（急行圆场）
　　　　（唱）惊闻她　病榻上　乱了气脉，
　　　　　　哪顾得　一巴掌　痛彻心怀。
　　　　　　不想见　也得见　生离死别，
　　　　　　收怨恨　掩悲哀　急步走来……（来到赵姨娘住处）
　　　　〔赵姨娘躺着，说着胡话，双手空中乱抓乱划，似妖魔缠身。
赵姨娘　我该打！该杀！该死！啊，阎王老爷来了……
侍　书　姨太太，你醒醒，你醒醒啊，三姑娘来看你了！
赵姨娘　……我有罪，我该死……（狠狠撕打着自己，终于昏厥）
贾探春　你醒醒呀，快醒醒！你没罪，我不怪你，不恨你，只恨我自己……
　　　　（唱）恨自己　痛处苦处化不开，
　　　　　　恨自己　害了心病自悲哀。
　　　　　　恨自己　心比天高命太薄，

恨自己　忘恩失孝太不该！

我不该怨你偏房贱，

我不该恨你坍我台。

我不该当众奚落你，

我不该　忘了你　含辛茹苦　十月怀胎。

求你醒来看一眼，

看一眼　该骂该打的小女孩！（哭泣）

赵姨娘　（悠悠醒转）是谁在哭呀？

贾探春　是我，女儿探春来看你了。

赵姨娘　女儿？探春……啊，我不该打你，我该死……

贾探春　不，女儿该打！

赵姨娘　儿啦，不是老娘要打你，是我十八年的怨气没处诉，没处出啊！老娘十月怀胎，酷暑严寒求佛求医；生你养你，死里逃生血流满地；喂你养你，滴滴乳汁慈母情意；望你长大，盼星盼月谢天谢地；见你聪明伶俐，为娘心里好欢喜；有你有了依靠，老娘可以少受怨气。谁知你人大心也大，只认老爷太太；心中没有亲生母亲，还怨我偏房身贱低微……

（唱）十八年老泪日夜淌，

只盼你叫一声亲娘；

谁知你心如铁石硬，

人前背后只肯唤姨娘。

贾探春　原谅女儿不孝……（向赵姨娘跪下）娘……

赵姨娘　（意外，受宠若惊，手足无措）啊……

〔伴唱：头遭儿女儿唤亲娘，

惊惶惶更是泪汪汪。

贾探春　女儿就要远嫁，向母亲拜别……（磕头）

赵姨娘　好女儿，快起来！

贾探春　人前对你冷冰冰，心里我也泪纷纷。女儿生为侯门千金，只能自扫低微阴影。怨你不知自尊，恨你贪财图银，骂你鄙俗忘形，怒你败我名声，这种种无情，我也实实痛心！只认老爷太太，不认生我娘亲；只想摆脱偏房，不愿矮人三分；只想施展才能，不愿顾及亲情；这种种言行，想想也有私心！今日叫娘一声，求娘自爱自重，堂堂正正；今日叫娘一声，求娘安康太平；今日求娘，亲手为我结缡，送女儿出门……（声泪俱下）

赵姨娘　（热泪滚滚）女儿……

贾探春　娘……（扑到母亲怀里）

〔侍书一旁感动，抹着泪花。

王　妈　（上催）午时三刻已到，请三姑娘上轿！

〔侍书扶探春欲下。

赵姨娘　（猛然起身）女儿慢走！为娘送你……

贾探春　多谢母亲！

〔暗转。喜乐声起。贾府正堂前。王妈、叶妈、祝妈、田妈等侍仆和小丫头列队两旁。王熙凤、宝玉、李纨也在场相送。

〔赵姨娘盛装上，她以母亲身份，给女儿结缡（系上佩巾），披上大红斗篷。探春正式大礼拜别。然后侍书扶探春下。

赵姨娘　女儿走好……

贾宝玉　三妹走好……

〔探春内唱：一帆风雨路三千，

奴去也　休悬念　莫牵连……

〔天幕上，大海波涛里，一叶孤帆，渐渐远去。

〔伴唱：才自精明志自高，

生于末世运偏消。

清明涕泣海边望，

千里东风一梦遥。

〔剧终。

（本剧由浙江省余姚市艺术剧院演出，导演江瑶，
曾获评中国越剧节优秀剧目）